rororo

Rita Morrigan stammt aus dem spanischen Galicien, hat Soziologie studiert und als Anthropologin gearbeitet. Schon früh entdeckte sie ihre Leidenschaft für Geschichte und Geschichten und begann mit dem Schreiben eigener Texte. Mittlerweile hat sie zahlreiche Romane veröffentlicht. Dies ist der erste, der auf Deutsch erscheint. Rita Morrigan lebt mit ihrem Mann und ihrer Katze in einem hübschen Ort am Meer.

RITA MORRIGAN

Wir treffen uns am Ende der Welt

ROMAN

Aus dem Spanischen
von Johanna Schwering

Rowohlt Taschenbuch Verlag

Die Zitate auf den Seiten 235 und 236 stammen aus:
William Shakespeare: Hamlet.
Übersetzt von August Wilhelm Schlegel. Hrsg. Dietrich Klose.
Reclam 1969, durchgesehene Ausgabe von 2014.
S. 74–75 und S. 17.

* * *

Die Originalausgabe erschien 2017 unter dem Titel
«Corazones en el Café»
bei Vergare / Ediciones B, S. A., Barcelona.

Deutsche Erstausgabe
Veröffentlicht im Rowohlt Taschenbuch Verlag,
Reinbek bei Hamburg, März 2019

Redaktion Katharina Rottenbacher
Umschlaggestaltung bürosüd, München
Umschlagabbildung mauritius images
Satz aus der Foundry Wilson bei Dörlemann Satz, Lemförde
Druck und Bindung CPI books GmbH, Leck, Germany
ISBN 978 3 499 27442 8

Für Carmen und Manuel, meine wundervollen Eltern,
und meine Tante Josefa, deren Liebe eines
der großen Geschenke in meinem Leben ist.
Und für meine geliebte Oma América,
die mit ihren fünfundneunzig Jahren
noch immer fürs Alter spart.

1

Das Abendlicht erfüllte das Abflugterminal des Flughafens Adolfo Suárez mit orangefarbenen Schatten. Wie Figuren auf einem Schachbrett glitten die Menschen über den glänzenden Linoleumfußboden, um ihren Reisezielen näher zu kommen. Ein gequältes Lächeln kräuselte Lenas Lippen. Alle hier hatten ein klares Ziel vor Augen – nur sie nicht. Von dem unbequemen Plastikstuhl in der Halle aus beobachtete sie das Kommen und Gehen, während sie darauf wartete, dass irgendein Flugzeug sie aus Madrid fortbrachte. Egal, wohin.

«María Magdalena Vázquez de Lucena.»

Lena betrachtete die Daten in ihrem Pass und flüsterte ihren Namen. «Wer bist du?», fragte sie sich und strich mit dem Zeigefinger über das Foto. Das Bild zeigte eine junge, lächelnde Frau, die keine Probleme zu kennen schien. Und so war es auch gewesen, bis ihre perfekte Existenz vor fünf Monaten abrupt in sich zusammengefallen war.

Der Tod ihres Vaters war der Wendepunkt in Lenas Leben gewesen. Im krassen Gegensatz zu seiner sonstigen Art ging ihr Vater ohne Ankündigung, ohne Planung. Am Morgen des 1. Januar stand er nicht wie gewöhnlich früh auf. Sein Herz hatte aufgehört zu schlagen, während alle Welt die Ankunft des neuen Jahres feierte und er selbst schlief.

An jenem Abend waren Lena und ihr Verlobter Alberto mit Freunden zu einer Party gefahren. Es war das letzte Silvester vor ihrer Hochzeit, und er wollte es ganz groß auf dem Ball des Casino de Madrid feiern. Danach waren sie in Albertos Penthouse in der Calle Alcalá gefahren. Am Neujahrstag hatte Lenas Handy sie gegen Mittag geweckt.

«Lena, Liebes, komm nach Hause.» Die Stimme ihrer Mutter klang gebrochen. «Dein Vater hatte einen Unfall.»

In der Dusche auszurutschen war ein Unfall oder ein Treppensturz, aber nicht ein Herzinfarkt im Schlaf. Das war weit mehr als ein Unfall, dachte Lena bitter. Und dennoch, ihre Mutter hatte ihr am Telefon keine Todesnachricht überbringen wollen und sagte ihr die furchtbare Neuigkeit erst, als sie zu Hause ankam.

Als Lena ihren Vater im Bett liegen sah, dachte sie, er schliefe. Er konnte nicht tot sein. Nein, das war unmöglich. Sie setzte sich zu ihm ans Bett und vergoss nicht eine Träne, überzeugt davon, dass er jeden Moment die Augen aufschlagen und alle auslachen würde, die auf seinen Scherz hereingefallen waren. Lena weinte nicht, bis sie den Sarg im Krematoriumsofen verschwinden sah. Erst dann verstand sie, dass ihr Vater nicht wieder aufstehen würde, dass er für immer gegangen war. Erst dann begann sie zu weinen und tat wochenlang kaum etwas anderes.

Der Verlust ihres Vaters war das Schlimmste, was Lena je widerfahren war. Sie war das einzige Kind des erfolgreichen Unternehmers und einer Dame aus der höheren Gesellschaft Madrids, weshalb sie ihre ersten achtundzwanzig Lebensjahre wie auf weicher und angenehm warmer Watte verbracht hatte.

Obwohl sie die Alleinerbin der Brotfabrik Vázquez war, hatte ihr Vater sie nie zu einer Unternehmerkarriere gedrängt. Nachsichtig und großzügig, wie er war, hatte er seine Tochter darin bestärkt, ihren eigenen Weg zu gehen. Trotzdem wusste Lena, dass er ihr gerne die Firma vermachen wollte, und schrieb sich daher mit achtzehn fürs Jurastudium ein. Warum sie das getan hatte? Vielleicht wegen dieses Fluchs der Einzelkinder, der bewirkte, dass sie mehr noch als eigene Sehnsüchte die Wünsche ihres Vaters erfüllen wollte, um diesen geliebten Menschen glücklich zu sehen.

Mit zweiundzwanzig schloss sie ihr Studium ab und begann, im Familienunternehmen zu arbeiten. Aber ihr freier Geist verkümmerte zwischen Bilanzen und Meetings, und das bemerkte ihr Vater schnell. Lenas Faszination für die Kunst und für jegliche Möglichkeit des Menschen, die Realität zu verschönern, war so ausgeprägt, dass es unmöglich war, sie zu ignorieren. Also kam ihr Vater eines Tages mit einem Aufnahmeformular der Kunsthochschule zu ihr ins Büro und blieb so lange, bis Lena es ausgefüllt hatte.

«Nichts macht mich so glücklich, wie dich hier bei mir zu haben, und ich weiß, dass ich keinem anderen Anwalt trauen werde wie dir, aber du musst hier raus, sonst gehst du ein», sagte Señor Vázquez mit dieser Überzeugung, die er all seinen Worten verlieh.

So kam es, dass Lena mit vierundzwanzig Jahren noch einmal an die Uni zurückkehrte, obwohl ihre Mutter dagegen war und fand, sie solle lieber ihre Hochzeit vorbereiten. Ihr Vater hingegen war stolz auf ihre Ausbildung, vielleicht weil ihm selbst der Hochschulbesuch verwehrt worden war, da er die damals noch kleine Bäckerei seiner Familie übernehmen musste. Er hatte immer hart gearbeitet und aus seiner Firma eine der größten und rentabelsten des Landes gemacht. Don Octavio Vázquez Coria gab gerne damit an, als Erster das Aufbackbrötchen auf den Markt gebracht zu haben, eine Idee, die ihm ein Vermögen einbrachte. Seine Geschichte erzählte er stets in lebhaften Anekdoten. Er hatte einen großartigen Sinn für Humor und liebte Wortspiele. Eine Angewohnheit, die Vater und Tochter wunderbare gemeinsame Momente bescherte.

Lenas Mutter allerdings war «aus einem anderen Korn gebacken», wie ihr Vater es ausdrückte. María Elvira de Lucena Sánchez y Zurbarán entstammte einer Adelsfamilie, der wie vielen anderen Blaublütern nur noch ein Haufen Nachnamen und wenig Geld geblieben war. Streng und konservativ erzogen, war sie weit reservierter und distanzierter als ihr Ehemann. Sie machte kein Geheimnis daraus, dass sie ihren Gatten vor allem seines Vermögens wegen geheiratet hatte, und verurteilte jeden gesellschaftlichen Vormarsch in Richtung Geschlechtergleichstellung. Sie hatte nie aufgehört, über Lenas lange universitäre Ausbildung zu klagen. Für sie war die Suche nach einem geeigneten Mann der einzig annehmbare Grund für eine Frau, überhaupt eine Universität zu betreten. Aber nicht einmal den konnte ihre Tochter geltend machen, denn Alberto hatte sie bereits lange vorher kennengelernt.

Für Lena war die Zeit an der Kunsthochschule die glücklichste in ihrem Leben. Umgeben von den großen Kunstwerken der Menschheit, zwischen den sicheren Pinselstrichen eines Landschaftsgemäldes und den beschwingten marmornen Kurven einer Skulptur konnte ihr Geist der profanen und materiellen Welt der Familiengeschäfte entfliehen. Sie genoss ihr Studium so sehr, dass es sie sogar äußerlich veränderte. Ihr akkurat geschnittener Bob wuchs zu einer krausgelockten blonden Mähne heran. Die eleganten Kostüme tauschte sie gegen einen vielfarbigen Lagenlook ein, was ihre Mutter entsetzte, ihren Vater jedoch sehr amüsierte.

«Du gleichst einem impressionistischen Gemälde, mein Herz», sagte er einmal, als sie ihn im Büro besuchte. «Du erleuchtest den Raum durch deine bloße Anwesenheit.»

Lena lachte. «Lieber ein impressionistisches als ein kubistisches Werk.»

Aber ihr ironischer Kommentar wirkte nicht auf ihren Vater.

«Du warst schon immer mehr an der Schönheit der Welt als an deiner eigenen interessiert», sagte Don Octavio mit ernster Miene. «Du merkst gar nicht, wie viel Bewunderung du hervorrufst, und das macht dich noch bezaubernder. Eines Tages wirst du einen Mann verrückt machen und ihm den Verstand rauben.»

«Papa», sagte Lena, «ich kenne doch schon einen besonderen Mann, und ich hoffe, dass er verrückt nach mir ist.»

Don Octavio lächelte leicht. «Alberto ist ein guter Junge, aber ich bezweifle, dass irgendetwas ihm den Verstand rauben könnte, geschweige denn irgendjemand.»

Diese Antwort stürzte Lena in tagelange Grübelei: über Alberto, ihre Beziehung und vor allem über die Frage, was es sein mochte, das ihr Vater so deutlich in ihrem Verlobten zu sehen meinte und das ihr selbst verborgen blieb. Sie kannten sich von Kindesbeinen an, hatten gemeinsam die Schule besucht und sich immer gut verstanden. Deshalb hatte ihr Umfeld es mit großer Selbstverständlichkeit aufgenommen, als sie mit siebzehn anfingen, miteinander auszugehen. Alberto wollte die Bank seines Vaters übernehmen und hatte immer deutlich gemacht, dass er sich eine Frau an seiner Seite wünschte, die ihn verständnisvoll und unterstützend auf seinem Weg zum Erfolg begleitete. Seltsamerweise ging es immer nur darum, dass *er* begleitet würde, nicht umgekehrt.

Trotzdem verspürte Lena nichts als Dankbarkeit, wenn sie daran zurückdachte, wie Alberto alles gemanagt hatte, als ihr Vater gestorben war. Er hatte sich nicht nur wunderbar um die Firma, sondern auch um ihre Mutter und sie gekümmert.

Ihre Hochzeit war mit mehr als einem Jahr Vorlauf für Ende Mai festgelegt worden. Lena aber war nach der Beerdigung so mitgenommen, dass sie die Vorbereitungen für das Fest ihrer Mutter und Alberto überließ. Nichts in ihrem Leben schien noch Sinn zu ergeben.

«Lena, Herzchen, wir können eine Hochzeit von diesem Format nicht so kurzfristig verschieben», hatte ihre Mutter erwidert, als sie vorschlug, den Termin zu verlegen.

«Aber fünf Monate sind doch reichlich Zeit», fand Lena. «Und überhaupt», ergänzte sie, «so eine wichtige Entscheidung sollte man jederzeit treffen können.»

Ihre Mutter fixierte sie mit diesem eisblauen Blick, bei dem Lena sich jedes Mal schrecklich klein und unbedeutend fühlte.

«Willst du damit andeuten, dass du Alberto nicht heiraten willst, nach allem, was er für unsere Familie getan hat? Das ist das wichtigste Event des Jahres, und ich bin sicher, dein Vater hätte nicht gewollt, dass du es verschiebst.»

Lena antwortete nicht, obwohl sie anderer Meinung war. Eine jede Ehe sollte aus Liebe geschlossen werden, nicht aus Dankbarkeit. Und trotzdem hatte der Hinweis auf ihren Vater den gewünschten Effekt: Er berührte ihr Herz und verschloss ihren Mund. Aber sie wusste auch, dass nichts mehr war, wie es sein sollte. Das Schicksal hatte sie gewaltig straucheln lassen auf einem vorgesehenen Pfad, den sie nicht zu hinterfragen gedacht hatte. Vielleicht hatte sie bereits Zweifel gespürt, als ihr Vater noch lebte, wenn sie auch nie so deutlich gewesen waren wie jetzt nach seinem Tod. Er selbst war wie ein Leuchtturm gewesen, der mit seinem Licht ihre Unsicherheit zerstreut hatte. Aber nun stand Lena allein am Abgrund, und ihre Mutter schien sie hinunterschubsen zu wollen.

Sie ließ den Blick durch die Wartehalle wandern. Es

war doch seltsam, was an Flughäfen geschah, diesen Orten der Abschiede und Wiedersehen, wo die Gefühle in der Luft zu schweben und sich einem auf die Haut zu heften schienen. An keinem anderen Ort der Welt zeigte sich die menschliche Zärtlichkeit so geballt wie hier. Es gab kein besseres Ende für einen Film als eine Liebeserklärung am Flughafen. Wenn einer der beiden Liebenden abreisen musste und der andere ihn nach einer nervenaufreibenden Jagd gegen die Zeit gerade noch erreichte, um ihn aufzuhalten. Dann der Höhepunkt, an dem die Musik anschwoll und die Protagonisten sich in einer ewigen Umarmung vereinten.

Lena erwartete nicht, dass ihr jemand auf den Flughafen nachgelaufen käme. Ihr war jede Aussicht auf ein romantisches Ende des Dramas der letzten Wochen verloren gegangen. Sie hätte am Vortag heiraten sollen und hatte gerade noch rechtzeitig verstanden, dass sie unmöglich ihr bisheriges Leben weiterführen konnte. Wie es weitergehen sollte, wusste sie nicht, aber ganz sicher würde sie nicht ihren Sandkastenfreund heiraten, und sie spürte, dass sie großen Abstand gewinnen musste von allem, was sie kannte, um herauszufinden, wer sie selbst wirklich war. Vielleicht hatte der Tod ihres Vaters einen Knoten gelöst – vielleicht war sie aber auch nie wirklich bereit gewesen für die Zukunft, die man für sie vorgesehen hatte. Jedenfalls musste sie sich eingestehen, dass sie viel zu lange gewartet hatte, bevor sie die Verlobung löste.

Zwei Abende zuvor hatte sie ein augenöffnendes Gespräch mit ihrer Mutter geführt. An jenem Nachmittag hatte Lena von einer unterdrückten Nummer ein schreckliches Video geschickt bekommen. Darauf war ihr Verlobter zusammen mit mehreren Freunden beim Sex mit der Stripperin seines Junggesellenabschieds zu sehen. Zuerst wunderte Lena sich, dass Alberto fähig war, einen so intimen Akt vor Publikum zu vollführen. Dann ärgerte sie sich darüber, dass jemand so etwas filmte, nur um ihr wehzutun.

Aber das Erstaunlichste war, dass sie weder Eifersucht noch Wut oder sonst irgendein starkes Gefühl verspürte. Und das war für Lena das entscheidende Zeichen dafür, dass diese Hochzeit ein großer Fehler wäre. Ein kleiner Skandal war ihr allemal lieber als eine schwerwiegende Fehlentscheidung. Also traf sie sich mit Alberto in einem Café und sagte es geradeheraus. Zunächst erwähnte sie das Video gar nicht, sondern sagte ihm nur, dass sie ihn sehr gern hatte, aber nicht genug, um ihn zu heiraten. Er schien die Logik nicht zu verstehen und verlangte nach Erklärungen. Mangelnde Liebe war für Lena ein mehr als ausreichendes Motiv, aber anscheinend nicht für Alberto. Das Gespräch wurde vorwurfsvoll, dann fast beleidigend. Da erst holte sie ihr Handy aus der Tasche und zeigte ihm das Video. Alberto wurde blass und begann zu stottern.

«Äh ... na ja ... ich meine ... also, das war schließlich ein Junggesellenabend. Was hast du da erwartet?», fragte er schließlich.

Lena stand auf, als sie merkte, dass das Gespräch nirgends mehr hinführen würde. «Ich blase die Hochzeit nicht wegen dieses Videos ab, Alberto, wieso verstehst du das nicht? Ich mache das, weil dieses Video mir scheißegal ist.»

Er hielt sie am Handgelenk fest. «Das ist nicht dein Ernst.»

«Doch, das ist es», sagte Lena. «Ich benachrichtige meine Gäste und du deine, okay?»

Sie machte sich los und verließ das Café.

Als Lena nach Hause kam, erwartete ihre Mutter sie mit vor der Brust verschränkten Armen und der steilsten Stirnfalte der Menschheitsgeschichte.

«Bist du verrückt geworden?», fragte sie zur Begrüßung, worauf eine Verfolgung durch die Eingangshalle bis in den ersten Stock in Lenas Zimmer folgte.

Ihre Mutter kam in wenigen Minuten von «Ich kann nicht glauben, was du da tust» zu «Dein Verhalten bringt mich noch ins Grab». Alberto hatte sie angerufen, dabei allerdings das pikante Detail des Videos für sich behalten.

«Mama, ich kann Alberto nicht heiraten, weil ich ihn nicht liebe.»

«Liebe? Wer spricht denn hier von Liebe?», entfuhr es der wütenden Doña Elvira. «Hier geht es darum, dein Wort zu halten gegenüber dem Mann, dem wir viel verdanken. Seit dem Tod deines Vaters wären wir ohne Alberto verloren gewesen.»

Lena nahm das Telefon zur Hand, um ihre Freunde und Verwandten darüber in Kenntnis zu setzen, dass es keine Hochzeit geben würde.

«Mama, das hat er doch als Freund der Familie getan und nicht als mein Verlobter», seufzte sie resigniert.

Ihre Mutter riss ihr den Hörer aus der Hand. «Und wo, bitte, ist da der Unterschied?!»

«Der Unterschied ist, dass ich ihn mag und ihm sehr dankbar bin für alles, was er für uns getan hat, aber nicht in ihn verliebt bin. Genauso wie er auch nicht in mich verliebt ist», ergänzte Lena mit den Bildern aus dem Video vor dem inneren Auge.

Ihre Mutter zielte mit dem Telefonhörer wie mit einer Pistole auf Lena und schenkte ihr einen dieser vernichtenden Blicke.

«Alberto ist verrückt nach dir.»

«Nein, das ist er nicht, genauso wenig wie ich nach ihm verrückt bin», antwortete Lena und entriss ihrer Mutter das Telefon.

Ihre Mutter war so wütend, dass Lena beinahe ihr Zähneknirschen hören konnte.

«Wenigstens muss dein Vater das nicht miterleben. Wenn er dich sehen könnte, würde er glatt noch einmal sterben.»

Diese Worte trafen Lena wie Messerstiche. Sie wusste, dass ihre Mutter alle Mittel einsetzte, um ihr Ziel zu erreichen, aber dass sie ihre Liebe zu ihrem Vater benutzte, um sie zu erpressen, brach Lena das Herz.

«Mama», sagte sie. «Man hat mir ein Video geschickt, in dem Alberto beim Sex mit einer anderen Frau zu sehen ist.» Der Gesichtsausdruck ihrer Mutter wurde milder, und sie öffnete den Mund, um zu sprechen, aber Lena hielt sie mit einer Geste zurück. «Nein, ich habe die Hochzeit nicht deshalb abgeblasen. Sondern weil es mich nicht schockiert hat, das zu sehen.»

Doña Elvira atmete flach ein und aus, und ihre ohnehin schon großen Augen weiteten sich noch mehr.

«Damit spielst du doch nur demjenigen in die Hände, der dir dieses Video geschickt hat, der lacht sich doch ins Fäustchen, wenn er merkt, welche Wirkung seine Aktion hat. Ist dir denn nicht bewusst, wie viel Neid ihr als Paar schürt? Das Video ist doch bestimmt manipuliert.»

Lena hatte nicht das geringste Interesse daran, ihrer Mutter die Aufnahme zu zeigen. Sie hätte ihr gar nicht davon erzählen sollen. Aber sie wusste, dass Doña Elvira keine Ruhe geben würde, wenn sie ihr nicht einen triftigen Grund lieferte.

«Nein, Mama, das Video ist nicht manipuliert. Aber das ist mir egal, und genau deshalb muss ich die Hochzeit absagen: Ich liebe Alberto nicht, und er liebt mich auch nicht», wiederholte sie verzweifelt.

«Na und?», schnaubte Doña Elvira verächtlich. «Dachtest du etwa, alles im Leben kann rosafarben sein? Umso besser, dass du jetzt weißt, wie es zwischen Mann und Frau läuft. Du liebst ihn nicht? Dann wirst du umso weniger leiden in deiner Ehe.»

Lena sah ihre Mutter sprachlos an.

«Was willst du damit sagen?», fragte sie schließlich. «Hast du Papa etwa nicht geliebt?»

«Dein Vater war ein Mann wie jeder andere auch. Meinst du, ich wusste nichts von seinen Eskapaden? Doch, ich wusste davon, und anfangs taten sie mir weh, aber später lernte ich, mich damit zu arrangieren. Wenn es dich jetzt schon nicht juckt, was Alberto so treibt, hast du einen großen Vorteil.»

Lenas Atem beschleunigte sich vor Empörung.

«Versuchst du gerade, mich mit dem Argument zur Heirat zu bewegen, dass Papa dir untreu war?», presste sie zwischen den Zähnen hervor.

Das Bild ihrer Mutter verschwamm hinter einem Tränenfilm, der sich zwischen ihren Wimpern staute.

«Was ich versuche, dir beizubringen, Magdalena, ist, dass die Liebe nicht existiert. Sie ist eine Dummheit, die erfunden wurde, damit es uns Frauen nicht so schwerfällt, mit Männern ins Bett zu gehen, die uns nicht gefallen, uns aber ein gutes Leben für uns und unsere Kinder versprechen.»

Diese Worte brachen ihr das Herz. Ihre Mutter hatte ihr nicht nur eröffnet, dass sie ihren Vater nicht geliebt, sondern nur aus Berechnung erdultet hatte, obendrein war auch noch sie selbst, Lena, Teil davon. Sie hatte ihr gerade gesagt, dass sie ihretwegen persönliches Unglück in Kauf genommen hatte, und nebenbei das Andenken ihres Vaters beschmutzt, indem sie ihn als Ehebrecher hingestellt hatte. Lena hätte nie geglaubt, dass es zwischen ihren Eltern an Liebe mangeln könnte. Wenn es schon keine einzigartig romantische Liebe war, so schien sie doch eine Art treuer Kameradschaft zu einen.

In jenem Moment traf Lena die wichtigste Entscheidung ihres Lebens. Sie musste fort von ihrer Mutter und von allem, was sie an deren «großes Opfer» erinnerte: das Haus, der Luxus und das ganze Geld der Familie. Sie wusste nicht, wer sie war, nicht einmal wer sie sein wollte. Sie musste ihrem Leben eine radikale Wendung geben, und um das zu schaffen, musste sie mit allem brechen, was ihr vertraut war, und sehr weit fortgehen. Irgendwohin, wo niemand sie oder ihre Familie kannte.

Und so packte Lena etwas Wäsche, ihren Kulturbeutel und ein Foto von sich und ihrem Vater in einen kleinen Koffer. Sie holte ihren Pass aus der Schreibtischschublade und legte ihr Handy und all ihre Kreditkarten auf die Kommode in ihrem Schlafzimmer. Wenn sie bei null beginnen wollte, musste sie alles zurücklassen.

Sie brauchte etwas Geld für das Flugticket und um sich eine Weile lang in einer fremden Stadt über Wasser halten zu können, bis sie Arbeit fände. Während sie diese Dinge überlegte, fiel ihr Blick auf ihr Brautkleid. Da beschloss sie, das Kleid zu versetzen. Es erschien ihr sehr poetisch, dass jenes Symbol ihres früheren Lebens ihr zum Start in das neue verhelfen würde. Sie stellte das Kleid zum Verkauf ins Netz und erzielte in einer Blitz-Auktion 3000 Euro – zwar hatte es 15 000 Euro gekostet, aber länger konnte Lena nicht warten. Sie wollte so schnell wie möglich fort.

Mit dem festen Vorsatz, Madrid mit dem nächsten Flugzeug zu verlassen, das sie an einen weit entfernten Ort bringen würde, schloss Lena die Tür des Hauses in La Moraleja und stieg in das wartende Taxi.

Am Flughafen angekommen, marschierte sie zum ersten geöffneten Schalter, wo eine nette Dame sie darüber informierte, dass alle Flüge des Tages ausgebucht seien, bis auf den letzten, der nach Buenos Aires ging. Der Flug ging um Mitternacht, und es war nur noch ein Platz frei. Das schien Lena ein gutes Omen, denn sie brauchte wirklich dringend *buenos aires*, gute Luft. Und so, mit einem Wortspiel auf den Lippen wie einst ihr Vater, kaufte Lena das Ticket in die argentinische Hauptstadt. Buenos Aires schien ihr weit genug entfernt von Alberto, ihrer Mutter und dem ganzen Leben, das sie hinter sich lassen wollte.

Leider dauerte es keine Minute, bis Lena feststellen musste, dass ihr neues Leben teurer werden würde als gedacht und dass sie ihr Budget zu knapp kalkuliert hatte. Sie hatte tausend Euro für einen One-Way-Flug hingeblättert, ein Drittel dessen, was ihr der Brautkleidverkauf eingebracht hatte, und also auch ein Drittel ihres aktuellen Gesamtvermögens.

Lena sah auf die Uhr. Noch zwei Stunden bis Mitternacht, ein guter Moment, etwas zu essen und ein bisschen in dem Reiseführer zu blättern, den sie gerade gekauft hatte. Während sie die Verpackung des Thunfisch-Sandwichs öffnete, das sie aus einem Automaten gezogen hatte, dachte sie, dass ihre Tage in eleganten Restaurants wohl gezählt waren. Jetzt brach die Butterbrot-Ära an. Und was jeder andere als trostlos empfunden hätte, war für Lena ein Grund zur Freude.

2

Ein mächtiger Schauer lief ihr über den Rücken. Lena schlang sich die Arme um den Oberkörper und musste sich eingestehen, dass sie bei der Flugbuchung nicht bedacht hatte, dass es in Argentinien beinahe Winter und also viel kälter war als in Madrid. Sie hätte eine dickere Jacke als ihren leichten Übergangsparka mitnehmen müssen. Aber vielleicht war es auch gar nicht die Kälte, die sie frösteln ließ, sondern schlichtweg die Angst nach der schrecklichen Erfahrung, die sie gerade gemacht hatte.

Sie saß seit einer Weile auf der Bank in einem kleinen Park, in dem ein paar Kinder auf der Wiese Fußball spielten. Ihre Füße schmerzten vom stundenlangen Durch-die-Stadt-Irren. Sie atmete tief ein und versuchte, sich zu beruhigen. Sie musste nachdenken, in Ruhe die grausame Art analysieren, mit der man sie in dieser Stadt empfangen hatte, und überlegen, was sie nun tun sollte.

Ihre Sitznachbarinnen im Flugzeug hatten darüber gesprochen, dass Buenos Aires in letzter Zeit unsicherer geworden sei. Aber Lena hätte nie erwartet, das unmittelbar nach ihrer Ankunft selbst zu erfahren. Der Flug hatte fast dreizehn Stunden gedauert, und sie hatte gerade einmal sechs davon geschlafen, weshalb sie bei der Landung in Ezeiza nur ein günstiges Hotelbett im Kopf hatte, wo sie sich von der langen Reise würde erholen können. Sie hatte nur Euro dabei und entschied, am Flughafen zunächst nur eine kleine Summe umzutauschen, da in der Stadt der Kurs sicher günstiger wäre.

Nachdem sie einen Stadtplan gekauft hatte, machte sie sich auf die Suche nach einem Taxistand, um sich ins Zentrum fahren zu lassen und sich dort nach einer günstigen Bleibe umzusehen. Wenn sie Glück hatte und der Taxifahrer nett war, könnte sie ihn direkt nach einem Tipp fragen. Mit dem Optimismus einer erfahrenen Abenteurerin durchpflügte Lena um neun Uhr morgens die Menge in der Ankunftshalle. Aber sobald sie die Glastüren durchschritten hatte, fuhren ihr die elf Grad Außentemperatur in die Knochen und ließen sie spüren, wie weit sie den Madrider Frühling hinter sich gelassen hatte. Sie sah sich eilig nach einem Taxi um, bis sie die Reihe schwarz-gelber Fahrzeuge entdeckte.

«Ins Zentrum, bitte», sagte sie lächelnd, als sie in das erste Auto der Schlange einstieg.

Leider erwies sich der Fahrer nicht als sympathisch. Wobei es Lena schon genügt hätte, wenn er ehrlich gewesen wäre. Er sah sich nicht einmal zu ihr um, als sie einstieg, fuhr ruckhaft an und raste dann durch den chaotischen Stadtverkehr, bis er plötzlich an einer Kreuzung hielt, wo ein weiterer Mann zu Lena auf die Rückbank stieg. Alles ging so schnell. Der Mann bedrohte sie mit einem Messer und verlangte brüllend ihre Handtasche. Lena überreichte sie zitternd. Dann öffnete der Mann die Tür auf ihrer Seite und schob sie grob aus dem Wagen.

Ungläubig saß sie auf dem Gehsteig und sah das Taxi mit ihrem Gepäck, ihrer Handtasche und all ihrem Geld davonrauschen.

«Geht es Ihnen gut, Señorita?», fragte ein Mann und half ihr auf die Beine.

Lena antwortete nicht, sie konnte ihn kaum hören. Ein plötzliches Rauschen in ihren Ohren schien alles um sie herum zu übertönen.

«Ich kann bezeugen, was passiert ist. Für die Delation», fuhr der Mann fort. «Haben Sie sich die Plakettziffern gemerkt?»

«Die was?», murmelte Lena, den Blick immer noch in die Richtung gewandt, in die ihr Hab und Gut verschwunden war. Vorsichtig betastete sie ihren Körper. Verletzt war sie nicht.

«Die Plakettziffern, Señorita», wiederholte der Mann. «Sie sind wohl nicht von hier?»

Lena schüttelte den Kopf und betrachtete ihren Helfer: ein Herr mit weißem Haar und freundlichem Gesicht, der weit über siebzig sein musste.

«Erinnern Sie sich an die Plakettziffer des Taxis, in dem Sie überfallen wurden?», wiederholte er langsam.

Lena sah ihn weiterhin verwirrt an, bis die weißen Augenbrauen des Mannes sich hoben und er neu ansetzte:

«Das Kennzeichen», erklärte er. «Haben Sie es sich gemerkt?»

Sie schüttelte erneut den Kopf. Alles war viel zu schnell gegangen, auf die Idee war sie gar nicht gekommen.

«Sorgen Sie sich nicht. Soll ich Sie auf die Wache begleiten, um die Delation zu machen?»

«Die Delation?», fragte Lena verwirrt, bis sie verstand, dass der besorgte Mann von einer Anzeige sprach. «Ach so ... nein, danke, es passt schon.»

Sie hatte keinen blassen Schimmer, was sie jetzt tun sollte – in dieser großen, fremden Stadt, in der sie niemanden kannte. Was sie allerdings sicher wusste, war, dass Alberto und ihre Mutter entsetzt darüber sein dürften, dass sie sich ihren Wünschen widersetzt hatte und verschwunden war. Sie würden alle Hebel in Bewegung setzen, um sie zu finden. Also wollte sie lieber keine Spuren hinterlassen, indem sie zum Beispiel eine polizeiliche Anzeige machte. Sie wollte nicht gefunden werden, zumindest nicht im Moment. Sie musste herausfinden, ob sie für sich selbst verantwortlich sein konnte, herausfinden, wer sie eigentlich war und welches der Ort, an den sie gehörte. Sie musste herausfinden, was sie wollte und ... Und dafür brauchte sie Zeit zum Nachdenken. Sie schenkte dem Mann ein freundliches Lächeln und ging unter seinem Protest davon.

Von breiten hochhausgesäumten Boulevards voller Menschen kam sie zu baumbestandenen Alleen, die wie leergefegt wirkten und deren Stille nur vom vereinzelten Bellen eines Hundes durchbrochen wurde. Sie kam an Menschen vorbei, die sie ansahen, sie ignorierten oder durch sie hindurchlächelten, ohne ihre Anwesenheit überhaupt wahrzunehmen. Sie erinnerte sich daran, dass sie vor kaum vierundzwanzig Stunden den Weg verlassen hatte, der für sie vorgezeichnet gewesen war. Und nun irrte sie hier ziellos durch diese fremde Welt.

Sie war so überrumpelt, dass sie sich gar nicht ausmalen wollte, was ihr alles hätte passieren können. Zwei Männer hatten sie überfallen. Aber was, wenn sie sie entführt hätten? Vergewaltigt? Vor Schreck über die Vorstellung blieb sie stehen und schnappte nach Luft. Sie überlegte, dem Rat des alten Mannes doch zu folgen und eine Polizeiwache aufzusuchen. Oder besser gleich das spanische Konsulat. Zum Glück hatte sie ihren Pass in die Jackentasche gesteckt, den trug sie also noch bei sich. Sie könnte einfach zum Konsulat gehen und um Hilfe bitten. Sie würde ihre Mutter anrufen, und die würde ihr Geld schicken. Dann wäre ihr Problem gelöst. Allerdings erschien ihr diese Idee beinahe genauso schlimm wie eine Entführung.

Sie schüttelte den Kopf, um den Schrecken des Überfalls zu verscheuchen. Seit über einer Stunde saß sie nun hier in diesem kleinen Park und sah den Kindern beim Fußballspiel zu. Sie wusste immer noch nicht, was sie tun wollte, aber immerhin wusste sie schon, was sie nicht tun wollte. Von einem plötzlichen Energieschub angetrieben, erhob sie sich von der Parkbank.

«Na dann, Buenos Aires», murmelte sie und sah sich um. «Dann zeig mir mal deine gute Seite.»

3

Die Namen der Straßen, durch die sie ging, nahm Lena kaum wahr. Stundenlang lief sie ohne Ziel umher, aber allmählich bezwangen der Hunger und die schmerzenden Füße ihren Optimismus. Sie überquerte die Calle Chile, eine Einbahnstraße mit niedrigen Kolonialbauten. Die Holztüren dominierten die Erdgeschossfassaden beinahe aller Häuser in der Zeile. Ein paar Bäume warfen lange Schatten auf das unebene Pflaster der Straße, und der Gesang der Vögel vermischte sich mit dem entfernten Brummen des Verkehrs auf den breiten Avenidas der Stadt. Plötzlich stieg ihr ein himmlischer Duft in die Nase: Es roch nach frisch gebackenem Brot, gebratenen Tomaten, Kräutern und einem Hauch Knoblauch.

Mitten auf der Straße blieb Lena stehen. Ihre Lider schlossen sich unwillkürlich, und sie ließ sich von dem köstlichen Duft umhüllen. Das Wasser lief ihr im Munde zusammen, und der Magen knurrte. Sie öffnete die Augen und ließ sich von ihrer Nase an die Quelle dieses herrlichen Dufts führen. Eine grüne Markise überdachte das Schaufenster eines Cafés, und Lena wusste, dass sie den Ursprung dieses phantastischen Dufts gefunden hatte.

Als sie näher kam, bescherte das Café ihr eine weitere wunderbare Überraschung. Das große Schaufenster war prächtig verziert mit verschnörkelter Malerei – ein echtes Fileteado, typisch für die argentinische Hauptstadt. Lena hatte die Technik im Kunstgeschichtskurs kennengelernt. Die stilisierten Züge des Gemäldes zogen sich über das durchsichtige Glas. Der Rahmen war übersät mit bunten Blumen und schnörkeligen Linien, Perspektivschatten gaben Tiefe. Lena betrachtete entzückt die Qualität der Malerei. Die Blumenstränge verdichteten sich zu den Ecken hin, wo sie in vier Drachenköpfen mündeten. Verschiedene Grün-, Gelb-, Blau- und Rottöne waren geschickt kombiniert und gaben dem Gemälde den Glanz von Edelsteinen. Wenngleich einige Passagen schon etwas verblasst waren, war das Schaufenster ohne Zweifel das Werk eines wahren Meisters des Fileteado.

Mit einem faszinierten Lächeln auf den Lippen las Lena die schnörkelige Schrift in der Mitte des Schaufensters, die den Namen des Lokals verriet: *Café am Ende der Welt.* Der wunderbare Duft hatte sie zu diesem prächtigen Kunstwerk geführt, dessen Name nicht besser zu ihrer Situation passen könnte. Schließlich hatte sie sich so weit wie möglich von ihrem Leben entfernen wollen. Das «Ende der Welt» schien weit genug.

Sie öffnete die schwere Tür aus Holz und Glas – ebenfalls reich verziert – und betrat das Lokal. Sie musste herausfinden, was da so verführerisch roch.

Mitten in dem kleinen Gastraum blieb Lena stehen und schaute sich so staunend um, als stünde sie in einer wunderschönen Kathedrale. Das Lokal war im Stil europäischer Kaffeehäuser der zwanziger Jahre gehalten. Hohe stuckverzierte Decken, von denen drei kleine Kronleuchter hingen. Im hinteren Teil eine Bar aus massiver Eiche, mit schlichten geometrischen Mustern verziert, die mit dem Rest des Ambientes kontrastierten. Hinter der Bar hohe Regale, in denen verschiedene Liköre bernsteinfarben glitzerten. Kleine runde Bistrotische waren sinnvoll im Raum verteilt. Das Café war winzig, aber so persönlich und geschmackvoll eingerichtet, dass Lena seinem Charme sofort erlag. Sie konnte gar nicht glauben, dass der Ort nicht voller Menschen war.

Sie sah sich um und entdeckte nur zwei ältere Herren an einem Fenstertisch. Und diese Männer betrachteten sie wie ein Wesen von einem fremden Stern.

«Hallo», sagte Lena schüchtern.

Beide nickten ihr grüßend zu.

«Zweimal *Prinz Charles* für meine erlesensten Gäste!» Ein Mann kam mit zwei Tellern hinter der Bar hervor. Als er Lena sah, blieb er kurz stehen. Er war wesentlich jünger als seine Gäste, jedoch nicht minder überrascht. Offensichtlich bekam man hier nicht sehr häufig Unbekannte zu Gesicht, schlussfolgerte Lena. Und als Nächstes stellte sie fest, dass der köstliche Geruch, der sie hierhergeführt hatte, direkt von den beiden Tellern kam, die der Mann in den Händen hielt.

«Hallo», wiederholte sie und starrte auf die Teller.

Der Kellner runzelte die Stirn und ging wortlos an ihr vorbei.

Gut. Jetzt wusste sie also, weshalb das Café trotz seiner schönen Atmosphäre und seines köstlichen Dufts so leer war: Der Service war schlecht. Allerdings war ihr Hunger mittlerweile so groß, dass ihr Magen laut knurrte. Sie folgte dem Kellner zu dem Tisch der beiden Männer und sah erstaunt, dass das Wundergericht mit dem himmlischen Duft bloß ein Sandwich mit einer Art Tomatensoße darauf war.

«Meine Güte», murmelte sie, und das Wasser lief ihr im Munde zusammen. «Was riecht hier denn so gut?»

Der Kellner sah sie irritiert über die Schulter hinweg an.

«Einen Moment, bitte. Suchen Sie sich einen Tisch aus, ich bin gleich bei Ihnen.»

«Alex, mein Junge, sei ein wenig freundlicher zu diesem Engel, den der Duft deiner Speisen verführt hat», sagte einer der beiden Alten und schenkte dem Kellner einen strengen Blick über seine Brillengläser hinweg. «Möchten Sie sich zu uns setzen und diese Gaumenfreude mit uns teilen, Señorita?»

«Nein», beeilte sich der Kellner an Lenas Stelle zu antworten. «Wenn sie bedient werden möchte, setzt sie sich an einen Tisch und wartet, bis sie dran ist.»

Lena verengte die Augen zu Schlitzen und funkelte den Mann an. Was für ein Kotzbrocken! Natürlich würde sie die Einladung des Alten nicht annehmen, obwohl sie bald umkam vor Hunger. Aber was fiel diesem Kellner ein, sich in ihr Gespräch einzumischen? Und dann auch noch in diesem unverschämten Ton. Sie ignorierte ihn und wandte sich an den netten Herrn, der sie mit einem warmen Lächeln bedachte.

«Haben Sie vielen Dank für das freundliche Angebot. Es ist schön zu sehen, dass es noch Gentlemen auf der Welt gibt.» Und bei diesem Kommentar warf sie dem Kellner einen deutlichen Blick zu.

Dann drehte sie sich um und schritt würdevoll zu einem Tisch an der anderen Fensterfront des Lokals. Ihr Abgang wurde untermalt vom Lachen der beiden Alten.

«Wenn du alle hübschen Kundinnen so behandelst, gehst du noch als Junggeselle ins Grab, mein Lieber», sagte einer von ihnen.

«Dein Wort in Gottes Ohr», antwortete der Kellner mit ironischem Tonfall, bevor er sich zu Lena umdrehte.

Nach einem langen, tiefen Seufzer stützte er die Hand in die Hüfte, als wäre es enorm anstrengend, das Café zu durchschreiten und zu tun, wofür er doch wohl bezahlt wurde. Lena musterte ihn unverhohlen. Er arbeitete nicht nur schlampig, er war auch so gekleidet. Zu uralten Jeans trug er ein verwaschenes dunkelgrünes T-Shirt. Sein braunes Haar stand so wild vom Kopf ab, als sei er gerade erst aufgestanden. Ein Drei-Tage-Bart komplettierte das Bild. Fataler Auftritt für jemanden, der im Service arbeitete. Schade, dass der Besitzer eines so hübschen Lokals sein Personal nicht sorgfältiger auswählt, dachte Lena. Als der Mann sich endlich in Bewegung setzte, um zu ihr zu kommen, wandte sie den Blick ab. Sie nahm die Karte in die Hand und studierte sie so eingehend, als würde sie die Anwesenheit des Kellners kein Stück irritieren.

«Ich tippe auf einen *Prinz Charles*», sagte er mit einem entnervten Seufzer. «Und was darf's zu trinken sein?»

Lena klappte die Karte energischer als nötig zu.

«Was ist denn drin im *Prinz Charles*?», fragte sie schnippisch.

Er kniff die Augen zusammen und verlagerte sein Körpergewicht auf das rechte Bein, um erneut die Hand in die Hüfte zu stemmen.

«Nun.» In einer affektierten Geste wirbelte er die linke Hand in die Luft. «Ich nenne es: frische Tomatenphantasie auf einem Bett von Weizenmehl, Hefe und Wasser.»

Lena überhörte den geschraubten Ton, mit dem er sich über ihre Frage lustig machte.

«Wollen Sie damit sagen, was hier so lecker riecht, ist ein schlichtes Tomatenbrot?»

Er beschränkte sich auf ein angeberisches Heben seiner Augenbrauen als Antwort.

«Gut. Dann hätte ich gerne einen *Prinz Charles* und ein Glas Wasser», sagte Lena. «Leitungswasser, bitte», fügte sie hinzu, als sie sich mit Schrecken daran erinnerte, dass sie gar kein Geld hatte.

Er blieb kurz stehen, nachdem er sich bereits umgedreht hatte, um ihre Bestellung zu bearbeiten. Er senkte den Kopf und atmete tief ein, als kämpfte er gegen den Wunsch an, sie rauszuschmeißen. Aber dann ging er weiter und verschwand hinter der Bar in der Küche.

Lena kaute nervös auf ihrer Unterlippe herum. In der Hoffnung, noch ein paar verirrte Münzen zu finden, tastete sie die Taschen ihres Parkas und ihrer Jeans ab. Fehlanzeige. Ihr Hunger hatte sie kurzzeitig die miserable Lage vergessen lassen, in die der verfluchte Taxifahrer und sein brutaler Freund sie gebracht hatten. Und zu allem Überfluss war sie jetzt auch noch ausgerechnet in das Café mit der unfreundlichsten Bedienung der Stadt geraten.

Sie schaute verzweifelt aus dem Fenster und beobachtete, wie auf der gegenüberliegenden Straßenseite ein Blatt von einem Baum fiel und auf der Parkbank darunter liegen blieb. Die herbstliche Dekadenz der Natur passte wie die Faust aufs Auge zu ihrer eigenen Stimmung. Sie fühlte sich immer trauriger. Zwar wusste sie, dass Selbstmitleid ihr kein bisschen weiterhalf, sondern sie nur lähmte, aber sie fühlte sich so erbärmlich, dass sie nicht mehr ein noch aus wusste. Der Optimismus, mit dem sie Madrid verlassen hatte, war so schnell verloschen wie ein Streichholz. Sie blickte aus dem Fenster vom *Ende der Welt*, ohne irgendetwas zu sehen, und fand, dass das eine sehr gute Metapher für ihren Gemütszustand war: Sie fühlte sich wie ein abgebranntes, verschrumpeltes kleines Streichholz.

«Ein *Prinz Charles* mit unserem besten Wässerchen vom Kran für die Señorita. Oder aus der Leitung, wie sie es nennt.»

Lena erschrak, als die Stimme des Kellners sie aus ihren Gedanken riss. Sie nahm die Ellbogen vom Tisch, um Platz für den Teller zu machen, und versuchte erneut, seinen sarkastischen Ton zu ignorieren.

«Vielen Dank.»

Als der köstliche Geruch ihr in die Nase, sticg konnte sie an nichts anderes mehr denken. Sie nahm das Sandwich in beide Hände und führte es zum Mund. Die aromatischen Fenchelsamen passten perfekt zu den süßen gegrillten Tomaten. Das Brot war knusprig und schmeckte himmlisch. Die Säure des Olivenöls und ein Hauch Knoblauch kontrastierten damit optimal und verursachten Lena ein angenehmes Gaumenkitzeln. Sie hatte noch nie ein so köstliches Tomatenbrot gegessen. Sie schloss die Augen und gab sich der Mahlzeit hin, die das Beste war, was ihr in den letzten Stunden widerfahren war. Genau genommen das Beste der vergangenen Tage. Wochen. Monate.

Am Ende leckte sie sich einen nach dem anderen ihre Finger ab, bevor sie die Krümel vom Teller auflas.

«Noch eins?», fragte der Kellner.

Lena öffnete schlagartig die Augen. Sie hatte gar nicht mitbekommen, dass er noch neben ihr stand. Amüsiert sah er sie an. Sie schüttelte den Kopf. Obwohl sie nichts lieber gehabt hätte als noch ein weiteres dieser köstlichen Sandwichs, wusste Lena ja noch nicht einmal, wovon sie das erste bezahlen sollte.

«Nein danke», sagte sie und tupfte sich die Lippen mit der Serviette ab. «Könnten Sie wohl den Eigentümer holen? Ich würde gerne ein Wort mit ihm wechseln.»

Das Grinsen schwand aus seinem Gesicht. «Sicher», murmelte er und nahm ihren Teller. «Ich schau mal, ob ich ihn in seinem Büro antreffe.»

Lena sah ihm nach, als er hinter der Bar verschwand, und bemerkte dann, dass die beiden Alten sie amüsiert betrachteten. Sie erwiderte ihren Blick mit einem forcierten Lächeln. Die alten Herren wandten den Blick nicht ab und lächelten immerfort, weshalb sie beschloss, sich die Aufmerksamkeit zunutze zu machen.

«Kennen Sie eventuell eine günstige und saubere Pension in der Gegend?»

Die Alten wechselten einen Blick.

«Das hier ist eine sehr touristische Gegend, Señorita», sagte der mit den dicken Brillengläsern. «Es wird schwierig, hier etwas Günstiges zu finden.»

So ein Mist, dachte Lena. Sie hatte auch nicht ein Quäntchen Glück. Blieb zu hoffen, dass der Besitzer des Cafés sie anhören würde. Ihr Plan war zwar etwas verwegen, aber wenn er in ihre Idee einwilligte, hatte sie für die nächsten Wochen Arbeit.

Ihre verzweifelte Miene entlockte dem Mann mit der Brille ein mildes Lächeln.

«Ich würde Sie ja zu mir ins Heim einladen, aber man lässt mich dort nicht einmal eine Katze halten», bedauerte er und sah seinen Kompagnon an. «Was ist mit dir, Goldstein, ihr habt doch jede Menge Platz.»

Besagter Goldstein schüttelte energisch den Kopf. «Nichts lieber als das. Aber, mit Verlaub, Señorita, wenn ich eine Dame wie Sie mit nach Hause bringe, macht meine Frau mir die Hölle heiß», sagte er.

Lena hob überrascht eine Augenbraue. «Eine Dame wie mich?»

Die beiden Männer wechselten erneut einen Blick und kicherten. «Gibt es bei Ihnen drüben in Europa denn keine Spiegel, Señorita?»

Lena lächelte geschmeichelt und trank einen Schluck Wasser. Was sollte sie dazu auch sagen.

Der Kellner, der alles von der Bar aus mit angehört hatte, unterbrach das Gespräch.

«Ist mal gut jetzt, nun bringt die Lady nicht in Bedrängnis», sagte er, wenn auch ohne einen Hauch von Ärger in der Stimme. Er durchquerte das Lokal und wandte sich wieder an Lena: «Darf's noch was sein für Sie?»

Lena schüttelte den Kopf und nahm das Wasserglas hoch, weil er mit seinem Lappen den Tisch abwischte. Dieser Mann hatte wirklich keinerlei Manieren, aber offenbar ein großes Bedürfnis, Lena loszuwerden.

«Dann macht das 50 Pesos, und ja, wir akzeptieren Trinkgeld», sagte er mit einem etwas fiesen Grinsen.

«Doch, ich habe noch einen Wunsch», beeilte sich Lena zu sagen. «Ich möchte Ihren Chef sprechen. Sie wollten doch nachsehen, ob er da ist. Würden Sie das bitte tun?»

Das Lächeln gefror ihm auf den Lippen. «Er ist nicht da», sagte er und verschwand wieder hinter der Bar.

Lena stand auf und folgte ihm bis an den Tresen, das Wasserglas noch immer in der Hand.

«Sie haben doch gar nicht nachgesehen.»

«Meine Güte! Was wollen Sie denn?», fragte er entnervt.

Lena sah den Mann ungeduldig an. «Ich möchte nur den Chef sprechen.»

«Steht vor Ihnen», stöhnte der Kellner, lehnte sich mit den Unterarmen auf den Tresen und beugte sich vor. «Also, was wollen Sie?»

Lena blinzelte verwirrt. Sie öffnete den Mund zu

einer Antwort und schloss ihn wieder, bevor sie etwas gesagt hatte.

«Sie ...», stammelte sie, «*Sie* sind der Chef?»

«Unglaublich, oder?», warf einer der beiden alten Männer amüsiert ein.

Der Kellner brachte ihn mit einem wütenden Blick zum Schweigen. Die Alten kicherten dennoch vergnügt vor sich hin, ohne sich zu bemühen, ihre Belustigung zu verbergen.

«Sie haben wohl etwas Glamouröseres erwartet bei einem so florierenden Geschäft, wie?» Er sah Lena spöttisch an. «Wenn Sie mir jetzt bitte trotzdem sagen würden, was Sie auf dem Herzen haben, damit ich dann endlich abkassieren kann.»

Lena ließ sich entkräftet auf einen der Barhocker sinken, als sie ihre Chancen, das schöne Fileteado zu restaurieren, dahinschwinden sah. Der miesepetrige Kellner war der Besitzer. So ein Mist! So viel Pech an einem einzigen Tag war doch einfach nicht zu fassen.

«Ich habe kein Geld», gab sie schließlich schüchtern zu, ohne den Blick von dem Wasserglas in ihren Händen zu heben.

«Wie bitte?»

Lena zog die Stirn mitleidheischend zusammen. «Ich bin heute Morgen in Ezeiza angekommen und habe ein Taxi in die Stadt genommen. Der Fahrer hat an einer Ampel gehalten und einen Mann einsteigen lassen, der mich mit einem Messer bedroht und ausgeraubt hat.» Ihre Stimme brach bei der Erinnerung daran. «Ich ... ich bin stundenlang umhergelaufen, ohne zu wissen, was ich tun soll, bis der Duft Ihrer Sandwichs mich darauf aufmerksam machte, dass ich am Verhungern war. Es tut mir sehr leid.» Jetzt traute Lena sich, den Blick zu heben und ihr Gegenüber anzusehen, das immer noch ernst und stumm dastand. «Ich weiß, ich hätte Ihnen das von Anfang an sagen müssen. Aber ich dachte, wenn ich hier in der Gegend eine Bleibe fände, könnte ich Ihnen anbieten, dieses wunderschöne Fileteado und den Stuck zu restaurieren. Ich bin Künstlerin, und Sie könnten mir ja vielleicht das Essen vom Honorar abziehen ...»

«Oh, oh, oh ... jetzt mal langsam, Señorita», sagte der Mann und hob abwehrend die Hände. «Wovon reden Sie da?»

«Ich wurde ausgeraubt und habe kein Geld, um für mein Sandwich zu bezahlen», wiederholte Lena und sah ihm in die Augen. «Aber wenn Sie erlauben, kann ich Ihnen dieses wunderschöne Kunstwerk im Schaufenster Ihres Cafés restaurieren. Und wenn Sie zufrieden sind mit meiner Arbeit, mache ich danach auch noch den Deckenstuck.» Sie zeigte mit dem Finger nach oben, ohne den Blick abzuwenden.

Er sah kurz auf, bevor er die Stirn runzelte und den Kopf schüttelte. Doch dann mischte sich einer der beiden Alten in ihr Gespräch ein.

«Dieses Scheißland geht den Bach runter. Wie oft habe ich euch das schon gesagt?», murmelte er, während er gemeinsam mit seinem Freund die Barhocker links und rechts neben Lenas besetzte.

«Hat man Ihnen was angetan?», fragte der andere besorgt.

Lena sah sie nacheinander an und zwang sich zu einem Lächeln.

«Nein. Sie sind bloß mit meinem gesamten Gepäck abgehauen.»

«Woher kommen Sie?», fragte Goldstein.

«Aus Madrid.»

«Und Sie kennen niemanden hier?»

Lena schüttelte den Kopf.

«Ach herrje, sie kennt niemanden», sagte der Alte und schenkte dem Cafébesitzer einen bedeutungsschweren Blick.

«Und was hat Sie nach Argentinien verschlagen?», fragte der Herr mit der Brille.

Lena sah ihn an und überlegte, was sie antworten sollte.

«Ich denke, ich wollte einem Leben entfliehen, das mich zu erdrücken drohte», sagte sie schließlich.

Die Herren bombardierten Lena mit Fragen, und ihr echtes Interesse an diesem erschreckenden Erlebnis rührte sie. Vielleicht lag es nur an ihrem Alter, aber die ehrliche Besorgnis der beiden erinnerte Lena an ihren Vater.

«Ein gewalttätiger Ehemann?», fragte der eine.

Lena sah auf. Der Cafébesitzer hörte der Unterhaltung still zu. Sie drehte sich zu dem Fragenden um und schüttelte den Kopf.

«Nein, nichts dergleichen.»

«Das Mädchen sucht ein besseres Leben», schlussfolgerte der andere und blickte erneut den Mann hinter der Bar an.

Der guckte nur zurück.

«Bedaure, Freunde», sagte er dann. «Ich werde sicher keine Schwätzerin, die hier plötzlich auftaucht und behauptet, Künstlerin zu sein, an ein hundert Jahre altes Fileteado lassen. Sie sollte zur Polizei gehen, und fertig.»

Lena starrte ihn fassungslos an. Sie konnte nicht zur Polizei gehen, das hatte sie bereits ausgeschlossen. Zumindest für den Moment. Aber vor allem: Die Dreistigkeit dieses Typen kannte ja keinerlei Grenzen! Wie konnte er es wagen zu behaupten, dass sie log?

«Und ob ich Künstlerin bin. Ich gebe Ihnen gerne eine Kostprobe.» Sie langte über die Bar nach einem Kugelschreiber und dem Kellnerblock. Mit schnellem Strich begann sie zu zeichnen.

Die Herren links und rechts von ihr sahen ihr neugierig über die Schulter.

«Herrschaftszeiten, die Señorita hat Talent», sagte Goldstein anerkennend.

Der Kellner runzelte die Stirn und kräuselte die Lippen deutlich gereizt.

«Wissen Sie was? Schwamm drüber. Das Sandwich geht aufs Haus», sagte er und machte sich daran, den Tresen abzuwischen. Als würde er seinen ungebetenen Gast wie Krümel wegfegen wollen.

«Das ist nicht nötig», antwortete Lena und sah von ihrer Zeichnung auf. «Ich kann abwaschen, um für das Essen aufzukommen.»

Er zog erneut die Stirn kraus, diesmal scheinbar belustigt. Dieses Gesicht hatte er wirklich gut drauf, dachte

Lena, bevor sie sich wieder auf ihre Zeichnung konzentrierte.

«Ich glaube kaum, dass Sie schon jemals einen Schwamm in der Hand hatten.»

«Alejandro Lagar, wollen wir wohl etwas höflicher sein!», rief einer der beiden Alten den Stänkerer zur Ordnung. «Wenn dein Vater dich hören könnte, würde er dir die Ohren langziehen.»

Der Barmann atmete tief ein und verengte die Augen.

«Jetzt geh mir nicht auf den Sack, Bukowski», brummte er.

Lena hörte auf, die Geräusche um sich herum zu beachten, so wie es ihr immer passierte, wenn sie sich auf eine Arbeit konzentrierte. Die Realität fügte sich vor ihren Augen zu Linien und Formen, wurde zu lebendigen und harmonischen Strichen, bis sie den Moment einfing, in dem das Leben vor ihr zum Stillstand kam, damit sie es zeichnen könnte. Aber in diesem Moment empfand sie keine Ehrfurcht vor einer erhabenen Landschaft, war auch nicht ergriffen von einem nackten Körper oder von der Zartheit eines Stilllebens – in diesem Moment empfand sie Frust, Wut und große Enttäuschung.

Sie skizzierte ein perfektes Abbild der Fassade des Cafés: die Art, wie die Markise das Fileteado der Fensterscheibe mit Schatten umspielte. Sie musste sich nicht einmal umdrehen – sie erinnerte sich genau an jedes Detail dieses prachtvollen Kunstwerks. Ein paarmal aber musste sie aufsehen, um sich die Züge dieses Mannes von so ungeschliffenem Aussehen und Charakter vor

Augen zu führen. Sie zeichnete ihn vor seinem Lokal in Kriegerpose, aufrecht und stolz mit einer Lanze in der Hand, bereit, sein Reich zu verteidigen. Eigentlich kam ihr als Bild eher ein Orang-Utan in den Sinn, der grunzend vor dem Café hin und her stapfte, aber sie hoffte, dass der feurige Krieger das raue Herz des Barbesitzers etwas erweichen würde, damit er sie sein Schaufenster restaurieren ließ.

«Bitte sehr», sagte sie und schob den Kellnerblock zurück über den Tresen. «Ich bin Künstlerin. Wenn Sie mir jetzt den Weg in die Küche zeigen würden, ich bin bereit für den Abwasch.»

Geringschätzig betrachtete der Mann ihre Zeichnung, ohne sie umzudrehen. Und doch erkannte Lena einen seltsamen Glanz in seinen Augen. Sie sah Überraschung, Anerkennung und einen Hauch Stolz. Es gefällt ihm!, dachte sie. Und mit dieser triumphalen Gewissheit lächelte sie die beiden Alten an, die ihr nicht von der Seite gewichen waren.

«So, mein lieber Alex», sagte der Alte, den der Kellner Bukowski genannt hatte. «Du wirst zugeben müssen, dass die Señorita eine Künstlerin ist.»

Besagter Alex hob den Blick von Lenas Zeichnung.

«Gut: Sie ist eine Künstlerin. Nicht mal ich selbst halte mich für so gut aussehend», sagte er mit Sarkasmus in der Stimme.

Lena senkte den Kopf, als sie merkte, dass sie rot wurde. Eine simple Bestätigung hätte sie gefreut, aber dieser Kommentar verwirrte sie. Sie ahnte schon, dass er einfach nur ordinär sein wollte, und es machte sie wahnsinnig, dass er sie mit so einem Quatsch in Verlegenheit brachte.

«Aber ich brauche keine Restauratorin», fuhr der Cafébesitzer streng fort. «Also auf Wiedersehen.»

Lena atmete tief ein, erhob sich vom Barhocker und zog ihre Jacke zurecht. Das Gefühl des Scheiterns ließ sie nach Luft schnappen. Und doch war sie zu stolz, um so eine eingebildete Person wie diesen Alex um irgendetwas anzubetteln.

«Es war sehr schön, Sie kennenzulernen», sagte sie lächelnd zu den beiden alten Herren und reichte ihnen die Hand.

Beide beugten sich vor, um ihr galant die Hand zu küssen.

Dann sah Lena den Mann an, der steif hinter seinem Tresen stand und schon wieder die Stirn runzelte.

«Vielen Dank für Toast und Wasser.»

Sie ging müden Schrittes zur Tür, einen Kloß im Hals und das Gewicht der Welt auf ihren Schultern. Unter keinen Umständen wollte sie ihre Mutter anrufen und um Hilfe bitten. Sie würde es Lena tagelang vorwerfen, dass sie fortgegangen war, und dann würde sie direkt dazu übergehen, ihr mit Alberto und der Hochzeit auf die Nerven zu fallen. Aber Lena hatte auch keine Kraft mehr, ohne Plan durch Buenos Aires zu streifen. Sie hatte ja noch nicht einmal einen Schlafplatz für die Nacht.

«Alex, jetzt hab dich nicht so. Das Zimmer deiner Mutter ist doch frei», hörte sie einen der beiden Alten sagen.

«Ihr hätte es sehr gefallen, wenn du es für eine gute Tat benutzen würdest, mein Junge», ergänzte der andere.

Ein Fünkchen Hoffnung erwärmte Lenas Herz für eine Sekunde. Gerade so lange, wie der Barmann brauchte, bis er antwortete.

«Könnt ihr zwei jetzt einfach mal die Klappe halten?»

4

Lena schloss ihre Jacke. Die Sonne war untergegangen und hatte den Himmel mit orangefarbenen Streifen überzogen. In diesem Zwielicht sah das Fileteado auf dem Schaufenster noch schöner aus. Aber es war kalt geworden, und sie saß nun seit mehr als drei Stunden vor dem *Café am Ende der Welt*, auf der Parkbank, über der der Baum seine Blätter ließ. Genauso fühlte sie sich: wie ein kraftloses und träges Blatt, das sich ohne Sinn und Verstand von seinem sicheren Ast aus in eine unbekannte Welt gestürzt hatte, bis es auf dem harten, kalten Asphalt liegen geblieben war.

Sie sah den Eigentümer des Cafés am Fenster vorbeigehen. In der Zeit, die Lena hier saß, waren einige Gäste gekommen, und er hatte seinen Platz hinter der Bar verlassen, um sie zu bedienen. Immer, wenn er zu Lena herübersah, verwandelte sich die höfliche Miene, die er seinen Kunden zeigte, zu einem grimmigen Ausdruck. Es störte ihn offenbar, dass sie hier saß, und er schaute immer wieder zu ihr herüber, um zu sehen, ob sie nicht endlich gegangen sei.

Die beiden alten Herren verließen das Café bald nach Lena. Beide betrachteten sie eine Weile lang von der anderen Straßenseite aus und winkten ihr freundlich zu.

Lena erwiderte die Geste. Vielleicht hätte sie den Abschied als Anlass nehmen sollen, aufzustehen und ebenfalls zu gehen, aber die hypnotischen Farben des Schaufensters hielten sie wie gefangen. Sie musste sich einen Schlafplatz suchen, aber dieses Kunstwerk wollte sie nicht gehen lassen. Sein Anblick war das Tröstlichste, was sie seit Monaten erlebt hatte.

Ihr Blick fuhr die Farblinien ab, die Schnörkel und Schatten des Bildes. Ihr Geist verlor sich in den Details. Sie wusste genau, was nötig wäre, um dem Bild seinen alten Glanz zurückzugeben. Während ihres Studiums hatte Lena sich ausführlich mit solchen Kunstwerken beschäftigt und auch einige Restaurationskurse belegt. Die Restaurierung wäre weder kompliziert noch kostspielig; nur ein wenig zeitaufwändig, da das Motiv so detailreich war.

Plötzlich nahm etwas ihr die Sicht auf das Schaufenster: ein grünes Hemd und ein paar alte Jeans. Lena sah auf. Vor ihr hatte sich der Besitzer des Cafés aufgebaut und funkelte sie böse an.

«Was zur Hölle machen Sie noch hier?», fauchte er.

Lena verschränkte die Arme vor der Brust.

«Ich sitze auf einer Parkbank», sagte sie. «Und die ist öffentlich.»

«Aber Sie starren die ganze Zeit auf mein Café. Das nennt man Belästigung. Gehen Sie jetzt, oder ich rufe die Polizei.»

Sie ließ die Schultern sinken und lehnte sich zurück. Sie war so müde und erschöpft, dass ihr eine Nacht im Kittchen plötzlich sehr verführerisch vorkam.

«Tun Sie das», seufzte sie und wandte den Blick ab.

Er murmelte unverständliches Zeug vor sich hin und drehte sich um. Auf halbem Weg zum Café blieb er jedoch stehen. Er senkte den Kopf und schien angestrengt nachzudenken, bevor er zurück zu Lena kam.

«Hier», sagte er. «Das sind 1000 Pesos. Das dürfte für ein paar Tage reichen.»

Lena betrachtete die zerknitterten Scheine in seiner ausgestreckten Hand. Und dann ihn. Er sah sie mitleidig an. Seine Miene wirkte aufrichtig. Wenn er sie zuvor im Café nicht so schlecht behandelt hätte, hätte Lena nur zu gerne sein Angebot angenommen.

«Ich will Ihre Almosen nicht», sagte sie. «Von Ihnen nehme ich höchstens einen Job an. Lassen Sie mich dieses Kunstwerk restaurieren, bitte!» Sie zeigte mit dem Finger auf sein Schaufenster. Nein, seine Barmherzigkeit wollte sie nicht, aber ihren Stolz konnte sie auch noch für ein Weilchen unterdrücken, entschied sie.

«Ich brauche keine Restauratorin. Jetzt nehmen Sie das Geld», fuhr er sie an.

«Was Sie brauchen, ist bessere Laune», schoss Lena zurück. Dann fügte sie in sanfterem Ton hinzu: «Aber Ihr Fileteado braucht eine Restauration.»

Er atmete tief ein und hielt ihr erneut die Geldscheine unter die Nase. Eine innere Stimme befahl Lena, sie zu nehmen, aber sie hörte nicht darauf. Sie blieb einfach sitzen: mit hängenden Schultern und ausgestreckten Beinen, die Hände im Schoß gefaltet. In der bescheidensten Körperhaltung der Welt und mit ihrem herzigsten Gesichtsausdruck, den ihr Vater so oft als «unwiderstehlich» bezeichnet hatte. Auf den Cafébesitzer schien er jedoch überhaupt keine Wirkung zu haben.

«Gut», sagte er und stopfte die Scheine zurück in seine Hosentasche. «Dann eben nicht.»

Lena beobachtete, wie er hinter der Tür seines Lokals verschwand. Sie fühlte sich vollkommen mutlos. Die Farben des Fileteado verschwammen vor ihren Augen, die sich mit Tränen füllten.

Ein lautes Schluchzen schüttelte ihren Körper, und sie senkte den Kopf, damit niemand sie weinen sah. Dann entschied sie, doch zur Polizei zu gehen, sobald sie die Kraft fand, endlich aufzustehen. Das Konsulat war um diese Uhrzeit sicher bereits geschlossen. Sie würde den Raubüberfall anzeigen und ihre Mutter anrufen. Ihr Abenteuer war gestorben, genauso wie ihre Hoffnung auf einen Neuanfang. Sie schluchzte erneut, und ein ganzer Schwall Tränen lief ihr die Wangen hinunter.

Dann sah sie ein Paar ausgetretene Turnschuhe in ihrem verschwommenen Blickfeld.

«Haben Sie ein Verbrechen begangen?»

Sie sah auf. «Wie bitte?», fragte sie verwirrt und wischte sich mit dem Jackenärmel über das Gesicht.

«Sind Sie auf der Flucht vor der Justiz Ihres Heimatlandes?», fragte der Cafébesitzer, der schon wieder mit gerunzelter Stirn vor ihr stand.

Lena schüttelte verwirrt den Kopf.

«Kommen Sie mit», sagte er und ging in Richtung Café. Sie blinzelte erstaunt und zog die Nase hoch. Dann stand sie auf und folgte ihm rasch, bevor er es sich noch anders überlegte.

Sie durchquerten das Café, das jetzt menschenleer war, bis zu einer Milchglastür am Ende des Raumes. Dahinter sah Lena leere Getränkekästen an einer Wand gestapelt. Sie überquerten einen kleinen Hof, der von einem balkongesäumten zweistöckigen Haus umgeben war. Die Geländer des Säulengangs, der die Balkone trug, waren aus gedrechseltem Holz. Das letzte Abendlicht ließ die Farben der Blumen erahnen, die in Hängetöpfen von den dicken Balken hingen. Nur zwei der vielen Fenster im oberen Stockwerk waren erleuchtet.

«Ein Conventillo!», sagte Lena lächelnd.

Der Cafébesitzer blieb abrupt stehen und sah sie überrascht an.

«Ich habe in einem Reiseführer darüber gelesen», erklärte Lena.

Er betrachtete sie still. Sie biss sich auf die Unterlippe und wandte den Blick ab.

«Stimmt schon. Ein Kolonialgebäude aus dem 19. Jahrhundert, das ein reicher Geschäftsmann Anfang des 20. in eine Unterkunft für Migranten verwandelte. Er vermietete die Zimmer einzeln an seine Angestellten, größtenteils Italiener, Spanier und Polen.»

«Und Küche und Bad teilten sie», ergänzte Lena. «Habe ich gelesen», fügte sie mit einem komplizenhaften Lächeln hinzu.

Der Barbesitzer blieb jedoch distanziert. «Dann interessieren Sie sich also auch für Architektur?», fragte er mit ironischem Unterton.

Lenas Lächeln verwandelte sich in ein gequältes Grinsen. Was für ein verstockter Typ!

«Nun, die Architektur ist auch eine Form der Kunst.»

«Da haben Sie recht», sagte er und ging weiter.

Lena atmete erleichtert aus und folgte ihm zu einer Tür im Erdgeschoss des Conventillo. Der Schlüssel kratzte im Schloss, und die Tür ließ sich nur knarrend öffnen. Hier war wohl lange niemand mehr gewesen. Der Cafébesitzer trat ein und schaltete ein schummriges Deckenlicht an.

Lena blieb unsicher auf der Schwelle stehen, er hatte sie schließlich nicht hereingebeten. Doch dann sah sie, wie er Kisten, die im Weg standen, an die Wand stapelte, und beeilte sich, ihm zu helfen.

«Lassen Sie das, die sind schwer», murmelte er.

Lena lächelte. «Das passt schon.»

Nachdem sie die Kisten zur Seite geräumt hatten, betraten sie das Zimmer. Es war geradezu, als hätte jemand absichtlich die Kisten in den Eingang gestellt, damit niemand das Zimmer betrat. Der Raum war eindeutig von einer Frau eingerichtet worden. Die Wände waren gelb tapeziert, mit einem zarten Fliederdruck darauf, und der Holzboden war hell lackiert. Die Möblierung beschränkte sich auf ein großes Bett mit einem verschnörkelten Kopfteil aus Metall, einen antiken Nachttisch aus Holz und einen dazu passenden Schrank sowie einen Schreibtisch, der überquoll vor Papierstapeln und alten Büchern. Am meisten aber fielen Lena die Staffelei und die Leinwände auf, die in einer Ecke angelehnt standen.

«Malen Sie?», fragte sie begeistert, während sie auf die Bilder zuging.

Dabei wäre sie beinahe über eine Kiste gestolpert, die noch im Weg stand.

«Vorsicht», sagte der Cafébesitzer und hielt sie am Arm.

Lena schwankte kurz, erlangte aber direkt ihr Gleichgewicht zurück.

«Danke», murmelte sie und richtete den Blick wieder auf die Leinwände in der Ecke. «Darf ich Ihre Bilder sehen?»

«Das sind nicht meine», antwortete er und zögerte einen Moment, als sei er nicht sicher, ob er ihr noch mehr erzählen wolle. «Sie sind von meiner Mutter.»

Lena sah ihn überrascht an. «Dann malt Ihre Mutter?»

Ein Schleier verdunkelte den Blick des Mannes.

«Sie hat gemalt», korrigierte er. «Bis die Krankheit es ihr unmöglich machte, den Pinsel zu halten. Sie ist kurz darauf gestorben.»

Lena sah ihm ins Gesicht. Der markante Kiefer spannte sich an. Offensichtlich schmerzte ihn die Erinnerung an seine Mutter noch sehr.

«Das tut mir leid. Ich weiß, wie sich das anfühlt.»

Er sah ihr in die Augen, und sie erkannte, dass er dort entdeckte, was sie fühlte. Denselben Schmerz, den auch er so gut kannte.

«Wie ist Ihre Mutter gestorben?», fragte er und wandte den Blick ab. Er versteckte die Hände in den Hosentaschen, als wisse er nicht, wohin damit.

«Mein Vater ist es, der gestorben ist. Herzinfarkt», sagte Lena und blinzelte schnell, um die unangemessenen Tränen aufzuhalten, die sich schon wieder Bahn brechen wollten.

Er betrachtete sie aufmerksam. «Das tut mir leid.»

Lena zwang sich zu einem Lächeln und sah sich im Zimmer um.

«Darf ich die Bilder Ihrer Mutter anschauen?», fragte sie in der Hoffnung, das Thema schnell wieder zu wechseln.

Er nickte und folgte ihr durch den Raum.

Lena bückte sich nach dem vordersten Bild mit dem bekannten Kribbeln im Bauch, das sie immer spürte, wenn sie ein neues Werk entdeckte. Das Bild zeigte eine urbane Szene, eine lange kopfsteingepflasterte Straße und dichtbelaubte Bäume. Der sichere, farbenfrohe Strich der Malerin zeigte verschiedene Alltagsszenen; spielende Kinder auf dem Bürgersteig, zwei Männer, die sich unterhielten und eine Dame auf der Terrasse eines Cafés. Lenas Aufmerksamkeit konzentrierte sich auf die Frau: Sie war allein und wirkte traurig, melancholisch. Sie trug einen altmodischen weißen Hut, einen eleganten Pelzmantel und eine Perlenkette um den schlanken Hals. Die Figuren waren sehr realistisch gezeichnet, und die Farbgebung und das Lichtspiel waren außergewöhnlich.

«Wow», sagte sie. «Das ist wirklich gut.»

«Finden Sie?»

Lena warf ihm einen Blick über die Schulter zu. Er stand dicht hinter ihr.

«Ja, das finde ich», bestätigte sie und betrachtete das Bild erneut. «Sie hat eine sehr eigene, interessante Technik. Hat sie ihr Werk je ausgestellt?»

«Sie hatte einen Stand in der Calle Domingos, wo sie sonntags ab und an ein Bild verkaufte. Aber es kam nicht viel dabei rum.»

Lena sah die restlichen Bilder durch. Weitere Straßenszenen, Landschaftsbilder, ein paar Porträts. Sie alle zeichnete der gleiche besondere Umgang mit Farben und Licht und Schatten aus. Die Künstlerin setzte Schatten auf die Augen, um ihre Figuren Traurigkeit ausstrahlen zu lassen, und sie hauchte ihnen durch fließende Pinselstriche Bewegung ein. Außerdem hatte sie ein perfektes Auge für Bildkomposition und Perspektive.

«Sie hatte sehr viel Talent», sagte Lena und stand wieder auf. «Ihre Bilder erinnern mich an Degas in seiner besten Phase.»

«Das war einer ihrer Lieblingsmaler», sagte der Cafébesitzer mit einem wehmütigen Lächeln.

Lena aber war abgelenkt von etwas in seinem Rücken, das ihre Aufmerksamkeit erregt hatte: ein zweiflügeliges Fenster, dessen Scheiben durch ein wunderschönes Mosaik ersetzt worden waren. Bunte Glasscheiben, zusammengehalten durch Bleistreben. Die Szene zeigte den Mythos von Orpheus. Auf dem linken Flügel waren der Tod von Orpheus' Geliebter Eurydike durch den Schlangenbiss und ihre Höllenfahrt abgebildet. Der rechte Flügel zeigte den Moment, in dem Orpheus ihre Hand nimmt und eingetaucht in Sonnenlicht versucht, sie in die Welt der Lebenden zurückzuholen.

«Meine Güte, ist das schön», flüsterte Lena und ging um den Cafébesitzer herum, um das Mosaik aus der Nähe zu betrachten. «Hat das auch Ihre Mutter gemacht?»

Er folgte ihrem Blick und nickte.

«Warum hat sie solch eine traurige Szene ausgesucht?»

Er zuckte mit den Schultern. «Meine Mutter sagte immer, Happy Ends sind nur für das wahre Leben. Sie fand, kreative Darstellungen brauchen Drama und Tragik, um wahre Kunst sein zu können.»

Lena musste lachen. «Ich glaube, Ihre Mutter wäre mir sehr sympathisch gewesen, obwohl ich nicht ihrer Meinung bin. Kunst kann tragisch sein, aber die meisten Künstler verbringen doch ihr Leben damit, die Schönheit der Welt einzufangen.»

«Kann denn die Tragödie nicht schön sein?»

«Nein», sagte Lena und drehte sich zu ihm um. «Die Kunst gibt tiefe Befriedigung und erhebt den Geist, während die Tragödie Unruhe und Ängste auslöst.»

Er runzelte schon wieder die Stirn. «Ich sehe auch Schönheit im Chaos.»

«So wie die Dadaisten», sagte Lena.

«Und die haben doch den Weg bereitet für den Surrealismus und den Kubismus. Ich meine, dank ihnen habt ihr einen Picasso bekommen.»

Sie lachte.

«Die Dadaisten lebten umgeben von Krieg, sie haben das Chaos nicht zum Sujet erwählt», fuhr er fort. «Sie kannten schlicht nichts anderes.»

Sie sah ihn an und erkannte, dass unter der barschen Schale dieses Mannes ziemlich viel Leidenschaft steckte. «Sie kennen sich ja gut aus in der Kunst», sagte sie schließlich. «Sind Sie auch Künstler?»

Die Frage provozierte ein spöttisches Lächeln. «Nein,

tut mir leid, Sie zu enttäuschen. Ich bin nur ein gewöhnlicher Kellner.»

Lena überhörte seinen ironischen Ton.

«War dies hier das Atelier Ihrer Mutter?», fragte sie weiter.

Der Spott verschwand aus seinem Gesicht. «Ja, das war es, bis sie krank wurde. Dann richteten wir hier ihr Schlafzimmer ein, als sie die Treppen nicht mehr steigen konnte.»

«Was für eine Krankheit hatte sie denn?»

Er sah sie an und schien abwägen zu wollen, ob sie ehrlich interessiert oder nur neugierig war. Dann wandte er den Blick ab und schob ein paar Kisten unter das Bett.

«Ostitis deformans oder Morbus Paget, schon mal gehört?», antwortete er schließlich.

Lena schüttelte den Kopf.

«Ihre Knochen an Beinen und Händen verformten sich auf ungewöhnliche Weise und brachen sehr schnell», erklärte er gefasst.

Worte des Beileids wollten Lena über die Lippen kommen, aber sie schluckte sie hinunter.

«Und Ihr Vater?», fragte sie dann mit so aufrichtigem Interesse, dass sie sich selber wunderte.

Er hielt inne in seinem Geräume und sah sie hart an.

«Der ist auch schon tot», sagte er.

«Das tut mir leid», sagte Lena automatisch.

Er verengte die Augen und stemmte die Hände in die Hüften.

«Ja, okay, genug Familiendramen für heute.»

Als Lena merkte, dass er damit die Unterhaltung für

beendet erklärte, drehte sie sich wieder zu dem hübschen Fenstermosaik, obwohl es inzwischen draußen schon so dunkel war, dass sie es kaum mehr richtig sehen konnte.

«Sie können hier schlafen.»

Lena drehte sich um.

«Also, falls Sie keine Angst vor Geistern haben», fügte er spöttisch hinzu.

Sie ahnte, dass er das nur sagte, um sie zu verunsichern, was ihr ziemlich grausam vorkam.

«Oh, machen Sie sich darum keine Sorgen», sagte sie leichthin und machte eine wegwerfende Handbewegung. «Ich glaube, die Geister dieses Raumes und ich, wir werden uns bestens unterhalten.»

Er schaute zu Boden und konnte sich ein heiseres Lachen nicht verkneifen.

«Im Schrank ist Bettwäsche», sagte er. «Gute Nacht.»

Lena sah zu, wie er das Zimmer verließ.

«Gute Nacht», antwortete sie und fragte dann schnell: «Wohnt eigentlich noch jemand hier im Conventillo?»

Er blieb in der Tür stehen. Sein Rücken zitterte, als würde er lachen. Er lachte sie aus, schloss Lena erzürnt. Innerlich schnaubend verdrehte sie die Augen. Der machte sich lustig über sie, dachte wohl, er hätte ihr mächtig Angst eingejagt mit seinen Gespenstergeschichten.

«Im oberen Stockwerk lebt rechts eine alte Dame, und ich wohne über dem Café.»

Lena nickte. Sie hatte keine Angst, obwohl es vielleicht angebracht wäre. Eine alte Dame und ein alleinstehender Mann? Das klang sehr nach Hitchcocks *Psycho*, und dieser Kerl hier würde mit seinem schrägen Humor den perfekten Norman Bates abgeben. Gut, dachte Lena, sie würde morgen früh in jedem Fall mit offenen Augen duschen.

«Ich heiße übrigens Magdalena», sagte sie zu seinem Rücken, als sie merkte, dass sie sich noch überhaupt nicht vorgestellt hatte. «Aber alle nennen mich Lena.»

Er drehte sich noch einmal zu ihr um.

«Alejandro Lagar. Aber alle nennen mich ‹Señor›», sagte er sarkastisch, bevor er ging.

Lügner, dachte sie. Die beiden netten Stammgäste hatten ihn Alex genannt.

«Ist mir doch egal, wie du heißt, Norman Bates», grummelte sie in sich hinein. «Alles, was mich interessiert, ist dein Fileteado, dein Stuck und dieses hübsche Mosaik.» Sie drehte sich zum Fenster und betrachtete es versunken.

5

Lena strich sich eine Falte von der Hüftgegend des Kleides, das ein wenig nach Mottenkugeln roch, ihr aber immerhin über die Stunden hinweghalf, die ihre eigene Kleidung zum Trocknen brauchte. Nach all dem Pech vom Vortag war sie wirklich froh darüber, dass das Zimmer über ein anständiges Bad verfügte. Lena hatte sich sehr über eine belebende Dusche gefreut und auch gleich die Gelegenheit genutzt, ihre verschwitzten Kleider zu waschen. Zum Glück waren in dem Schrank nicht nur Bettwäsche und Handtücher, sondern auch noch ein paar Kleider der ehemaligen Bewohnerin.

Norman Bates' Mutter hatte einen ausgesprochen guten Kleidergeschmack gehabt und außerdem so ziemlich Lenas Größe. Vielleicht war sie etwas schlanker gewesen, sodass Lena das dunkelblaue Kleid komplett ausfüllte und die kleinen weißen Blümchen auf Brust und Hüfte ein wenig größer wirkten als auf dem restlichen Stoff. Der Kleiderschrank von Señora Lagar bestand vor allem aus bunten Kleidern und dicken Strickjacken. Lena hatte einfach ein Kleid herausgenommen. Die Unterwäsche hatte sie zum Glück schon abends gewaschen, die konnte sie schon wieder tragen.

Sie beugte sich vor, um ihr feuchtes Haar zu schütteln. Obwohl das Zimmer komplett eingerichtet war, gab es keinen Föhn. Also musste sie ihr langes Haar an der Luft trocknen lassen und hinnehmen, dass sich ihre Locken in all ihrer Ungezähmtheit kringelten. Aber sei es drum. Ihr Aussehen war ihr im Augenblick nicht so wichtig. Es gab weitaus wichtigere Dinge, über die sie dringend nachdenken musste. Zum Beispiel, wie sie Alejandro Lagar überzeugen konnte, sie all die Schätze restaurieren zu lassen, die dieses Haus barg.

Abwesend betrachtete sie sich im Spiegel und erinnerte sich daran, wie sie an die Tür des *Cafés am Ende der Welt* gelangt war, wo ein furchterregender Hades die unglaublichen Schönheiten beschützte, die sein Reich beherbergte.

Die Metapher zauberte ihr ein breites Grinsen ins Gesicht. Sie drehte sich zum Fenster, wo der Mythos von Orpheus verewigt war, jenem verliebten Sterblichen, der in die Hölle hinabstieg, um Eurydike zu suchen, und der sogar Hades höchstpersönlich davon überzeugen konnte, seine Frau freizulassen und seiner Liebe eine zweite Chance zu geben. Aber welch Jammer, dass Orpheus nicht auf Hades hören wollte und sich nach seiner Geliebten umdrehte, bevor sie die Welt der Toten verlassen hatten! Lenas Lächeln wurde wehmütig, als sie sich daran erinnerte, was ihr Vater immer gesagt hatte: «Hätte wahre Liebe nur die Zeit, die alles andere im Leben hat.» Eine große Wahrheit, die Lena einen großen Mangel an Momenten mit ihm und einen Überfluss an Momenten mit Alberto beschert hatte.

Sie schüttelte den Kopf, um die Erinnerungen zu

vertreiben, und machte sich auf den Weg ins Café. Mal sehen, ob sie den Besitzer nicht doch überreden konnte, den Schätzen dieses Ortes ihren alten Glanz zurückzugeben.

Sie trat in den Innenhof des Conventillo, der bei Tageslicht ganz anders aussah als am Vorabend. Die weiße Farbe an den Holzpfeilern des Säulengangs blätterte ab. Jedes Zimmer besaß zwei Fenster, die allesamt sehr heruntergekommen wirkten. Einzig die der bewohnten Zimmer waren heil und einigermaßen frisch lackiert, die übrigen waren scheibenlos und mit groben Holzbrettern verrammelt. Das Kopfsteinpflaster des Hofs wies einige Lücken auf, und der Brunnen in der Mitte, der früher der Wasserversorgung der Bewohner gedient haben musste, war ebenfalls mit Holzbrettern zugenagelt. Der Säulengang hatte wunderschön geschnitzte Zierleisten aus Holz, es war ein Jammer, dass alles so heruntergekommen war. Das Einzige, was etwas Farbe in die triste Szene brachte, waren die bunten Stiefmütterchen, die von dem Balkon rechts hingen, der wohl der alten Dame gehören musste, von der Señor Lagar gesprochen hatte. Lenas Idee, alles restaurieren zu wollen, wenn auch nur in Gedanken, ließ sie sich den Patio mit frischer Farbe und mehr Blumen vorstellen. Und genau in dem Moment schlich sich ein schüchterner Sonnenstrahl durch die Wolkendecke des grauen Himmels und ergoss sein warmes Licht über das Conventillo. Lena lächelte, als sie sich der Hintertür des Cafés zuwandte. Sogar der Himmel schien sich mit ihr und ihrem Vorhaben zu verbünden, diesen Ort ein bisschen schöner zu machen.

Kaum, dass sie die Tür aufgestoßen hatte, drang ihr ein unwiderstehlicher Duft nach frisch gemahlenem Kaffee in die Nase. Das Lokal schien noch geschlossen, es war leer bis auf den Besitzer hinter der Bar. Er stand mit dem Rücken zu ihr an der großen Kaffeemaschine.

«Guten Morgen!», sagte Lena schwungvoll. «Das riecht wunderbar!»

Alejandro Lagar sah sie über die Schulter hinweg an. Überrascht blieb sein Blick an ihr hängen, bis ein lautes Zischen der Kaffeemaschine ihn aufschrecken ließ.

«Verflucht!», rief er und wedelte mit der Hand.

Lena ging zu ihm. «Alles in Ordnung?»

«Nein, verdammt! Ich hab mich verbrannt.» Er hastete zum Spülbecken und ließ kaltes Wasser über seine Finger laufen.

«Tut mir leid, dass ich Sie erschreckt habe. Zeigen Sie mal her», sagte Lena und streckte die Hand aus. «Haben Sie eine Wundsalbe?»

«Nix hab ich», knurrte Señor Lagar und sah sie kurz aus dem Augenwinkel an. «Und jetzt lassen Sie mich.»

«Sie sind ja ein Morgenmuffel», entfuhr es Lena.

Er murmelte unverständlich vor sich hin und drehte ihr wieder den Rücken zu.

Um ihn nicht noch mehr zu verärgern, zog Lena sich auf die andere Seite des Tresens zurück und setzte sich auf einen Barhocker.

Nach einem Moment des Schweigens sah Alejandro Lagar ihr in die Augen.

«Warum haben Sie das angezogen?», fragte er mit dem grimmigsten Gesichtsausdruck, den Lena je gesehen hatte.

Sie sah an sich hinunter und verstand, dass er erschrocken war, das Kleid seiner Mutter zu sehen. Sie hätte ihn um Erlaubnis bitten müssen, es anzuziehen, natürlich. Wie unüberlegt von ihr.

«Entschuldigung. Es tut mir leid. Aber ich musste meine Klamotten waschen und …» Sie suchte nach Worten. «Ich hänge das Kleid sofort zurück, sobald meine Sachen wieder trocken sind.»

Er drehte den Wasserhahn zu und trocknete sich die Hände ab, ohne den Blick von ihr zu nehmen.

«Schon okay», sagte er, plötzlich ruhiger.

Er selbst trug ein blaues Karohemd mit aufgerollten Ärmeln, was Lena einen Blick auf seine muskulösen Unterarme erlaubte. An seiner Hand sah sie die Rötung, die der Dampf der Kaffeemaschine verursacht hatte. Die Verbrennung schien aber nur oberflächlich zu sein, stellte sie erleichtert fest.

«Ich würde zu gerne einen Kaffee aus dieser Maschine probieren, er duftet phantastisch», traute sie sich zu sagen. Sie lächelte ihn zaghaft an, aber er runzelte schon wieder die Stirn.

«Und heute können Sie zahlen?», fragte er mürrisch.

Lena ließ sich nicht einschüchtern. Sie stützte die Ellenbogen auf den Tresen und schenkte ihm ihr schönstes Lächeln.

«Nein, und genau darüber wollte ich mit Ihnen sprechen.»

Er sah sie für einen sehr kurzen Augenblick neugierig an, bevor er wieder einen genervten Gesichtsausdruck aufsetzte.

«Was halten Sie davon, wenn ich Ihnen den Stuck gegen Kost und Logis restauriere?», schlug Lena vor und lächelte. «Später können wir über ein Honorar für das Fileteado und das Fenstermosaik sprechen.»

Er hob die Hand zu einer abwehrenden Geste.

«Das alles mag in Ihrem Kopf Sinn ergeben», sagte er. «Aber ich habe keine Ahnung, wovon Sie reden.»

«Ich sagte Ihnen doch, dass ich Künstlerin bin. Und wir sind uns doch wohl einig, dass all das hier» – sie zeigte an die Decke – «einen frischen Anstrich braucht.»

Er atmete tief ein und warf das Geschirrhandtuch auf den Tresen.

«Und ich sagte Ihnen bereits, dass es hier keinen frischen Anstrich geben wird.» Er lehnte sich vor und stemmte die Hände auf die Bar. «Was genau haben Sie daran nicht verstanden?»

Lena öffnete den Mund zu einer Antwort, schloss ihn aber wieder. Mist. Sie hatte gehofft, er hätte es sich über Nacht anders überlegt. Und vor allem: Wenn sie nicht für ihn arbeiten konnte, was sollte sie jetzt tun?

«Äh, also, ich dachte ...», stammelte sie. «Da Sie mich im Zimmer Ihrer Mutter übernachten ließen ... da dachte ich, Sie hätten Ihre Meinung vielleicht geändert.»

Als sie merkte, dass sie am selben tragischen Punkt wie am Vortag stand, schnürte sich Lena die Kehle zu, und die Tränen brannten ihr gefährlich hinter den

Augenlidern. Sie senkte den Blick, denn wenn sie schon zusammenbrechen musste, so wollte sie es ganz sicher nicht vor diesem arroganten Typen tun, der kein Fünkchen Menschlichkeit besaß und kein einziges freundliches Wort für sie übrig hatte. Und dennoch konnte sie es nicht verhindern: Ein Schluchzen erschütterte ihren Körper, und eine störrische Träne rann ihr die Wange hinunter.

«Verdammt noch mal!»

Der Kraftausdruck ließ Lena aufsehen. Alejandro Lagar hatte begonnen, nervös von einem Ende der Bar zum anderen zu tigern.

«Jetzt sagen Sie nicht, Sie sind eine von denen, die glauben, mit ein paar Tränen alles zu erreichen!», schimpfte er.

Lena konnte ein weiteres Zittern nicht verhindern. Gott, wie demütigend es war, sich vor diesem Mann so verletzlich zu zeigen! Sie hatte sich selbst immer für eine starke Frau gehalten, wobei es natürlich kein Kunststück war, unter der schützenden Hand eines wohlhabenden und liebevollen Vaters stark zu sein. Sie wollte nicht weinen, aber alles, was in den letzten Wochen geschehen war, stellte sie auf eine harte Probe: der Verlust ihres Vaters, der Ärger mit Alberto und ihrer Mutter, ihre radikale Entscheidung, das Land zu verlassen, der Überfall, der noch weit schlimmer hätte verlaufen können ... All das hatte sie arg mitgenommen, und dieser herzlose Mann brachte das Fass zum Überlaufen. Die Tränen liefen jetzt unkontrolliert. Es war, als ob all die Unsicherheit, die unangenehmen Überraschungen und die Traurigkeit der letzten Wochen mit einem Mal aus ihr herausbrechen würden. Sie fühlte sich schutzlos, verlassen inmitten eines totalen Chaos, das sie erbarmungslos durchschüttelte.

Alejandro Lagar war sichtbar peinlich berührt. Er fluchte leise und machte sich erneut an der Kaffeemaschine zu schaffen. Lena verbarg ihr Gesicht in den Händen, damit er sie nicht so hemmungslos weinen sah.

«Hier, bitte», hörte sie ihn sagen.

Als sie die Hände von den Augen nahm, sah Lena eine Tasse Milchkaffee vor sich stehen. Bis vor ein paar Minuten hätte sie noch ihre Seele verkauft für diese Köstlichkeit, aber jetzt fühlte sie sich völlig antriebslos.

«Und ein Croissant dazu», fuhr er fort und stellte einen Teller neben die Tasse.

Der Duft des frisch gebackenen Buttercroissants ließ Lena das Wasser im Munde zusammenlaufen. Aber noch immer war der Knoten im Hals zu groß, als dass sie einfach hätte zulangen können. Sie seufzte tief und legte den Kopf zwischen ihren Armen auf die Bar.

«Hören Sie. Ich zweifle nicht an Ihren Fähigkeiten als Restauratorin», sagte Alejandro Lagar mit einer Spur Reue in der Stimme. «Aber die Kundschaft wird ausbleiben, wenn es hier nach Farbe und Lack riecht, und ich kann es mir nicht erlauben, das Café auch nur einen einzigen Tag geschlossen zu halten.»

Lena zog die Nase hoch und nickte.

«Warum versuchen Sie Ihr Glück nicht in einem Museum?»

«Ich ... ich stehe mit absolut leeren Händen da.

Ich habe alles verloren. Ich muss heute eine Stelle finden.»

Er sah sie nachdenklich an, bevor er begann, mit einem Lappen mechanisch über den Tresen zu wischen.

«Also, hier können Sie höchstens einen Job als Kellnerin finden.»

Seine Worte ließen Lena den Kopf heben. Ihre Blicke kreuzten sich, und im selben Moment begann Alejandro Lagar, den Kopf zu schütteln.

«Nein, nein, nein», sagte er energisch und bewegte den Finger dazu. «Das sollte nicht heißen, dass ...»

«Ich nehme den Job», sagte Lena schnell, und ihre verheulten Augen glänzten vor Enthusiasmus. «Wirklich, ich kann das.»

Er schüttelte weiter den Kopf.

Lena verschränkte die Hände zu einer bittenden Geste.

«Zur Probe?», flehte sie ihn an.

Er stieß einen langen Seufzer aus und sah sie intensiv an. Es schien, als wöge er ab, ob er sie freundlich, aber bestimmt zur Tür geleiten oder aber sie mit einem kräftigen Tritt in den Hintern auf die Straße setzen sollte.

«Eine Woche», sagte er plötzlich und zeigte mit einem drohenden Finger auf sie. «Eine Woche Probezeit. Wenn Sie irgendetwas kaputt machen, wenn ein Gast sich beschwert – wenn Sie es irgendwie versemmeln, dann sind Sie raus, und keine Krokodilsträne wird das ändern, verstanden?»

Lena nickte beflissen. Als sie bemerkte, wie sich ein

Grinsen auf ihrem Gesicht ausbreiten wollte, nahm sie schnell die Kaffeetasse zwischen die Hände und trank einen großen Schluck. Vielleicht lag es daran, dass sie nicht länger auf der Straße stand, aber dies war definitiv der leckerste Kaffee, den sie je getrunken hatte.

6

Alejandro Lagar hatte wenig Geduld, war grummelig und führte das Café mit so herrischer Geste, als wäre er kein Barmann, sondern ein Samurai, der seine mörderische Truppe befehligt, aber Lenas neuer Chef machte den besten Kaffee der Welt. Diese Qualität konnte seinen schlechten Charakter sicher nicht kompensieren, aber etwas beruhigte sie Lena schon, als sie sich die weiße Schürze umband, die er ihr zugeworfen hatte, und hinter den Tresen trat.

Sie war in Madrid oft in Cafés gewesen; kannte Studentenkneipen genauso wie die edelsten Kaffeehäuser. Aber sie hätte nie gedacht, dass eine Kellnerin so viele komplizierte Dinge lernen musste. Sogar ein Tablett mit einem einzigen Glas Wasser darauf auszubalancieren schien ihr schon eine Herausforderung. Also beschränkte sie sich am ersten Tag auf das Spülen von Tellern und Tassen.

«Fertig», sagte sie, als sie nach einiger Zeit aus der Küche kam. «Kein einziges Geschirrteil mehr schmutzig.»

Zu Lenas Überraschung füllte sich das Café zur Mittagszeit. Die meisten Gäste waren Touristen, die bei einem Kaffee und einem kleinen Lunch eine Pause vom Sightseeing machten, um sich anschließend wieder ins

Getümmel der Stadt zu stürzen. Das Café bot eine wunderschöne Atmosphäre, in der man bei Quiche, Joghurt mit Früchten oder Sandwichs wieder zu Kräften kommen konnte.

«Aber Sie haben ja eine Geschirrspülmaschine», bemerkte Lena weiter. «Warum genau wollten Sie, dass ich das Geschirr von Hand wasche?»

Ihr neuer Chef wischte den Tresen mit dem Rücken zu ihr.

«Mir ist keine andere Beschäftigung eingefallen, mit der Sie mir nicht im Weg wären.»

«Wenn Sie mir ein paar Dinge zeigen würden, wäre ich vielleicht nicht mehr im Weg.»

Er ließ den Lappen ruhen und drehte sich zu ihr um.

«Wenn der Laden nicht so voll wäre, würde ich Ihnen liebend gerne die Zeit widmen, die Ihnen gebührt», sagte er ironisch.

Lena verdrehte die Augen und bemühte sich, nicht die Beherrschung zu verlieren. Dieser Mann war eine der sperrigsten Personen, die sie je getroffen hatte. Aber sie wollte lernen, eine gute Kellnerin zu werden und sein Vertrauen zu gewinnen, besser noch, sich unverzichtbar zu machen, damit er sie irgendwann vielleicht doch an das Fileteado und an den Stuck ließe. So schnell würde sie jedenfalls nicht aufgeben. Plötzlich merkte sie, dass Alejandro Lagar sie aufmerksam betrachtete.

«Zeigen Sie mir, wie man die Kaffeemaschine bedient», bat Lena und ging beherzt auf die golden glänzende Maschine zu.

«Moment, Moment.» Er stellte sich ihr in den Weg.

«Das hier ist eine original Victoria Arduino, eine 68er Venus.»

Lena sah ihn an, als spräche er Suaheli.

«Stellen Sie sie sich als Reliquie vor, die nur von Profihänden bedient werden darf», erklärte ihr Chef. «Wir gehen das etwas langsamer an, in Ordnung?»

Lena hob das Kinn und stemmte eine Hand in die Hüfte.

«Gut. Und was kann ich dann machen?»

Sein Blick wanderte auf der Suche nach einer Antwort über ihr Gesicht. Er runzelte die Stirn, dann nahm etwas auf der Straße seine Aufmerksamkeit gefangen.

«Ah, da kommt Ihr Fanclub, schauen Sie nur», sagte er mit einem leichten Kopfnicken zur Tür und einem kleinen Lächeln. «Mal sehen, wie Sie mit den Gästen klarkommen.»

Lena folgte seinem Blick und erkannte die beiden Senioren vom Vortag, die auf das Café zusteuerten.

«Genau vier Uhr. Pünktlich wie immer», sagte Alejandro Lagar nach einem Blick auf seine Armbanduhr. «Da haben Sie Glück gehabt», raunte er Lena zu. «Sie haben ein dankbares Publikum erwischt.»

Die Tür öffnete sich, und die beiden Männer traten ein, ganz versunken in eine Diskussion. Aber als sie Lena hinter der Bar entdeckten, blieben beide abrupt mitten im Raum stehen.

«Goldstein», sagte der eine zum anderen, «siehst du, was ich sehe?»

Goldstein nickte. «Da hat jemand die Himmelspforte offen stehen lassen, ein Engel ist entwischt.»

Alejandro Lagar lachte schnaubend. «Äußerst dankbar ...», murmelte er kopfschüttelnd.

Lena sah ihn nicht einmal an. Sie begrüßte ihre ersten Gäste mit einem strahlenden Lächeln und griff nach einem Tablett. Aber ihr Chef beugte sich vor und nahm es ihr aus der Hand.

«Fürs Erste brauchen Sie nur das hier», sagte er und reichte ihr Kellnerblock und Kugelschreiber.

Lena verengte angriffslustig die Augen und nahm beides entgegen. Dann ging sie zu dem Tisch hinüber, an dem die Männer Platz genommen hatten, demselben vom Vortag.

«Guten Tag, die Herren», sagte sie lächelnd.

«Guten Tag, Señorita», antworteten beide im Chor. Sie hatten Lena nicht aus den Augen gelassen, seit sie hereingekommen waren.

«Was darf ich Ihnen bringen?»

«Zweimal das Menü für Fahnenflüchtige.»

Lena hob den Blick von ihrem Block und sah in die lächelnden Gesichter der beiden Herren. Sie hatte die Karte am Vormittag studiert und konnte sich nicht an ein «Menü für Fahnenflüchtige» erinnern. Dennoch notierte sie es, als sei nichts dabei.

«Und zu trinken?»

«Einfach das Getränk des Menüs», sagte der andere verschmitzt.

«Gut!», sagte Lena übertrieben enthusiastisch – sie verstand kein Wort, wollte aber nicht, dass ihre ersten Kunden das mitbekämen.

«Ich erkläre Ihnen den Namen des Menüs», sagte nun

wieder der erste, ebenso liebenswürdig wie am Tag zuvor. «Wenn Sie mir sagen, was Sie hier machen.»

Lena lächelte. «Abgemacht.»

«Ich sagte Ihnen doch gestern, dass ich in einem Altenheim lebe. Da haben sie sich den schlechtesten Koch angelacht, den man sich nur vorstellen kann. Wahrscheinlich damit wir alle schneller den Löffel abgeben!», setzte er verächtlich hinzu. «Und mein Freund hier hat eine Ehefrau, die meint, abnehmen zu müssen, um ihm besser zu gefallen ...»

«Ach, halt doch die Klappe», murrte der andere dazwischen.

Der erste lachte laut auf, bevor er fortfuhr.

«Sie sehen also, wir leben beide in einem Gefängnis. Wir sind Flüchtige unserer Lebensumstände, Señorita», scherzte er. «Und deshalb kommen wir jeden Tag hierher, damit Alex uns ein Tuco-Sandwich und ein Bier serviert. Und jetzt seien Sie so gut und erlösen uns von unserer Neugier. Was beschert uns den Glanz in dieser Hütte?»

Lena merkte, wie sie angesichts des Kompliments errötete und senkte den Kopf. So ein netter Herr!

«Ich bin die neue Kellnerin hier, aber nur auf Probe», sagte sie in vertraulichem Ton. «Deshalb hoffe ich, dass ich mich nicht zu dumm anstelle.»

«Aber Kindchen, vor uns brauchen Sie keine Angst zu haben. Wir liegen Ihnen doch bereits zu Füßen», antwortete der Mann augenzwinkernd.

Lena schüttelte den Kopf. «Nein, nein! Seien Sie ruhig streng. Ich muss schnell lernen, damit der Chef mich nicht wieder vor die Tür setzt.»

Beide strahlten sie aus ihren faltenreichen Gesichtern herzlich an und versprachen ihr ihre Hilfe.

«Übrigens», sagte der erste dann. «Mein Name ist Víctor Bukowski, und das hier ist Manuel Goldstein. Es ist mir eine Freude, Sie kennenzulernen.»

Lena schüttelte lächelnd die Hände, die beide Herren ihr nun entgegenstreckten.

«Ich bin Magdalena Vázquez, aber sagen Sie bitte Lena.»

Sie machte kehrt und ging an die Bar.

«Zweimal das Menü für Fahnenflüchtige», gab sie die Bestellung an Alejandro Lagar weiter, der sie mit verschränkten Armen ansah. «Und, wie war ich?»

«Ziemlich lahm», sagte er.

Lena sah ihn irritiert an. «Wie bitte?»

«Sie haben viel zu viel Zeit darauf verwendet, einen einzigen Tisch zu bedienen. Wenn mehr Leute da gewesen wären, wären die längst entnervt ins nächste Café gegangen.»

Lena reckte das Kinn. «Aber da das Café im Moment nun mal leer ist, habe ich mir erlaubt, den Stammgästen ein wenig Aufmerksamkeit zu schenken», rechtfertigte sie sich.

Ihr neuer Chef schnalzte missbilligend mit der Zunge und machte sich daran, die Bestellung zu bearbeiten. Lena kam um den Tresen herum und folgte ihm in die Küche.

Alejandro Lagar begann, mit großer Geschwindigkeit Zwiebeln und Tomaten zu hacken. Lena beobachtete fasziniert die routinierten Handgriffe. Er nahm einen

Laib Weißbrot von der Anrichte und schnitt zwei exakt gleich dicke Scheiben ab.

«Das gleiche Sandwich, das ich gestern gegessen habe?», fragte Lena, als sie den Geruch wiedererkannte, der sie in das Café geführt hatte.

«Hm», bestätigte Alejandro Lagar, ohne den Blick vom Küchentisch zu heben.

«Und es ist Fleisch drin?», bemerkte Lena entsetzt, als sie sah, wie er Hack aus dem Kühlschrank holte.

Er sah sie belustigt an. «Ja, sicher, was dachten Sie denn? Ich mache doch kein Tofu-Tuco.»

«Aber ich esse kein Fleisch», sagte Lena indigniert und auch etwas beschämt, weil sie vor lauter Hunger gestern noch nicht einmal das Hack herausgeschmeckt hatte.

«Und dann kommen Sie ausgerechnet nach Argentinien?» Er lachte schallend. «Sie müssen doch wissen, dass man hier zu jeder Gelegenheit Fleisch isst.»

Lena zog eine Grimasse. Langsam war sie es leid, diesem Mann als Belustigungsobjekt zu dienen. Eine schrille Glocke riss sie aus ihren Gedanken.

«Können Sie mal das Brot aus dem Ofen holen?», bat er sie, während er das Hack zu den Zwiebeln in die Pfanne gab.

Sie nahm einen Teller aus dem Schrank und legte die beiden Brotscheiben darauf, die ihr Chef bei geringer Hitze erwärmt hatte, damit die Soße besser angenommen werde, wie er ihr erklärte. Als sie die beiden länglichen Brotscheiben auf dem Teller betrachtete, fühlte Lena sich an zwei riesige Ohren erinnert.

«Ach so!», rief sie und hielt sich die Brotscheiben neben den Kopf. «Jetzt verstehe ich, warum dieses Gericht *Prinz Charles* heißt.»

Er sah sie kurz an. «Ach ja? Na dann, Glückwunsch.»

Lena gefror das Lächeln auf den Lippen. «Warum sind Sie bloß so unfreundlich?», fragte sie, und legte das Brot zurück auf den Teller.

«Warum sollte ich freundlich sein?»

Um keine neue sinnlose Diskussion anzuzetteln, beschloss Lena, darauf nicht weiter einzugehen, sondern einfach ihre Arbeit zu machen. Sie nahm die Teller und stellte sie neben den Herd. Alejandro Lagar warf ihr einen kurzen Blick zu und gab die Soße aus der Pfanne auf die Brotscheiben.

«Das riecht phantastisch», sagte Lena, die die angespannte Stille nicht aushielt.

«Das Geheimnis ist das Brot», antwortete er. «Nur das beste Mehl und punktgenau gebacken. Und es muss frisch sein. Es gibt nichts Schlimmeres als tiefgefrorenes Brot. Ich meine, wer kauft diesen Mist?»

Lena senkte überrascht den Blick. «Äh ... na ja, vielleicht Leute, die keine Bäckerei um die Ecke haben?» Sie sollte wohl die Geschäftsidee ihres Vaters verteidigen, der sie überdies den gesamten Komfort ihres bisherigen Lebens verdankte. «Und nicht jeder hat Zeit, jeden Morgen erst mal einkaufen zu gehen. So ist Tiefgefrorenes eine Möglichkeit, jederzeit ein Brot wie frisch gebacken auf den Tisch zu bringen.»

Er schaltete den Herd aus und stellte die Pfanne weg, bevor er Lena mit hochgezogenen Augenbrauen ansah.

«Also, ich kenne niemanden, der mehr als 200 Meter zum nächsten Bäcker läuft. Und trotzdem kaufen die Leute ihr Brot lieber aus der Tiefkühlabteilung des Supermarkts, weil es nämlich billiger ist. Was dazu führt, dass der Brotpreis so weit sinkt, dass ein normaler Bäcker nicht mehr konkurrenzfähig ist und schweren Herzens sein Geschäft schließen muss. Und dann kann es schon passieren, dass sich bald kein Bäcker mehr in der Nähe befindet.»

Lena schwieg. Sie sollte ihm sagen, dass er sich irrte, dass tiefgefrorenes Brot nur eine wunderbare Möglichkeit war, zu jeder Tages- und Nachtzeit knuspriges Brot auf den Tisch zu bringen. Aber sie hatte noch nie die Schattenseite des Geschäfts ihres Vaters betrachtet. Sie hatte noch nie überlegt, dass sein Angebot traditionellen Bäckern Konkurrenz machte.

«Bitte schön: zwei *Prinz Charles.*»

Lena sah verwirrt auf die Teller in seiner Hand.

«Bin schon unterwegs», sagte sie dann.

Als sie zurück ins Café kam, erwartete sie eine Überraschung: Die beiden Herren saßen nicht mehr an ihrem Fenstertisch. Sie waren an die Bar gekommen, wo sie Lena lächelnd erwarteten.

«Was ist denn mit euch los?», hörte sie ihren Chef hinter sich fragen.

«Heute wollen wir mal die Aussicht hier an der Bar genießen», antwortete Bukowski.

«Ihr zahlt trotzdem Tischpreise», sagte er, riss Lena die Teller aus der Hand und knallte sie den Herren vor die Nasen.

«Das scheint uns fair, nicht wahr, Goldstein?»

Der andere nickte und sah beglückt auf seinen Teller. «Señorita, dürfen wir noch um ein Bier bitten, um diese Köstlichkeit hinunterzuspülen?»

Lena, etwas verstört von der griesgrämigen Aktion ihres Chefs, sammelte sich und erwiderte das Lächeln, wohl wissend, dass sie unter Beobachtung stand und dass Alejandro Lagar gerade sehr böse auf seine einzigen Gäste war.

«Aber sicher doch!», rief sie fröhlich.

Sie ging zur Zapfanlage und tat, was ihr gesunder Menschenverstand ihr diktierte: Sie nahm ein Glas, hielt es unter den Zapfhahn und zog den Hebel nach vorne. Heraus kam ein Schwall Schaum, der das Glas bis oben hin füllte. Lena sah entschuldigend zu den Senioren auf.

«Nur her damit, uns schmeckt's schön schaumig!», sagte Bukowski mit entzückender Nachsichtigkeit.

Lena brachte ihm das Bier und spürte den kritischen Blick ihres Chefs im Nacken, als sie ein zweites zapfte.

«Aber vielleicht trinken wir heute zwei», sagte Goldstein konsterniert, während er den Inhalt seines Glases betrachtete.

«Kommt Señora Hilda heute schon wieder nicht herunter?», fragte Bukowski, während beide sich ans Essen machten.

«Nein. Es geht ihr nicht so gut», antwortete Lenas Chef.

Bukowski schien besorgt. «Ist es die Lunge?»

«Nein, sie hat nur einen Hänger, weil ihr Pfleger die Woche freihat.»

«Du solltest deine Liebste öfter besuchen, Bukowski», sagte Goldstein mit vollem Mund.

«Etwas mehr Respekt, bitte!», antwortete der andere geringschätzig. «Vergiss nicht, dass Hilda Massardi einst eine der beliebtesten Schauspielerinnen des Landes war – der große Astor Piazzolla hat sie als Wunderkind bezeichnet. Bloß ist leider unser Gedächtnis so lückenhaft wie ungerecht, und niemand hat der Dame je die Anerkennung zukommen lassen, die ihr gebührt.» Inmitten dieser flammenden Rede sah Bukowski zu Lena auf, und etwas in ihrem Gesichtsausdruck musste ihm wohl bedeuten, dass sie nicht verstand, wovon er sprach. «Ach, Entschuldigung. Wir haben ja ganz vergessen, dass wir eine neue Freundin haben», sagte er augenzwinkernd zu ihr. «Die Rede ist von einer wunderbaren Schauspielerin, die auf den großen Bühnen des Landes stand, aber heute in Vergessenheit geraten ist. Na ja, eigentlich erinnert sich nur noch Alex an sie, der ihr das Essen bringt, der Pfleger vom öffentlichen Gesundheitsdienst, der einmal wöchentlich kommt, und ein Verehrer, der alt genug ist, um ein glühender Fan von Hilda Massardi zu sein.»

Lena lächelte. Die gute Laune des alten Herrn machte ihn für den Moment zu ihrem Lieblingsargentinier. Sie versuchte, sich an ihre Filmseminare an der Uni zu erinnern, aber der Name dieser Schauspielerin sagte ihr nichts.

«Ist das die Dame, die im ersten Stock lebt?», fragte

sie ihren Chef. Er sah sie aus den Augenwinkeln an und nickte.

Die beiden Alten hoben den Blick von ihrem Essen, um sie zu beobachten.

«Im ersten Stock?», fragte Bukowski und fixierte Señor Lagar mit einem verschmitzten Lächeln.

«Weißt du was, Bukowski?», sagte der und warf den Schwamm in die Spüle. «Nicht alle Welt fällt in deinen Zuständigkeitsbereich.»

Das Lächeln des Alten wurde breiter.

«Da irrst du dich, mein Lieber», antwortete er. «Vergiss nicht, dass ich Professor war – ich bin ein Mann von vielseitigen Interessen und Talenten. Dann haben Sie bereits das Conventillo kennengelernt?», wandte er sich an Lena.

Lena ließ ihren Blick von einem zum anderen wandern und wusste nicht, was sie sagen sollte. Sie hatte offenbar die Neugier des Alten geweckt. Allerdings verstand sie nicht die Weigerung ihres Chefs, ihm die einfache Frage zu beantworten, was gab es da zu verheimlichen? Mit seiner ausweichenden Art befeuerte er doch nur das Interesse des Alten an dieser gänzlich harmlosen Information.

«Señor Lagar war so freundlich, mich in einem Zimmer des Conventillo übernachten zu lassen», erklärte sie den beiden Männern mit einem raschen Seitenblick auf das versteinerte Profil ihres Chefs. «Außerdem darf ich hier im Café arbeiten, bis ich genug gespart habe, um mir eine feste Bleibe zu suchen.»

Sofort spürte sie den stechenden Blick ihres Chefs auf

sich. Sie biss sich auf die Unterlippe und machte eine entschuldigende Geste, als er Luft holte, um etwas zu sagen. Denn eigentlich hatten sie noch gar nichts vereinbart, was ihre Bleibe im Conventillo betraf.

«Also, auf Probe!», schob sie schnell hinterher.

«Señor Lagar?», fragte Goldstein und lachte heiser. Er sah von einem zum anderen, wie um sich zu vergewissern, dass er nicht auf den Arm genommen wurde.

Bukowski beobachtete Lena und ihren Chef ebenfalls aufmerksam.

«Wie schön, Lena, dass Sie uns eine Weile erhalten bleiben», sagte er dann.

Goldstein leerte sein Glas. «Würden Sie uns noch ein Bier ausschenken, mit weniger Schaum diesmal?»

Sie betrachtete den Schaumrest, der ihm an der Nase klebte, und senkte den Blick, um nicht loszuprusten. Dann nahm sie das Glas in beide Hände und sah ihren Chef an, der die Szene mit verschränkten Armen beobachtet hatte, grimmig wie immer.

«Helfen Sie mir, bitte?»

Seine Augen wanderten über ihr Gesicht, und sein Ausdruck wurde weicher, als hätte ihre Frage ihn überrascht. Er blinzelte verblüfft und löste langsam seine Arme.

Lena neigte den Kopf und hielt ihm das Glas entgegen. «Mit dem Bier, meine ich.»

Seine Augen senkten sich auf das Glas.

«Geben Sie her», sagte er, schon wieder muffelig.

Goldstein sah Bukowski an. «Und du, trinkst du keins mehr?»

Bukowski schüttelte den Kopf und betrachtete konzentriert die Szene hinter der Bar. Völlig fasziniert beobachtete er den Sohn seiner besten Freunde dabei, wie er die Kunst des Bierzapfens lehrte und dabei mit aller Macht versuchte, sich nicht zu verlieben.

7

In den folgenden Tagen lernte Lena den Alltag im Café kennen. In den Morgenstunden bereitete sie mit ihrem Chef zusammen das trubelige Mittagsgeschäft vor. Am Nachmittag, wenn es wieder ruhiger war, kamen stets Goldstein und Bukowski vorbei. Señor Lagar bekam schnell genug von den beiden und zog sich in seine Wohnung über dem Café zurück, was Lena die Gelegenheit gab, die beiden Herren etwas besser kennenzulernen. Sie hatte sie schnell liebgewonnen, und die Herren setzten sich fortan immer an die Bar und plauderten mit Lena, bis sie ein paar Stunden später wieder aufbrachen.

Goldstein war ein schlanker, hochgewachsener Mann, weshalb er immer ein bisschen gebeugt lief. Er hatte als Bahnhofsvorsteher für die Eisenbahngesellschaft gearbeitet und war wesentlich schüchterner als sein Kompagnon. Er war ein nachdenklicher Typ, was vielleicht daher rührte, dass er seit über fünfzig Jahren mit einer dominanten Ehefrau zusammenlebte, die ihn komplett unter dem Pantoffel hielt.

Bukowski hingegen war von unverwüstlich guter Laune und erstaunlicher Vitalität, die perfekt ergänzt wurden von einer für einen Mann seines Alters bewundernswerten geistigen Agilität. Er war in guter körperlicher Verfassung und nur ein bisschen kleiner als sein Freund, hatte dichtes weißes Haar und trug eine dicke Hornbrille. Es gab kein Thema, zu dem er nicht eine durchdachte Meinung hatte, und außer über seinen Sohn sprach er auch gerne über alles. Lena fand schnell heraus, dass sein Sohn das Einzige war, was Bukowskis Laune schlechter werden ließ. Offenbar war der Sprössling nach seiner Heirat in einen anderen Stadtteil gezogen und kam Bukowski nie besuchen.

An ihrem zweiten Arbeitstag lernte Lena auch Señora Hilda Massardi kennen, die alte Dame, die im Conventillo lebte.

«Guten Morgen, Hilda!», begrüßte sie ihr Chef, der zur Hintertür geeilt war, als er ihre zierliche Silhouette hinter dem Milchglas entdeckt hatte. «Du musst doch nicht runterkommen, ich bringe dir das Frühstück gerne hoch.»

«Danke, mein Junge. Aber ich ertrage es nicht einen Tag länger, von früh bis spät in diesem Zimmer eingesperrt zu sein», antwortete sie sanft.

Sobald sie an der Bar Platz genommen und ihren roten Hut abgesetzt hatte, wusste Lena, dass es sich um die Schauspielerin handeln musste, von der die Männer ihr erzählt hatten. Sie wirkte noch immer wie geschaffen für die Bühne – mit ihrem langen, eleganten Kleid, dem bestickten Tuch, das sie um die Schultern drapiert trug, den mit Ringen überhäuften Fingern. Sie bewegte sich langsam und geziert, als befände sie sich auf einer Bühne. Ihr weißes Haar hatte sie zu einem eleganten Knoten frisiert, ihre noch immer makellose Gesichtshaut war sehr dezent geschminkt. Man sah ihr an, dass sie sich ein Leben lang sehr gut gepflegt hatte.

Nachdem er die beiden Frauen einander vorgestellt hatte, ging Lenas Chef in die Küche, um der alten Dame ihr Frühstück zuzubereiten.

«Das ist ein wunderschönes Tuch, das Sie da tragen», sagte Lena, um die Stille zu durchbrechen.

«Vielen Dank. Es kommt aus Manila. Ein Verehrer hat es mir nach einer Aufführung im Teatro Real de Madrid geschenkt. Ihre Heimat, Madrid, nicht wahr?»

Lena nickte lächelnd – es gefiel ihr, an ihrem Akzent erkannt zu werden. Die Unterhaltung mit Señora Massardi entwickelte sich ganz natürlich, im Nu waren die beiden Frauen in ein intensives Gespräch verwickelt.

Das Leben dieser Frau steckte voller spannender Geschichten. Lena konnte es kaum fassen, als Señora Massardi ihr erzählte, wie sie gerade mal zwanzigjährig bei einem Gastspiel in Paris eine Affäre mit Pablo Picasso gehabt hatte.

«Das muss wohl gewesen sein, bevor er Françoise Gilot kennenlernte», murmelte Lena. «Und er war schon um die sechzig», ergänzte sie mit Blick auf ihren Chef, der zurück aus der Küche war und an ihrer Seite die gleiche Position eingenommen hatte, in der sie an Señora Massardis Lippen hing: Ellenbogen auf der Bar, Gesicht auf die Hände gestützt.

Er hob die Augenbrauen. «Tatsächlich!»

Lenas Lächeln erstarb. Sie stellte sich aufrecht hin und streckte den Rücken durch.

«Wenn Sie dann die Güte hätten, Ihr Plauderstündchen zu unterbrechen, um die Gäste zu bedienen?», sagte Señor Lagar.

Lena entschuldigte sich bei Señora Massardi und beeilte sich, die Bestellungen der eingetroffenen Gäste aufzunehmen.

Mit der Zeit und dank der Erzählungen der drei Senioren erfuhr Lena einige interessante Geschichten aus der Vergangenheit dieses Ortes – zum Beispiel hatten im Hof einmal zwei der wichtigsten Antiquare der Stadt gelebt, bevor sie in eine gediegenere Gegend gezogen waren. Und die Eltern ihres Chefs waren im Viertel sehr angesehen und beliebt gewesen. Alejandros Vater hatte das Café Anfang der sechziger Jahre übernommen, als die Hippies San Telmo regierten. Die Mutter war eine Straßenkünstlerin gewesen, die sonntags ihre Bilder auf dem Markt verkaufte. Sie hatte nicht nur viel Talent besessen, sondern war auch wunderschön. Mit der ganzen Clique waren sie in dem alten Conventillo gelandet. Lena hörte den alten Leuten zu, die sich mit so viel Zuneigung an vergangene Zeiten und an ihre verstorbenen Freunde erinnerten, und fragte sich, wie es sein konnte, dass ein offenbar so glückliches Paar einen so verhärmten und unfreundlichen Sohn wie Alejandro Lagar bekommen hatte.

«Carmen war eine wunderschöne Frau. Wir waren alle ein bisschen verliebt in sie», sagte Bukowski über Alejandros Mutter. «Sie hatte langes braunes Haar, phantastische wilde Locken. Ihre italienischen Vorfahren hatten ihr so viele Kurven vermacht, dass wir Männer alle den Atem anhielten, wenn sie den Raum betrat. Aber was einen wirklich in seinen Bann zog, war ihr Lächeln. Es erhellte ihr Gesicht und die ganze Welt», ergänzte er seufzend. «Und sie hatte immer ein Lächeln für alle Welt, egal, wer du warst oder wo du herkamst. Sie war einer der besten Menschen, die ich je kennengelernt habe. Nicht einmal als sie krank wurde, verlor sie ihre gute Laune – sie lag im Sterben und ermunterte noch immer uns alle, die schönen Seiten des Lebens zu sehen.»

Lena hörte aufmerksam zu und erinnerte sich daran, was ihr Chef ihr über die Meinung seiner Mutter zu Happy Ends erzählt hatte: dass die Kunst tragisch sein musste und die glücklichen Ausgänge für das wahre Leben reserviert seien. Dass sie es geschafft hatte, bei dieser Einstellung zu bleiben, selbst als sie schon wusste, dass sie im Sterben lag, ließ Lena große Bewunderung für diese unbekannte Frau empfinden.

«Und ihr Ehemann?», fragte sie neugierig.

Bukowski betrachtete sie freundlich, während Goldstein sich mit Wonne seinem *Prinz Charles* widmete.

«Er hatte eine Frau wie Carmen wahrlich verdient. Juan war ein toller Kerl. Vielleicht nicht der offenste, auch nicht der geduldigste, aber einer der ehrbarsten.» Er machte eine kleine Pause, als bewegte ihn die Erinnerung an seinen verstorbenen Freund noch immer. «Als wir ihn kennenlernten, war er gerade erst aus Corrientes hierhergezogen. Seine Eltern waren tot, und er wollte mit seinem bescheidenen Erbe sein Glück in der Hauptstadt versuchen und ein Geschäft eröffnen. Als ich meine Doktorarbeit schrieb, hat er mich ein ganzes Jahr lang durchgefüttert. Er war nicht der Allerfreundlichste, aber einer von der Sorte Mensch, die du brauchst, wenn du Probleme hast. Ein sparsamer Kerl, stand mit beiden Beinen fest auf dem Boden ... darum hab ich eigentlich nie verstanden, warum er sich mit uns angefreundet hat – wir wollten damals ja nur das Leben genießen.»

Goldstein nickte. «Und ob wir das Leben genossen haben. Denk nur an all das Gras, das wir geraucht haben!»

Bukowski grinste von einem Ohr zum anderen. «Ach ja ... Das waren gute Zeiten. Wir haben doch wenig gebraucht, um glücklich zu sein.»

«Sag ich ja, nur ein bisschen Gras und ein Stückchen Papier, um es einzuwickeln», beharrte der andere.

Bukowski lachte und schüttelte den Kopf.

«Ich hab nie Gras geraucht», klinkte sich plötzlich Señora Massardi ein. «Aber von der Bühne aus erschien mir die Welt immer wie ein perfekter Ort. Beim Schauspielern habe ich alle Emotionen gelebt, und zwar bis in ihre Extreme: den Hass, die Liebe, die größte Leidenschaft. Manche glauben, wir Schauspieler würden für die anderen spielen, aber in Wirklichkeit tun wir es für uns selbst.»

Alle lauschten ihr aufmerksam, Hilda Massardi hatte eine besondere Gabe, ihr Publikum an sich zu binden. Sie wählte stets die richtigen Worte, als wären sie ihr von einem fähigen Dramaturgen in den Mund gelegt. Ihre wohlmodulierte Stimme und die feinen, eleganten Gesten untermalten, was sie gerade erzählte: dass sie auf der Bühne zu Hause war.

Lena genoss die Nachmittage in der Gesellschaft der drei Senioren. Ihr Chef entschuldigte sich bisweilen, und wenn er blieb, hielt er sich aus ihren Unterhaltungen heraus und kümmerte sich um den Betrieb. Wenn das Lokal um kurz vor Mitternacht schloss, half Lena Alejandro Lagar beim Aufräumen. Er sprach kaum mit ihr, außer, um ihr Anweisungen zu geben. Also zog Lena sich in ihr Zimmer zurück, sobald sie alles erledigt hatten.

«Gute Nacht», sagte sie, wenn sie ihre Schürze an den Haken hängte.

«Nacht», murmelte er dann aus dem Halbdunkel des Cafés und sah sie unbeteiligt an.

Lena gewöhnte sich an, immer nach oben zu schauen, wenn sie den Innenhof durchquerte. Das schummrige Licht hinter Señora Massardis Fenster zeigte ihr, dass diese noch wach war. Es gefiel ihr, sie dort zu wissen, sie fühlte sich irgendwie begleitet.

Ihr Chef hatte am Tag nach ihrer Ankunft die Kisten aus ihrem Zimmer geräumt, sodass sie jetzt Platz hatte, um die Bilder von Doña Carmen aufzustellen. Bevor sie schlafen ging, liebte Lena es, die Bilder anzusehen. Es stimmte, dass Alejandros Mutter sich von Mythen und traurigen Geschichten hatte inspirieren lassen, aber Lena hatte in fast allen Bildern etwas entdeckt, das die Dunkelheit brach: Der Gebrauch der Farben widersprach der Trübnis, die das Motiv suggerierte. In diesen tragischen Welten, die Doña Carmen idealisierte, gab es keine Schatten – vielleicht weil sie eine so glückliche Frau gewesen war und sich unweigerlich dem Licht zuneigte. Lena kuschelte sich in die bunte Patchworkdecke, die das Bett der Malerin zierte, und döste mit ebenso bunten Gedanken im Kopf ein.

Erstaunlicherweise träumte sie nicht mehr von ihrem Vater und auch nicht von Madrid. Seit einigen Nächten bevölkerten neue Menschen ihre Träume: zwei humorvolle alte Männer, die sie zum Lachen brachten, eine große Schauspielerin, die einmal Picassos Geliebte gewesen war, und eine gesichtslose Silhouette, die ihr keine Angst machte, obwohl kein Fünkchen Licht die dunkle Figur erhellte. Und dennoch beruhigte Lena ihre Anwesenheit, ließ sie sich sicher fühlen.

8

Lenas Probewoche verging wie im Flug, und die darauffolgende ebenso. Vielleicht weil sie so viel Neues lernte, vielleicht aber auch weil sie schnell merkte, wie sehr ihr die Arbeit im Café gefiel. Sie mochte das Licht, das morgens durch das große Schaufenster fiel, wenn der ganze Raum im Sonnenschein zu erwachen schien, und sie genoss die Stille, während sie die Stühle von den Tischen hob und begann, das Frühstück vorzubereiten. Der Duft frisch gebackenen Brots drang aus der Küche, wo ihr Chef schon seit Stunden Brot und Brötchen backte, Lieferanten empfing und Waren auspackte. Sie hatte gelernt, die Kaffeemaschine zu bedienen, und sie hatte sich angewöhnt, ihrem Chef morgens einen Kaffee in die Küche zu bringen.

«Danke», sagte er mit einem anerkennenden Blick auf den Inhalt der Tasse, der Lena mit Stolz erfüllte.

Und dann ging jeder wieder an seine Arbeit, und jeden Tag bewegte Lena sich etwas sicherer und selbstverständlicher im *Café am Ende der Welt*. Aber als zwei Wochen vorbei waren, lag ein Umschlag für sie auf der Anrichte, als Lena mit dem Kaffee in die Küche kam.

«Danke», sagte ihr Chef, als sie ihm die Tasse reichte,

und: «Ah, das ist für Sie», als er sah, dass sie auf den Umschlag starrte.

Lena stellte ihre Tasse auf der Anrichte ab und nahm den Umschlag. Sie warf einen raschen Blick auf den Inhalt und war verwirrt, als sie sah, dass Geld darin war. Sie blickte zu ihrem Chef auf und biss sich nervös auf die Unterlippe. Sie hatte geglaubt, dass er zufrieden mit ihrer Arbeit sei, und verstand nicht, wieso er sie plötzlich ausbezahlte. Sie blickte erneut auf das Bündel Hundert-Peso-Scheine und zwinkerte angestrengt mit den Augen, um die Tränen zu unterdrücken, die sie aufsteigen spürte. Endlich hielt sie ein bisschen Geld in den Händen, aber es ärgerte sie unsäglich, entlassen zu werden, nachdem sie sich so bemüht hatte. Am meisten schmerzte sie die Vorstellung, Goldstein, Bukowski und Señora Massardi nicht mehr zu sehen. Langsam zog sie die Schürze aus und legte sie neben die Kaffeetasse. Sie trug eines der Kleider von Doña Carmen, also durfte sie nicht vergessen, sich umzuziehen, bevor sie ging. Und bei dem Gedanken daran erkannte sie noch eine bittere Wahrheit: Sie wollte das Conventillo nicht verlassen.

«Ich wasche noch die Kleidung und hänge sie im Hof zum Trocknen auf», sagte sie leise und strich über das feine Blumenmuster des Kleides. Aber dann kam ihr eine phantastische Idee. «Könnte ich nicht trotzdem im Conventillo wohnen bleiben?»

Alejandro Lagar sah sie mit gerunzelter Stirn an. Dann verschränkte er die Arme und lehnte sich gegen die Arbeitsplatte.

«Wovon reden Sie?»

«Na, von meiner Kündigung», sagte sie und schwenkte den Umschlag. «Ich dachte, es würde ganz gut laufen und dass ich vielleicht bleiben könnte. Deshalb habe ich mich noch nicht nach etwas anderem umgesehen. Wenn Sie mich im Conventillo wohnen ließen, könnte ich Ihnen einfach Miete zahlen und mir eine neue ...»

«Das ist keine Abfindung», unterbrach er sie. «Das ist Ihr Gehalt für die letzten zwei Wochen. Sie sagten doch, Sie seien ausgeraubt worden? Dann werden Sie sich wohl ein paar Dinge kaufen müssen, oder?» Er sah sie an. «Sie können trotzdem weiterhin die Kleider meiner Mutter tragen, wenn Sie möchten.»

Dann verstummte er abrupt und wandte den Blick ab. Sie bemerkte eine leichte Röte auf seinen Wangen. Dieser zarte Anblick bei dem so schroffen Mann ließ Lena ganz warm ums Herz werden. Aber dann zwang sie sich, sich auf den Inhalt seiner Botschaft zu konzentrieren.

«Ich bin nicht entlassen?», fragte sie und merkte, wie sich ein Lächeln auf ihrem Gesicht ausbreitete.

Er atmete tief ein. «Nein. Es steht Ihnen natürlich jederzeit frei zu gehen, wenn Sie das möchten.»

«Sind Sie irre?», rutschte es Lena heraus. Und als sie seine wie so oft gerunzelte Stirn sah, schob sie schnell hinterher: «Ich bin sehr zufrieden hier. Wenn Sie mich nicht loswerden wollen, dann ...»

Er senkte den Blick.

«Sie können bleiben, wenn Sie möchten.»

«Ja, das möchte ich.»

Er sah wieder auf und direkt in Lenas Augen. Sie wusste ja schon, dass seine grün waren, aber jetzt nahm sie noch einen speziellen Schimmer darin wahr. Sie betrachtete ihn fasziniert, als hätte sie ein seltenes Naturphänomen beobachtet.

«Na dann», stammelte er und wandte sich zur Tür. «An die Arbeit. Damit Sie sich das Geld auch verdienen.»

Er klang beinahe humorvoll, und Lena lachte gelöst.

«Vielen Dank für das Geld», sagte sie und schwenkte erneut den Umschlag.

Er drehte sich zu ihr um. «Es sind nur dreitausend Pesos. Sie werden bald merken, wie wenig das in diesem inflationsgebeutelten Land wert ist.» Er kratzte sich verlegen über der Augenbraue. «Aber hilft ja nichts. Sie können es sicher gebrauchen.»

«Ja, das stimmt.»

Ihr Chef wollte sich schon wieder zur Tür drehen und zögerte dann erneut.

«Hören Sie, wir haben Ihr Gehalt ja noch gar nicht besprochen», sagte er. «Ich kann Ihnen fünftausend im Monat zahlen, und im Conventillo können Sie wohnen, solange Sie wollen. Und ich helfe Ihnen beim Umrechnen», ergänzte er. «Das sind dreihundert Euro. Mehr geht im Moment nicht. Falls Ihnen das nicht reicht und Sie sich was anderes suchen wollen, kann ich das gut verstehen.»

Lena schüttelte energisch den Kopf. Dreihundert Euro im Monat waren ziemlich wenig, natürlich nicht vergleichbar mit ihrem ersten Gehalt als Justiziarin in der Firma ihres Vaters. Beinahe jedes Paar Schuhe, das sie in Madrid besaß, war mehr wert. Wobei sie ja die Preise in Argentinien noch gar nicht kannte. Und nachdem sie gerade zwei Wochen ohne jegliches Geld zu ihrer eigenen Verfügung verbracht hatte, schienen ihr fünftausend Pesos wie ein unschätzbares Vermögen und die Vorstellung, im Conventillo zu bleiben, wie die schönste Aussicht der Welt.

«Nein, ich bin einverstanden», sagte sie schließlich.

Sichtbar erfreut nickte er und ging zur Tür.

Lena sah zur Decke. «Endlich kann ich mir neue Slips kaufen!», seufzte sie erleichtert.

«Ach so?»

Alejandro Lagars Stimme ließ sie zusammenfahren. Wie peinlich! Sie dachte, er wäre schon draußen. Aber da stand er im Türrahmen und sah sie amüsiert an.

Lena merkte, wie ihr die Hitze ins Gesicht stieg. Und er, als genösse er ihren verschämten Anblick, stand einfach weiter mit verschränkten Armen da und betrachtete sie lächelnd.

«Jetzt gehen Sie schon an die Arbeit», rief sie empört und wedelte ihn mit dem Umschlag hinaus.

Er lachte schallend los, bevor er sich umdrehte und die Küche verließ. Noch eine gute Weile hörte sie ihn vor sich hin lachen. Lena merkte das kaum, aber ihr Lächeln war flammend, als sie sich die Schürze wieder umband. Sie merkte auch nicht, wie enorm die Freude war, die in ihrem Herzen aufwallte, und schon gar nicht, wie lange es her war, dass sie sich so gefühlt hatte.

9

Am nächsten Tag wandelte Lena verträumt zwischen den Menschenmengen auf der Calle Defensa. Der Markt in San Telmo, als Antiquitätenmarkt entstanden, war mittlerweile ein Treffpunkt für die Kunsthandwerker und Straßenkünstler der Stadt geworden. Und was für ein Kunstparadies das war, nur zwei Straßenblocks vom *Café am Ende der Welt*!

An diesem Sonntagmorgen hatte sie, während sie gerade die Stühle von den Tischen holte, erstaunt eine Gruppe beobachtet, die ein Klavier die Straße herunterschob. Ein Mann sah sie durchs Schaufenster hindurch an und winkte ihr lachend zu. Lena stand mit offenem Mund und dem Bistrostuhl in der Hand da.

«Was war das denn?», fragte sie.

Ihr Chef, der sie von der Bar aus beobachtete, erklärte unbeeindruckt: «Das war die Tangoband.»

«Tango?», fragte Lena und konnte ihre Begeisterung nicht verbergen.

«Die spielen jeden Sonntag auf der Feria de San Telmo, für sie ist das wie eine öffentliche Probe, und nebenbei erfreuen sie noch die Touristen.»

«Ah, dieser Kunstmarkt», seufzte Lena sehnsüchtig und sah erneut zur Straße.

Sie versuchte sich daran zu erinnern, was sie im Reiseführer über den Markt gelesen hatte. Sie wusste sehr wenig über die Stadt, bisher war sie ja kaum vor die Tür des Cafés gekommen. «Ein Treffpunkt zwischen Kunst und Künstlern» sei der Markt, so stand es im Reiseführer. Als sie das gelesen hatte, hatte sie sich vorgenommen, dort auf jeden Fall hinzugehen. Deshalb freute sie sich herauszufinden, dass der Markt direkt um die Ecke stattfand. Und jetzt verstand sie auch, warum es sonntags immer so rappelvoll im Café war.

«Gehen Sie doch mal rüber», unterbrach ihr Chef Lenas Gedanken.

«Was?», fragte sie und sah ihn an.

«Sie sind doch Künstlerin, oder nicht? Das wird Sie sicher interessieren.»

«Aber heute wird es doch bestimmt wieder voll», sagte sie zögernd.

Er verzog den Mund zu einem ironischen Lächeln. «Sie müssen ja nicht gleich für den Rest des Tages verschwinden. Schlendern Sie einmal über den Markt und kommen Sie wieder.»

Lena konnte der Versuchung nicht widerstehen, diese Tangogruppe auf offener Straße spielen zu hören.

«Okay. Bin bald zurück, versprochen», sagte sie begeistert und riss sich die Schürze vom Leib. «Und heute Abend kann ich nach Feierabend alleine aufräumen.»

Sie ging an die Bar und stützte sich auf den Tresen, um ihm ihre Schürze zu reichen.

«Danke», sagte sie mit einem breiten Lächeln. «Sie sind ein super Chef.»

Er grinste. «Nun gehen Sie schon!»

Lena lachte und verließ das Café.

Sie musste nur dem Klang der vielen Stimmen folgen, um den Markt zu finden. Am Ende der Straße schob sich ein Strom Menschen in beiden Richtungen die kreuzende Avenida entlang. Die erste Überraschung war eine kleine Mafalda-Statue, die Lena an der Ecke entdeckte, die Hauptfigur aus ihrem Lieblingscomic. Das Mädchen war einfach toll: Ihr ausgeprägter Menschenverstand war gewürzt mit einer deftigen Prise Ironie, die sie aber nicht vor einem gewissen romantischen Idealismus bewahrte. Die Menschen standen Schlange, um sich mit der Comic-Heldin fotografieren zu lassen. Sie hörte jemanden erzählen, dass Mafaldas Schöpfer Quino hier im Viertel lebte. Lena betrachtete die Skulptur und stellte sich vor, sich für ein Weilchen zu ihr zu setzen. «Nun sieh doch mal, wie klein die Welt ist!», würde sie dann zu Mafalda sagen, bevor sie ihr über die Wange streicheln und ihr für all die Freude danken würde, die sie ihr beim Lesen beschert hatte. Aber die Schlange war so lang, dass sie keine Lust hatte, sich anzustellen. Vielleicht ein andermal, dachte sie.

Sie stellte sich auf die Zehenspitzen und versuchte, über die Köpfe der Menschen hinweg zu erspähen, wie der Markt aussah, aber sie konnte nichts sehen. Also schlug sie einfach irgendeine Richtung ein. Das unregelmäßige Kopfsteinpflaster ließ sie vorsichtig gehen, damit sie nicht hinfiel. Der Markt bestand aus vielen Ständen mit bunten Markisen, die Kunsthandwerk, Antiquitäten und Unikate ausstellten. Manche zeigten ihre Werke auch auf Decken auf dem Boden, und an jeder Ecke hatten sich Straßenmusiker postiert und beschallten das lebhafte Ambiente. Es gab lebendige Statuen, Puppenspieler und Tangotänzer, die sich in ihren Show-Pausen mit Touristen in den aufreizendsten Posen ablichten ließen.

Lena lief ein paar Stunden lang ziellos durchs Getümmel, ein paar Pesos in der Tasche ihrer Jeans, und kaufte ein paar Kleinigkeiten. Hier und da unterhielt sie sich mit einem Künstler über sein Werk und war begeistert von der Freiheit, die diese Straßenkünstler ausstrahlten.

«Und, was Schönes dabei?», fragte ein Mann, als sie sich über seinen Stand beugte.

Lena hob lächelnd den Kopf. Aber hinter dem Verkaufstisch stand gar kein Mann, sondern eine Frau mit einer unglaublich langen roten Mähne.

«Ich hab mich gefragt, welche Augenfarbe du wohl hast», sagte sie mit derselben tiefen Stimme. «Und jetzt, da ich sie sehe, kann ich dir versichern, dass ich noch nie eine so hübsche Frau gesehen habe wie dich.»

Lena lächelte etwas nervös. Was sind das hier für Flirtweltmeister, dachte sie belustigt.

«Vielen Dank. Die Tassen sind alle sehr schön, bist du ...», sie zögerte nur einen Moment, denn bis auf die Stimme wirkte alles an ihrem Gegenüber so weiblich. «Bist du die Künstlerin?»

Ihre Gesprächspartnerin lächelte zurück. «Und du, bist du Spanierin?»

Lena nickte.

«Dachte ich mir wegen deines Akzents. Das hier sind

keine Tassen, das sind Mates», erklärte sie und reichte ihr eines der kleinen Gefäße.

Lena nahm es in die Hand und besah sich die fein verzierte Silberleiste am oberen Rand.

«Und ja, ich mache sie selbst. Aus Kürbissen», erklärte die Frau.

«Ich habe schon vom Matetee gehört, aber probiert habe ich ihn noch nie.»

Die braunen Augen der Frau funkelten freudig. «Ich wollte gerade einen trinken, komm, setz dich zu mir.»

Lena freute sich über die Einladung. Und dann lernte sie ein schönes argentinisches Nachmittagsritual kennen. Ein ganzer Haufen Leute kam von den anderen Ständen herüber, um mit ihnen gemeinsam Mate zu trinken und sich auszutauschen. Und so saß Lena auf der Bürgersteigkante zwischen lauter Bohemiens und probierte zum ersten Mal in ihrem Leben Mate. Das Getränk war ein wenig bitter, aber die Zeremonie, mit der das einzelne Gefäß von einem zum nächsten gereicht wurde, gefiel ihr sehr.

Sie erfuhr, dass die Künstlerin Aurora hieß und dass ihr größter Wunsch die Vollendung ihrer «Metamorphose» war, die Veränderung ihres Körpers von einem männlichen, in dem sie geboren war, zu einem weiblichen, den sie als Frau, die sie war, haben wollte. Abgesehen von ihrer Stimme und ihrer respektablen Körpergröße musste man genau hinsehen, um noch männliche Merkmale an ihr wahrzunehmen. Sie hatte eine sehr schmale Hüfte und große Brüste, die die Blicke vieler Männer auf sich zogen.

Und an diesem Nachmittag lernte Lena auch gleich Auroras bunt gemischten Freundeskreis kennen: eine avantgardistische Malerin, die sich ein Atelier in einem alten Bauwagen eingerichtet hatte; ein paar Musiker aus der Tangotruppe, die mühelos mehrere Instrumente spielten; und eine Frau, die Keramikfiguren machte.

«Bist du auch Künstlerin?», fragte einer der Musiker.

Lena schüttelte den Kopf. «Nein, ich bin bloß Kellnerin in einem Café.»

Aurora lachte unbeschwert. «So, wie du aussiehst, glaube ich kaum, dass du ‹bloß› irgendetwas bist. Du bist ganz sicher eine absolut phantastische Kellnerin.»

Jetzt musste Lena lachen. «Na ja, in Madrid habe ich Kunst und Restauration studiert, wobei ich noch nichts davon beruflich ausprobiert habe.»

«Das klingt ja, als würdest du von einem vergangenen Leben sprechen.»

Lena sah ihre scharfsinnige neue Freundin verblüfft an.

«Ja, kann sein», sagte sie zögernd, und Aurora sah sie mitfühlend an.

Und erstaunlicherweise hatte Aurora es auf den Punkt gebracht. Lena war gerade mal ein paar Wochen weg, und trotzdem fühlte sie sich, als wäre ihr Leben in Madrid das einer anderen Person gewesen. Ihr Exverlobter, ihre Beinahehochzeit, die Ansprüche ihrer Mutter, all das hatte nichts mehr mit ihr zu tun. Sie fühlte sich nicht nur anders, sondern wusste tief in ihrem Herzen auch, dass das Leben, das sie jetzt führte, viel mehr dem entsprach, das sie immer hatte führen wollen.

Sie war so glücklich, den Markt entdeckt zu haben und all diese talentierten Menschen kennenzulernen, dass sie komplett die Zeit vergaß. Also bekam sie beinahe einen Herzinfarkt, als sie auf die Uhr sah und feststellte, dass bereits vier Stunden vergangen waren, seit sie das Café verlassen hatte. Sie verabschiedete sich schnell von den Künstlern und rannte zurück zum *Ende der Welt*. Der Mittagstisch war längst vorbei und damit auch die geschäftigsten Stunden im Café. Sie hoffte, dass ihr Chef nicht allzu sauer wäre.

Wegen des Gedrängels auf dem Markt brauchte sie trotz aller Eile immer noch eine halbe Stunde bis zum Café. Sie öffnete die Tür und überblickte die Kundschaft. Zwei Pärchen waren im Aufbruch, und Goldstein und Bukowski saßen an ihrem Stammtisch am Fenster.

«Auf Wiedersehen, besten Dank.» Alejandro Lagar verabschiedete die Gäste von seinem Platz hinter der Bar aus. Und dann verhärtete sich sein Gesicht, als er sich Lena zuwandte.

Sie versuchte zu lächeln und hielt den beiden Pärchen die Tür auf. Aber der Anblick ihres Chefs ließ eine sehr ungute Vorahnung in ihr aufsteigen.

«Es tut mir leid», rief sie ihm zu. «Sehr. Ich habe total die Zeit vergessen.»

Er hob eine Augenbraue. «Na, hoffentlich hat sie gereicht, um ein paar Slips zu kaufen.»

Die Gäste, die noch in der Tür standen, grinsten Lena an. Aber sie hatte keine Zeit, sich mit deren schlüpfrigen Gedanken zu befassen – sie musste sich überlegen, wie sie Alejandro Lagars Zorn besänftigen könnte.

«Es tut mir wirklich leid», wiederholte sie einfallslos und versuchte einmal mehr, den Sarkasmus ihres Chefs zu ignorieren.

Während sie auf den Tresen zusteuerte, registrierte sie die Blicke von Goldstein und Bukowski, die vor schelmischer Freude funkelten. Als Bukowski den Mund öffnete, stoppte Lena ihn mit einer Geste.

«Denken Sie gar nicht daran», sagte sie in einem Ton, der keine Widerrede duldete. Sie war sich sicher, dass er einen Kommentar abgeben wollte, der mit Unterwäsche zu tun hatte.

Der Alte hob abwehrend die Hände und schüttelte den Kopf, das Lachen konnte er allerdings nicht zurückhalten.

Lena ging um die Bar herum und direkt auf ihren Chef zu, der den Tresen abwischte und in die Küche ging, ohne sie eines Blickes zu würdigen.

Lena eilte ihm nach. «Ich habe die Zeit vergessen, es tut mir leid. Aber ich kann das nacharbeiten!»

Er machte sich daran, die Zutaten für die Tuco-Sandwichs für Goldstein und Bukowski zusammenzusuchen.

«Oder meinetwegen ziehen Sie mir die Stunden vom Gehalt ab, aber jetzt lassen Sie mich nicht länger um Gnade flehen, Che!»

Señor Lagar hob eine Augenbraue, während er in Lichtgeschwindigkeit ein halbes Bund Petersilie hackte.

«Che?», wiederholte er belustigt. «Haben Sie das auf dem Touri-Markt aufgeschnappt?»

Lena fühlte sich ertappt. Sie hatte die argentinische

Anrede wirklich auf dem Markt gehört und sie charmant gefunden, das war ihr nun peinlich. Rasch wechselte sie das Thema.

«Ich habe richtig nette Leute kennengelernt. Zum Beispiel Aurora, die Mates aus Kürbissen herstellt, und eine Malerin, eine Kunsthandwerkerin und zwei von den Musikern des Tangoorchesters. Die haben sich alle versammelt, um zusammen Mate zu trinken und über Kunst zu reden. Aurora hat mich dazu eingeladen, und ich konnte unmöglich ablehnen. Hören Sie», sagte sie und stellte ihre Einkäufe auf der Anrichte ab. «Ich weiß, dass ich mein Wort gebrochen habe. Ich bitte aufrichtig um Entschuldigung und mache das wieder gut, wie immer Sie wollen. Aber um ehrlich zu sein» – sie seufzte tief –, «bereuen tue ich es nicht. So glücklich war ich schon lange nicht mehr.»

Als er diese Worte hörte, verschwand sein spöttischer Gesichtsausdruck. Seine grünen Augen wanderten über Lenas Gesicht, als suche er etwas darin. Aber gleich darauf senkte er den Blick wieder auf die Tomaten auf seinem Schneidebrett.

«Bringen Sie den beiden Vogelscheuchen da draußen mal ein Bier.»

Er meinte natürlich Goldstein und Bukowski, aber Lena schenkte seinem Spruch keine Beachtung. Sein auf die Tomaten konzentriertes Gesicht nahm all ihre Aufmerksamkeit gefangen. Der angespannte Kiefer, die gerade Nase und das braune Haar, das ihm in unordentlichen Strähnen in die Stirn fiel, erweckten plötzlich ein sehr warmes Gefühl in Lenas Brust.

«Heißt das, ich werde nicht entlassen?», fragte sie mit einem Flüstern.

Er warf ihr einen überraschten Blick über die Schulter zu. «Wie kommen Sie denn darauf?», grummelte er. «Das hatten wir doch heute Morgen schon.»

Lenas Herz flatterte vor Freude. Sie wusste nicht, ob wegen all der schönen Dinge, die sie am Vormittag erlebt hatte, oder wegen der Erleichterung, dass sie bleiben durfte, aber die Freude brach sich Bahn und ließ sich nicht mehr bremsen.

Sie stellte sich auf die Zehenspitzen und umarmte Alejandro Lagar von hinten.

«Vielen, vielen Dank», murmelte sie, die Wange an seinen Rücken gedrückt.

Sie spürte, wie er Luft holte und sein gesamter Körper sich anspannte. Seine Muskeln verhärteten sich, und er hielt ganz still.

«Was ... Was machen Sie denn da?», fragte er.

Sie öffnete schlagartig die Augen. *Wann habe ich die überhaupt geschlossen?*, fragte sie sich. Ihre Finger lagen ausgestreckt auf seiner Brust, und ihre Arme umschlossen die seinen fest.

«Ich, äh –», stammelte sie und löste sich rasch von ihm. «Ich glaube, ich bin einfach froh, dass ich weiter hier arbeiten darf.»

Er sah auf Lenas Hände, die über sein Hemd auf seinen Bauch gerutscht waren. Er hob die linke Hand und strich sanft mit den Fingerspitzen über Lenas Knöchel.

«Sie haben aber schon bemerkt, dass ich ein ziemlich scharfes Messer in der Hand halte?»

Lena ließ ihn abrupt los und stellte sich neben ihn.

«Meine Güte! Jetzt machen Sie nicht gleich ein Drama daraus. Ich ... also ...» Schon wieder stotterte sie. Verdammt. «Ich hatte einen schönen Tag, da ist die Begeisterung wohl mit mir durchgegangen. Verzeihung.»

Er drehte sich zu ihr um, das Gemüsemesser in der Hand, die Ärmel aufgerollt bis zum Ellenbogen.

Lena riss überrascht die Augen auf. Dummerweise kam die Erinnerung an Norman Bates just in diesem Moment zurück.

Er legte das Messer schnell auf die Anrichte und schüttelte den Kopf.

«Ich will Sie doch nicht erstechen, Herrgott noch mal», stöhnte er. «Obwohl ich schon manchmal Lust hätte, Sie kräftig durchzuschütteln, das können Sie mir glauben.»

Das Funkeln in seinen Augen zeigte Lena, dass er scherzte. Sie wandte den Blick ab, plötzlich fühlte sie sich überhaupt nicht mehr souverän.

«Ich wollte nur sagen», formulierte er sorgsam, «ich wollte sagen, bitte seien Sie etwas vorsichtiger. Man sollte keinen Mann von hinten angreifen, der gerade ein Messer in der Hand hält. Es tut mir leid, dass ich Sie erschreckt habe.»

«Das haben Sie nicht», beeilte Lena sich zu sagen.

Ein tiefer Seufzer entfuhr ihm. Er sah aus, als würde ihn die ganze Situation völlig überfordern, und Lena empfand plötzlich Mitleid.

«Gut», sagte sie in leichtem Ton. «Keine Umarmungen von hinten, ist notiert.»

Ihr schien Humor ein guter Weg, um aus dieser unangenehmen Situation herauszufinden. Alejandro Lagar nickte, und das Lächeln kehrte in sein Gesicht zurück. Er sah sie intensiv an, seufzte wieder, wandte dann schnell den Blick ab und machte sich wieder an seiner Soße zu schaffen.

Lena versuchte, seine Reaktion einzuordnen. Er war ein so verschlossener Mann, äußerst übellaunig, und ihre Anwesenheit schien ihm vom ersten Tag an unangenehm gewesen zu sein. Aber sie hatte nun schon manchmal bemerkt, dass er seltsam verwundbar wirkte, wenn er sie ansah. Daraus schloss sie, dass er nicht so ein harter Kerl war, wie er vorgab zu sein, was sie wiederum zu ihrer nächsten Frage führte: Warum gab er sich so viel Mühe, sich hinter all den Schichten von Unhöflichkeit und schlechter Laune zu verstecken?

«Verzeihung! Hier draußen warten zwei hungrige Gäste.»

Bukowskis Stimme ließ Lena zusammenzucken.

«Ich bringe ihnen mal ein Bier», sagte sie zu ihrem Chef und hob dabei einen Finger, als wäre das ein besonders genialer Einfall.

Señor Lagar nickte und schälte die Zwiebeln.

Als sie zurück in den Gastraum trat, sah sich Lena mit dem fragenden Blick zweier neugieriger Alter konfrontiert, die von ihrem Tisch an die Bar gekommen waren – vermutlich um etwas von dem Gespräch in der Küche mitzubekommen.

Lena lächelte sie unverbindlich an und band sich die Schürze um.

«Zwei schöne kühle Helle für meine Lieblingsgäste», sagte sie fröhlich.

«Aber bitte, meine Liebe!», stöhnte Bukowski. «Wir sind zwei alte Säcke, die nichts Spannendes mehr erleben, wir wollen kein Bier, wir wollen Informationen! Wir bitten dich, ach was, wir flehen dich an» – und er zwinkerte Lena hinter seinen dicken Brillengläsern zu –, «sag uns, um was für Slips es geht!»

Lena sah verzweifelt zur Decke. Was für ein surrealer Tag: Mafalda auf einer Parkbank, eine neue Freundin im falschen Körper, ein Trupp verträumter Bohemiens, ein vollkommen verkrampfter Chef und jetzt auch noch zwei neugierige Alte mit Langeweile.

Sie löste das Geheimnis selbstverständlich nicht auf. Sie beschränkte sich darauf, zwei Bier mit perfekter Schaumkrone zu servieren.

10

Nach ihrer Shoppingtour war Lenas Garderobe nicht maßgeblich aufgefüllt, aber ein paar schöne Teile hatte sie auf dem Markt doch erstanden: einige schlichte T-Shirts und ein Paar Jeans. Außerdem, endlich, Unterwäsche und Pyjamas. Aber wenn es abends kühl wurde, war sie nach wie vor auf die Strickjacken von Doña Carmen angewiesen.

Auf dem Markt hatte sie auch ein kleines Zeichenbuch und Kohlestifte gekauft. Abends, wenn das Café geputzt war, setzte sie sich ans Fenster und zeichnete Alltagsszenen. Oft saß sie eine ganze Stunde lang so da und zeichnete, um dann in ihr Zimmer umzuziehen und ein weiteres Mal Doña Carmens Bilder zu betrachten. Dabei trank sie genüsslich eine Tasse heiße Schokolade. Dieses Ritual wurde mit der Zeit zu einem ihrer liebsten Momente des Tages. Es beruhigte sie und brachte sie in Kontakt mit sich selbst – oder zumindest mit dem, was ihr von der alten Lena noch gefiel. Es war ein Moment der Ruhe, der nur ihr allein gehörte. Deshalb schrak sie zusammen, als es eines Abends an ihrer Tür klopfte.

Sie erhob sich von dem kleinen Sessel und ging barfuß zur Tür.

«Wer ist da?», fragte sie.

«Alejandro. Bitte öffnen Sie.»

Lena hängte die Kette ab und drehte den Türknauf um. Und da stand ihr Chef mit einem ruhelosen Ausdruck im Gesicht.

«Was ist passiert?», fragte sie.

«Bitte kommen Sie mit. Hilda ist gestürzt und will mich nicht helfen lassen.»

Mehr brauchte er nicht zu sagen. Lena schlüpfte schnell in ihre Turnschuhe und folgte ihm die Treppe in den ersten Stock hinauf. Señora Massardis Zimmer war von kleinen Kristalllämpchen beleuchtet. Auf einem Tisch stand ein Tablett mit ihrem unberührten Abendessen.

«Sie ist dadrin», sagte Alejandro Lagar und zeigte auf die geschlossene Badezimmertür. «Aber sie will mich nicht reinlassen. Hilda!» Er legte das Gesicht nah an die Tür, damit die alte Dame ihn gut hören konnte. «Ich habe Magdalena geholt. Sie kommt jetzt rein.»

Ohne eine Antwort abzuwarten, öffnete er die Tür und winkte Lena herbei. Sie schlüpfte ins Bad, und er schloss die Tür wieder hinter ihr.

Señora Massardi lag in der Badewanne. Ihr Kopf hing erschöpft auf dem Rand, die Arme hatte sie vor der nackten Brust verschränkt. Ihre erschrockenen Augen wanderten hin und her, und ihr Körper zitterte unkontrolliert. Lena eilte zu ihr.

«Señora Massardi, ich bin's, Lena. Ich helfe Ihnen jetzt aus der Wanne.» Sie kniete neben ihr nieder und berührte ihre Wange. Sie war ganz kalt. «Können Sie mich hören?»

Die alte Dame nickte. Sie versuchte zu lächeln, aber es wollte vor lauter Zittern nicht gelingen. Lena zog den Stöpsel aus der Wanne, das Wasser war schon ganz kalt.

«Ich bin ausgerutscht und nicht wieder hochgekommen», sagte Señora Massardi matt.

Lena streichelte ihre Wange und lächelte sie beruhigend an.

«Ich helfe Ihnen jetzt auf, und dann bringen wir Sie ins Krankenhaus.»

«Nein! Ich will nicht ins Krankenhaus. In meinem Alter kommt man da nicht wieder raus, wenn man einmal drin ist, und ich sterbe, wenn ich im Krankenhaus sterben muss.»

Dass Señora Massardi schon wieder scherzen konnte, schien ein gutes Zeichen zu sein. Lena nahm ein Handtuch von der Stange und legte es ihr um die Schultern. Die blauen Augen der Frau fixierten sie dankbar. Ihre feine Haut ließ die blauen Äderchen durchschimmern wie Reispapier.

«Ich helfe Ihnen jetzt aufzustehen. Bereit?»

Auf das Nicken der alten Dame hin griff Lena ihr unter beide Achseln und half ihr, sich auf den Wannenrand zu setzen. Sie stützte sie von hinten mit dem Arm und begutachtete die Seite ihres Gesichts, die auf dem Wannenrand gelegen hatte, um sicherzugehen, dass Señora Massardi sich beim Sturz nicht verletzt hatte. Offenbar ging es ihr den Umständen entsprechend gut.

«Es ist alles in Ordnung», sagte die Dame jetzt gefasst. «Ich hab mir nicht wehgetan. Aber ich bin so unglücklich gefallen, dass ich nicht wieder aufkam – Alex kam mit dem Abendessen und wollte mir helfen, aber ich kann doch nicht zulassen, dass er mich nackt sieht. Ich bin schließlich nicht mehr die Jüngste, das ist kein schöner Anblick mehr», setzte sie hinzu.

Lena sah sie zärtlich an. «So ein Unsinn. Aber ich freue mich, dass ich helfen konnte. Wozu hat man schließlich Freundinnen.»

Señora Massardi lächelte.

«Was meinen Sie, schaffen Sie es bis zum Bett?»

Sie schüttelte den Kopf. «Ich fühle mich ganz schwach.»

«Nun, dann brauchen wir jetzt doch Alejandros Hilfe. Wo ist denn Ihr Bademantel?»

Señora Massardi zeigte mit dem Kinn in Richtung Tür, wo ein seidener Morgenmantel mit Blumenmuster an einem Haken hing.

«Oh, der ist aber schön», sagte Lena und lupfte den Mantel vom Haken, ohne Señora Massardis Arm loszulassen.

Die alte Dame lächelte. «Den habe ich auf einer China-Reise geschenkt bekommen. Einer meiner größten Schätze.»

Lena legte ihr den Mantel um und half ihr in die Ärmel hinein. Ihr Gesicht hatte schon ein bisschen Farbe wiedergewonnen.

«Alejandro?», rief Lena. «Könnten Sie mir bitte helfen?»

Ihr Chef stürzte zur Tür herein, als hätte er nur auf seinen Einsatz gewartet.

«Wie geht es dir?», fragte er Señora Massardi. «Oh, du bist ja ganz blass. Ich rufe einen Krankenwagen.»

«Sie möchte nicht ins Krankenhaus. Sie sagt, das würde sie ins Grab bringen», widersprach Lena.

«Aber wir müssen sie doch untersuchen lassen», sagte er gereizt.

«Es war nur ein kleiner Ausrutscher. Ich glaube, es geht ihr ganz gut, sie hat sich bloß sehr erschrocken.»

Er funkelte sie an. «Ärztin sind Sie auch noch, oder was?»

Lena atmete tief durch und entschied, seinen genervten Ton zu ignorieren. Schließlich wusste sie genau, dass er nur besorgt war.

«Sie ist erschrocken und etwas schwach. Helfen Sie mir, sie zum Bett zu bringen», sagte sie bestimmt.

Er aber setzte sich neben Señora Massardi auf den Wannenrand und strich ihr liebevoll über das Haar.

«Wie geht es dir? Warum fahren wir nicht zum Arzt?», murmelte er beruhigend.

Lena blieb die Luft weg, als sie seine zuckersüße Stimme hörte. Er schien ein anderer Mensch als ihr ewig grummeliger Chef. Sie sah das herzliche Lächeln, das Señora Massardi ihm schenkte, als sie seine Geste erwiderte und ihm die widerspenstigen Haarsträhnen aus der Stirn strich.

«Weil es mir gutgeht, mein Junge, und weil ich Krankenhäuser nicht ausstehen kann, wie du weißt», antwortete sie.

«Aber es könnte wirklich nicht schaden, dich einmal durchchecken zu lassen, Hilda.»

Die Alte schüttelte den Kopf. «Nein, ich möchte nicht.»

Er seufzte tief, aber dann hob er sie hoch und trug sie scheinbar ohne Anstrengung in ihr Zimmer. Lena hängte das Handtuch zurück auf die Stange und folgte ihnen.

Señora Massardis Apartment war größer als Lenas im unteren Stockwerk. Es hatte einen kleinen separaten Eingangsbereich, in dem zwei Sessel im Barockstil und ein goldenes Tischchen standen. An der Wand hingen mehrere Teppiche mit Pariser Straßenszenen und alte Theaterplakate, auf denen eine junge und wunderschöne Hilda Massardi mit wechselnden Partnern zu sehen war. Die vielen verschiedenen Kristallleuchter tauchten das Zimmer in kaleidoskopisch gebrochenes Licht und warfen tropfenförmige Muster an die Wände. Lena fühlte sich, als würde sie einen heiligen Tempel voller Erinnerungen und Gefühle betreten.

Ihr Chef legte Señora Massardi vorsichtig auf ihrem Bett ab, nachdem Lena schnell die Decke zurückgeschlagen hatte.

«Ach, das war schön», lachte die Señora. «Es ist wirklich lange her, dass mich ein Mann ins Bett getragen hat.»

Alejandro Lagar sah sie irritiert an und runzelte die Stirn, woraufhin Señora Massardi in Gelächter ausbrach.

«Meine liebe Lena, was gibt es Entzückenderes als einen errötenden Mann?»

Lena betrachtete ihren Chef von der Seite und spürte ein kleines Flattern in der Magengegend.

«Da fällt mir auch gerade nichts ein», sagte sie lächelnd.

Alejandro Lagar sah mit roten Wangen von einer zur anderen.

«Ist gut jetzt, die Damen», murrte er.

Aber die beiden Frauen kicherten vergnügt weiter.

«Das erinnert mich an eine Szene in dem Stück *Winter in Paris*, in dem Charles Boyer, der Picasso spielte, mich ins Bett trug. Ich hatte nackt für ihn posiert und er, verrückt vor Begehren, hebt mich plötzlich hoch und trägt mich zu seinem Bett», erzählte Señora Massardi mit verklärtem Blick.

Lena, mit der Decke in der Hand, hielt inne. Diese Geschichte hatte Señora Massardi ihr bereits erzählt – allerdings so, als sei sie im wahren Leben zwischen ihr und Pablo Picasso geschehen und nicht als Szene eines Theaterstücks. Alejandro Lagar nahm ihren Blick wahr und schien sofort zu verstehen, was ihr durch den Kopf ging. Er schüttelte sehr dezent den Kopf. Lena sollte dazu nichts sagen.

«Ich hole dir dein Essen», sagte er zu Señora Massardi, während Lena sie zudeckte.

Aber die alte Dame schüttelte den Kopf. «Ich habe gar keinen Appetit, mein Herz. Bring mir nur ein kleines Gläschen Sherry und dann lasst mich schlafen.»

Er seufzte und nickte ergeben. Aber Lena kannte sein Stirnrunzeln schon gut genug, um zu wissen, dass er nicht zufrieden war.

«Richtig so», sagte sie. «Sie müssen sich jetzt gut ausruhen. Soll ich heute Nacht bei Ihnen bleiben?»

Señora Massardi schüttelte den Kopf. «Nein danke, ich schlafe nicht mit Frauen. Seit einer schlechten Erfahrung im Jahre 1956 nicht mehr.»

Lena musste lachen. «Aber ich kann doch auf dem Sofa schlafen. Und machen Sie sich keine Sorgen, ich kann meine Hände bei mir behalten», scherzte sie.

Señora Massardi tätschelte ihre Hand und lächelte sie wehmütig an. «Nein, meine Liebe, ich fühle mich so schon unnütz genug.»

Lena machte eine hilflose Geste und sah ihren Chef ratsuchend an. Der schien aber auch kein Argument mehr zu haben.

«Dann hole ich mal diesen Sherry», murmelte Alejandro Lagar schließlich und ging zur Tür.

Die Frauen sahen ihm nach.

«Ist er nicht ein Hübscher?», fragte Señora Massardi.

Lena zuckte zusammen und sah die alte Dame an, die sie aufmerksam beobachtete. Sie wusste nicht, was sie darauf entgegnen sollte, aber nachdem sie gesehen hatte, mit wie viel Zuneigung die beiden einander begegneten, entschied sie, ehrlich zu sein.

«Er hat einen so strengen Charakter, dass es mir schwerfällt, das zu sehen.»

Die alte Dame lachte. «Einen strengen Charakter? Das ist ein schöner Euphemismus für ‹alter Griesgram›.»

Lena nickte lächelnd.

«Versuchen Sie jetzt, sich auszuruhen», sagte sie, um das Thema zu wechseln.

Kurz darauf kam ihr Chef mit dem Sherryglas zurück. Er setzte sich auf die andere Bettkante und sah der alten Dame beim Trinken zu. Es war still, und Lena hatte den Eindruck, dass die beiden vielleicht unter sich sein wollten.

«Dann gehe ich jetzt schlafen», sagte sie und stand auf. «Morgen früh komme ich Sie besuchen.»

Señora Massardi nickte. «Vielen Dank für alles, Kindchen. Und gute Nacht.»

Leise schloss Lena die Tür hinter sich. Auf der Galerie atmete sie tief durch. Sie war sehr müde, aber auch sicher, nicht einschlafen zu können nach der Aufregung. Das Bild der hilflosen alten Dame in der Badewanne kam ihr in den Kopf.

Sie setzte sich auf die oberste Treppenstufe und hob den Kopf zum Himmel von Buenos Aires, bevor sie die Augen schloss. Ferne Verkehrsgeräusche vermischten sich mit den Geräuschen des Patio: das Zirpen der Grillen in den Töpfen der Kletterpflanzen, das monotone Tropfen des Wassers im Brunnen, das Rascheln der Vögel auf dem Ziegeldach.

Sie erschrak, als sie die Tür hinter sich zuschlagen hörte.

«Ich dachte, Sie sind ins Bett gegangen», übertönte die dunkle Stimme ihres Chefs die Geräusche der Nacht.

Mit dem Tablett in der Hand trat er auf die Galerie.

«Mich hat der Anblick der alten Dame etwas erschrocken», gab Lena zu. «Ich wollte noch ein bisschen an der frischen Luft bleiben.»

«Und, hilft es?» Er stellte das Tablett auf den Boden und setzte sich neben sie auf die Treppe.

Lena war überrascht, sie hatte immer den Eindruck,

er meide ihre Nähe tunlichst. Sie rückte etwas zur Seite, um ihm Platz zu machen, aber trotzdem waren ihre Arme und Beine nur Zentimeter voneinander entfernt.

«Schon, ein bisschen», sagte sie. «Wie lange vermischt Señora Massardi schon Realität und Fiktion?», fragte sie dann in Gedanken an die Geschichte über Picasso.

Ihr Chef stützte die Ellbogen auf die Knie und sah Lena kurz an, bevor er den Blick ebenfalls auf den Sternenhimmel richtete.

«Ach. Ist das nicht eine Berufskrankheit eines jeden Schauspielers?», fragte er lächelnd. Aber dann wurde er ernst. «Es gab immer schon Momente, in denen sie in ihre Phantasie abtauchte. Aber seit ungefähr einem Jahr hat das stark zugenommen, und es fällt ihr immer schwerer, in die Realität zurückzukehren.»

«War sie schon mal beim Arzt damit?»

Er nickte. «Bei mehreren.»

Lena wartete, dass er fortfuhr, aber er fügte nichts weiter hinzu. Also traute sie sich nachzuhaken:

«Und?», fragte sie leise.

Er sah sie an.

«Senile Demenz», murmelte er und seufzte.

Sie sah sein besorgtes Gesicht und widerstand dem Impuls, seine Hand zu nehmen und ihm Mut zuzusprechen.

«Warum ist sie denn hier, ganz allein?»

«Sie ist nicht allein», widersprach Alejandro Lagar energisch.

«Ich meine ...» Lena suchte nach Worten. «Hat sie keine Familie?»

Er sah sie wieder an, wobei dieses Mal seine Augen länger auf Lenas Gesicht verweilten. Lena hielt seinem Blick stand und merkte plötzlich, wie schmal die Treppe war und wie nah sein Körper ihrem war. Ein leichtes Schwindelgefühl ließ sie hastig nach Luft schnappen.

«Nein, da gibt es niemanden», murmelte er und senkte den Blick auf seine Hände. «Sie bekommt eine lachhafte Pension von viertausend Pesos. Das macht es quasi unmöglich, ein gutes Heim zu finden.»

Lena studierte sein Profil, das schwach vom Mondlicht erleuchtet wurde.

«Es ist toll, wie Sie sich um sie kümmern.»

«Ach», winkte ihr Chef ab. «Ich bringe ihr bloß dreimal täglich zu essen. Ich wünschte, ich hätte mehr Zeit für sie.»

Lena sah ihn an. «Kennen Sie sie schon lange?»

«Schon immer. Sie lebte bereits hier, als mein Vater das Conventillo kaufte», antwortete er und wandte ihr den Blick wieder zu. «Er ließ sie ihre Wohnung zum gleichen Mietpreis behalten, und die beiden freundeten sich an. Wenn meine Eltern ausgingen, passte sie auf mich auf, und ich durfte all ihre Perücken anprobieren.» Er lächelte.

Lena blinzelte – wie immer, wenn sie diesen ungewohnten Ausdruck auf seinem Gesicht sah. Und dann stellte sie ihn sich mit einer rot gelockten Frauenperücke vor und musste grinsen.

«Als meine Mutter erkrankte, hat Hilda alles verkauft, was wertvoll war, um uns mit den Behandlungskosten unter die Arme zu greifen. Wir schickten meine Mutter in eine Klinik in Houston, wo man eine neue Methode an ihr ausprobierte.» Er schluckte. «Aber es hat nicht geholfen. Das Einzige, was es uns gezeigt hat, war, was für treue Freunde wir haben – darunter Hilda Massardi.»

Die große Treue, die Alejandro Lagar für die alte Dame ausdrückte, überraschte und rührte Lena zu gleichen Teilen. Und sein Anblick zeigte ihr noch etwas: Es interessierte sie alles, was mit Señora Massardi, dem Conventillo, dem *Café am Ende der Welt* und, vor allem, mit ihm, Alejandro Lagar, zu tun hatte.

«Denken Sie, Sie stünden in ihrer Schuld?»

Er sah sie an. «Nein», sagte er, plötzlich wieder schlecht gelaunt. «Ich stehe einer Freundin bei. Denken Sie, es gibt etwas Sinnvolleres?»

Lena fühlte sich durch seinen offensichtlichen Sarkasmus verletzt, sie hatte den Eindruck, dass er sie für oberflächlich hielt.

«Nein, bestimmt nicht.»

Ihre Blicke trafen sich und hielten einander gefangen. Lena spürte, wie sie schneller atmete.

«Verzeihung», sagte sie aufgeschreckt, blinzelte hart und wandte den Blick ab.

Aber sie spürte, dass er sie weiterhin ansah, und das machte sie noch nervöser.

«Alles gut», sagte er leise.

Und dann breitete sich die Stille des nächtlichen Patios zwischen ihnen aus.

«Na ja», sagte Lena schließlich wieder in Gedanken

an Señora Massardi. «Es kann niemandem schaden, die eigenen Träume zu leben.»

Das glaubte sie wirklich, aber vor allem wollte sie die unangenehme Stille durchbrechen.

«Träume?», schnaubte er. «Wovon reden Sie?»

Lena sah ihn wieder an, und zur Abwechslung runzelte *sie* die Stirn.

«Sie wissen schon – die Hoffnungen, die man so hat», erklärte sie. «Diese Zukunftsvisionen, die uns helfen weiterzumachen oder die Phantasien, die uns Pausen von der Wirklichkeit schenken – die uns das Leben ein wenig versüßen und uns ein kleines bisschen glücklich machen.»

«Hoffnungen, Phantasien und Glück?», wiederholte er und schüttelte ungläubig den Kopf. «Da haben Sie ja die größten Makel der Menschheit auf einmal aufgezählt. Das ist doch nichts als Balsam, Placebos zum Lindern des Elends, das wir erleben. Wenn es ein wahres Opium fürs Volk gibt, dann sind das die Träume», sagte er überzeugt.

«Sie sind ja ein Zyniker», sagte Lena erstaunt.

Aber sein schallendes Lachen verletzte sie noch mehr als seine herablassenden Worte.

«Ich bin bloß Realist», antwortete er belustigt. «Sie können ja an alles glauben, was Sie brauchen, um sich Ihr Leben erträglicher zu machen, aber es gibt nicht mehr, als es gibt. Dieser ganze Schwachsinn schürt doch nur die Erwartungen, gnadenlos genährt von den ganzen beknackten Fernsehserien, die am Ende nur für Frust und Depressionen sorgen, weil das Leben nicht so schön ist wie im Fernsehen. Wir wären besser dran, wenn wir akzeptierten, dass das Leben ein Hund ist, den wir nicht zähmen können.»

Je länger sie zuhörte, desto mehr verwandelte sich Lenas Demütigung in Mitleid. Die Trauer um den Verlust seiner Eltern hatte ihm die Sicht auf alles Schöne versperrt und ihn verhärtet. Es schien kein Fünkchen Optimismus in ihm zu sein.

«Wie können Sie ohne Hoffnung oder Träume denn leben?»

«Hören Sie», sagte er in wesentlich milderem Ton. «Sie können natürlich denken, was Sie wollen. Aber bitte sprechen Sie nicht mit Hilda darüber, Sie würden sie nur noch mehr verwirren. Und ihr bleiben wirklich nicht mehr viele Träume, die noch wahr werden könnten. Deshalb lebt sie ja auch von den vergangenen.»

Lena sah ihn an. Sie wollte ihm sagen, dass sie ganz bestimmt nichts tun würde, was der alten Dame schaden könnte, weil sie sie nämlich schätzte. Aber bevor sie Worte gefunden hatte, stand er auf und nahm das Tablett, offensichtlich war das Gespräch für ihn beendet.

«Ich glaube nicht, dass Señora Massardi keinen Grund zum Träumen mehr hätte.»

Ihr Chef, der schon die ersten Treppenstufen genommen hatte, drehte sich um und stieß einen Seufzer aus.

«Und wollen Sie mir verraten, welche Hoffnung einer kranken und einsamen Alten noch bleibt – außer vielleicht einem würdevollen Tod?», fragte er genervt.

Lena sah ihn mit Tränen in den Augen an. «Zum Beispiel, dass ihr bester Freund ihr morgen früh das Frühstück ans Bett bringt.»

Überrascht hob er die Augenbrauen. Er öffnete den Mund, um etwas zu sagen, schloss ihn aber wieder. Dann schüttelte er ungläubig den Kopf.

«Gute Nacht, Mutter Teresa», sagte er schließlich mit einem spöttischen Grinsen auf den Lippen.

Lena betrachtete seinen Rücken, als er die Treppe hinunterging.

«Gute Nacht, Karl Marx.»

Sein Lachen hallte durch den Hof, und selbst als er durch die Hintertür im Café verschwunden war, hörte sie es noch nachklingen. Lena blieb noch ein Weilchen auf der Treppe sitzen. Sie hob den Blick und sah, dass die Wolkendecke über Buenos Aires ein Stückchen aufgerissen war. Die funkelnden Sterne wollten sich zeigen, genau wie dieses unbekannte, bewegende Gefühl in Lenas Brust.

11

In den nächsten Tagen kümmerte Lena sich sehr um Señora Massardi. Sie besuchte sie morgens, mittags und abends in ihrem Zimmer. Aber schon bald kehrte die alte Dame zu ihrer Routine zurück und kam täglich ins Café. Sie mochte es, am Tresen zu sitzen und mit Alejandro Lagar oder mit Lena zu plaudern – und mit jedem anderen, der an die Bar kam. Sie war eine sehr gesellige Person, die die Menschen schnell für sich gewann. Sie hatte einen feinen Humor, sehr viel Phantasie und eine so spannende Lebensgeschichte, dass sie jedermanns Aufmerksamkeit in einem Wimpernschlag gewann.

Lena besuchte sie trotzdem weiterhin abends nach dem Essen. Wenn Señora Massardi ein Bad nehmen wollte, blieb Lena einfach für alle Fälle in ihrem Zimmer sitzen. So wahrte die alte Dame ihre Unabhängigkeit, falls aber einmal etwas passieren sollte, wäre Lena sofort zur Stelle. Und nach dem Bad erzählte Señora Massardi bei einem Sherry eine Anekdote aus ihrem ereignisreichen Leben. Lena konnte nicht unterscheiden, wann sie von wahren Begebenheiten berichtete und wann sie Theaterszenen wiedergab, aber eigentlich kümmerte es sie auch nicht weiter – sie genoss einfach die Geschichten und die Gesellschaft der alten Dame.

Wenn Señora Massardi oder Hilda, wie Lena sie bald nennen sollte, von den ehemaligen Besitzern des Conventillo erzählte, hörte Lena ihr besonders aufmerksam zu. So erfuhr sie zum Beispiel, dass die Eltern ihres Chefs sehr verliebt gewesen waren und dass Alejandros Vater sich nach dem Tod seiner Frau «dem Schmerz hingegeben hatte». Lena fragte sich, ob das wohl ein Euphemismus für eine Depression war, aber sie wollte nicht nachbohren, vor allem um zu vermeiden, dass ihr Chef später erführe, dass sie danach gefragt hatte.

Als Künstlerin, die sie war, sprach Hilda sehr gerne von sich selbst und zeigte nicht allzu viel Interesse an Lena. Das passte Lena allerdings gut, sie wollte ohnehin nicht, dass ihre neuen Freunde erführen, wie wohlhabend ihre Familie war – sie fürchtete, dass ihr Chef sie sofort rausschmeißen würde, wenn er wüsste, dass sie eigentlich nicht auf Arbeit angewiesen war.

Nach ihrem Ausflug auf den Markt von San Telmo hatte Alejandro Lagar den Montagvormittag zu Lenas freiem Vormittag erklärt, damit sie «ihren Kram machen» könne, wie er es ausdrückte. Am ersten Montag entschied Lena, Aurora anzurufen, die einzige Person, die sie außerhalb des Cafés in dieser Stadt kannte.

Nach beinahe zwei Stunden Stadtbummel waren sie in einem Café im Zentrum eingekehrt.

«Normalerweise meiden die Leute mich oder überschütten mich mit Fragen», sagte Aurora und nahm einen Schluck von ihrem Kaffee. «Aber du bist anders. Als würde dich nur das interessieren, was die Leute dir von selbst erzählen wollen.»

Lena dachte einen Moment über diese Worte nach.

«Schon, aber – ist das nicht normal?»

«Was ist schon normal», stöhnte Aurora. «Ich meine, viele Leute halten *mich* jedenfalls *nicht* für normal. Frag mal meine Eltern! Die halten mich für einen Irrtum.»

Lena schüttelte sanft den Kopf. «Was für ein Irrtum. Du bist doch ... eine Matefachfrau!», scherzte sie, weil sie an die schön gestaltete Visitenkarte denken musste, die Aurora ihr auf dem Markt gegeben hatte und auf der sie sich als «Matefachfrau» bezeichnete, und beide lachten.

«Manchmal denke ich, wenn der *Mohel*, der mich beschnitten hat, bloß ein bisschen ausgerutscht wäre, hätte ich jetzt nicht dieses Problem», murmelte Aurora.

Lena sah sie an. «Hast du schon mal überlegt, dich operieren zu lassen?»

Aurora seufzte. «Darauf spare ich schon mein Leben lang. Aber die beschissene Inflation raubt unserer Währung ja jeden Wert. Und ich habe schon viel Geld in die Hormonbehandlung und in Busen und Po gesteckt.»

Lena sah, wie sich die Damen am Nebentisch tuschelnd echauffierten. Sie führte den Zeigefinger zum Mund, damit Aurora leiser spräche.

Aber die drehte sich stattdessen zu den Frauen um und sagte betont laut und deutlich: «Busen und Po. Das sind bloß menschliche Körperteile, meine Damen, kein Grund zur Schnappatmung.»

«Aurora, bitte ...»

«Was?», sagte sie gereizt. «Warum soll ich mich schämen, über Busen und Po zu reden, während die zwei sich öffentlich über ihren Reizdarm auslassen?»

Und schon erhob sie sich geräuschvoll und rauschte davon.

«Verzeihung», murmelte Lena an die Damen vom Nebentisch gerichtet, legte Geld für den Kaffee auf den Tisch und rannte Aurora nach.

«Jetzt warte doch mal!», rief sie draußen.

Aurora blieb stehen und drehte sich um. «Ich bin es leid, dass die Leute mich wie ein unvollständiges Wesen ansehen und sich selbst für was Besseres halten.»

Lena lächelte zaghaft. «Jetzt mal ehrlich – hast du das nur gemacht, um die Zeche zu prellen?», scherzte sie, um etwas Druck aus der Situation zu nehmen.

Auroras Gesicht hellte sich auf. «Nein. Eigentlich glaube ich, dass ich ein bisschen verrückt bin. Deshalb mache ich solche Sachen.»

Lenas Lächeln wurde breiter. Sie mochte diese Frau. Mit all ihren Unsicherheiten und Konflikten. Sie war bloß ein Mensch, der seinen Traum leben wollte, ohne irgendjemandem zu schaden. Ihre Familie hatte sie verstoßen, und sie lebte umgeben von selbstgewählten Freunden. Sie tolerierte alles bis auf Intoleranz, und sie nahm kein Blatt vor den Mund. Und all das machte sie für Lena zu einem sehr vertrauenswürdigen Menschen.

«Ich wohne hier ganz in der Nähe», sagte Aurora. «Hast du Lust, noch mitzukommen und meine Mitbewohnerinnen kennenzulernen? Dann geb ich dir noch einen Kaffee aus, und wir sind quitt.»

Lena schüttelte lächelnd den Kopf. «Ich muss leider los.»

«Na gut, dann bringe ich dich eben noch ein Stück»,

sagte Aurora, und die schlechte Laune schien wie weggeblasen.

Eine halbe Stunde später erreichten sie nach einer intensiven Unterhaltung über das homosexuelle Leben, das Aurora zufolge viele der Persönlichkeiten geführt hatten, deren Statuen sie auf dem Weg passierten, das *Café am Ende der Welt*. Aurora hatte ihr auch von Matías erzählt, dem Mann aus dem Tangoorchester, in den sie schon seit ewigen Zeiten verliebt war.

«Vielen Dank für die Stadtführung», sagte Lena, als sie beim Café angekommen waren.

«Gerne. Wann sehen wir uns wieder?»

Lena zuckte mit den Schultern. «Keine Ahnung. Hoffentlich bald.»

«Soll ich mal ein Wörtchen mit deinem Sklaventreiber von Chef reden?», fragte Aurora und guckte neugierig durch das Schaufenster. «Äh, warte mal ... Ist *das* etwa dein Chef?», japste sie.

Lena folgte ihrem Blick. Alejandro stand hinter der Bar und füllte die Zuckerdosen der Tische auf. Das Café war leer, und er war vollkommen konzentriert auf seine Tätigkeit. Er trug wie gewöhnlich ein altes Hemd, seine Stirn lag wie gewöhnlich in Falten, die Haare fielen ihm wie gewöhnlich ins Gesicht. Als Lena gewahr wurde, dass Aurora auf eine Antwort wartete, nickte sie.

«Meine Fresse.» Aurora klebte quasi an der Scheibe. «Jetzt verstehe ich, warum dir der Job so gut gefällt.»

«Wovon redest du?», fragte Lena.

Aurora drehte sich zu ihr um und sah sie durchdringend an.

«Er sieht unglaublich gut aus», sagte sie.

Lena musste sich eingestehen, dass es ihr unangenehm war, wie ihre neue Freundin ihren Chef anhimmelte.

«Was soll ich dazu sagen?», sagte sie also, als sie merkte, dass Aurora schon wieder auf eine Antwort von ihr wartete.

«Ist er nett?»

«Nein.»

Aurora hob erstaunt die Augenbrauen. «Jetzt sag mir nicht, dass dein Märchenprinz ein Arschloch ist», sagte sie mit einer Spur Verzweiflung in der Stimme.

«Er ist kein Arschloch und schon gar nicht mein Märchenprinz», erklärte Lena entschieden, etwas irritiert über die Richtung, in die das Gespräch sich entwickelte. «Aber er ist auch nicht unbedingt ein netter Typ.»

Aurora sah wieder ins Café. «Und welche Figur würdest du in einer Geschichte mit ihm besetzen?»

«Den Oger», sagte Lena spontan und hoffte, dass das Thema damit gegessen wäre.

Aurora lachte. «Dann ist er also Shrek», sagte sie und verschränkte herausfordernd die Arme vor der Brust. «Komm, lad mich auf einen Kaffee ein und stell ihn mir vor.»

Lena war immer genervter von Auroras Faszination für «ihren Oger». Sie hob eine Augenbraue und verschränkte ebenfalls die Arme.

«Ich glaube, heute habe ich dir schon genug ausgegeben, meinst du nicht?»

Aurora grinste und nickte langsam. «Wie du meinst,

Prinzessin Fiona.» Sie verbeugte sich in einer theatralischen Geste. «Aber früher oder später werde ich ihn kennenlernen.»

Lachend verabschiedete sie sich und ging zur Ecke. Lena reagierte gereizt.

«Raus aus meinem Sumpf, du sprechender Esel!», rief sie Aurora hinterher.

Aurora hob im Gehen eine Hand zum Gruß, ohne sich noch einmal umzudrehen. «Ich habe mich auch gefreut, dich kennenzulernen!»

Lächelnd betrat Lena das Café. Die Türglocke ließ ihren Chef aufsehen.

«Hallo», grüßte sie und konnte sich ein Grinsen nicht verkneifen, als seine Stirnfalte bei ihrem Anblick steiler wurde.

«Hallo», grummelte er zurück.

Lena konnte das Bild des grünen und schlechtgelaunten Shrek nicht verhindern, das vor ihrem inneren Auge auftauchte, und ihr Grinsen wurde noch breiter. Bis auf sein Gesicht hatte Alejandro Lagar tatsächlich erstaunliche Ähnlichkeit mit dem Oger aus dem Trickfilm: Er war groß, stark, immer schlecht gelaunt, und etwas verriet trotzdem, dass er im Grunde ein gutes Herz hatte.

«Was ist los?», fragte der Oger und sah nach, ob irgendetwas Komisches hinter ihm war.

«Nichts.»

Er verengte die Augen und sah sie misstrauisch an. «Warum lachen Sie dann so?»

«Weil es mir gutgeht», sagte Lena ungezwungen und

trat hinter die Bar, um ihre Schürze umzubinden und mit der Arbeit zu beginnen.

Es ging ihr gut, das war die erstaunliche Wahrheit – ziemlich gut sogar. Weil sie einen Ort hatte, an den sie gerne zurückkam, wo sie erwartet wurde: von Goldstein und Bukowski, die in diesem Moment zur Tür hereinkamen, von Hilda Massardi und von – ihm.

Am nächsten Tag war das Café schon vormittags gut besucht. Deshalb wunderte Lena sich, als ihr Chef das Lokal verließ und sie mit dem Gästeansturm alleinließ. Sie hatte ganz schön zu tun.

«Wo finde ich denn Señor Alejandro Lagar?»

Lena sah den Postboten an, der ihren Chef suchte. Sie stellte eine weitere Tasse Kaffee auf das Tablett und balancierte es dann auf einer Hand durch das Lokal. Es war erstaunlich, wie sehr sie ihren Gleichgewichtssinn trainiert hatte in den letzten Wochen.

«Er ist gerade nicht da», antwortete sie.

«Ich habe hier ein Einschreiben für ihn, Señorita. Wann kommt er denn zurück?»

Keine Ahnung, dachte Lena, während sie den Kaffee servierte. Er war einfach gegangen, ohne Bescheid zu sagen, wohin oder für wie lange er fortblieb. Sie zuckte mit den Schultern und sah den Postboten bedauernd an.

Der Briefträger zeigte ihr den Umschlag mit einem großen blauen Stempel darauf, der sehr offiziell wirkte.

«Wenn er es nicht cntgegennehmen kann, muss ich es zurück an den Absender schicken», sagte er. «Ist aber bestimmt wichtig.»

Lena seufzte und sah aus dem Augenwinkel den Fingerzeig eines Gasts, der zahlen wollte.

«Gut», sagte sie. «Kann ich das vielleicht annehmen?»

Der Postbote zückte sein digitales Lesegerät. «Aber sicher doch», sagte er beflissen. «Sie müssen nur hier Ihre Ausweisnummer eintragen und hier unten unterschreiben.»

Lena nahm das Gerät in die Hand und tat wie geheißen. Der Mann übergab ihr den Brief und verließ das Lokal. Lena legte den Umschlag unter die Theke und vergaß ihn umgehend, während sie sich wieder auf die Gäste konzentrierte.

Erst als sie das Geschirr vom Mittagstisch in die Spülmaschine räumte, fiel ihr der Brief wieder ein.

«Das hier ist heute früh für Señor Lagar gekommen», sagte sie zu Hilda Massardi, die seit einer Weile auf ihrem Barhocker saß. «Sieht wichtig aus.»

Die alte Dame schnaubte verächtlich. «Ach, Mädchen, jetzt hör doch endlich auf, ihn ‹Señor Lagar› zu nennen! Zumindest wenn er nicht da ist. Das ist doch wirklich affig.»

«Die Macht der Gewohnheit», murmelte Lena.

«Aber bitte nicht mit mir. Wenn der junge Mann meint, sich wie ein Griesgram gebärden zu müssen, gut. Aber den Rest der Welt soll er bitte damit verschonen.»

Lena hörte kaum zu und drehte und wendete stattdessen den Briefumschlag in ihrer Hand. Zumindest in Spanien war der Inhalt eines Einschreibens für gewöhnlich sehr bedeutsam für den Empfänger.

«Sieht wichtig aus», wiederholte sie.

«Dann bring ihn ihm.»

Lena sah auf. «Aber wohin denn? In seine Wohnung?»

«Ja, sicher, wohin sonst?» Die alte Dame zeigte ein strahlendes Lächeln. «Was denkst du denn, wo Monsieur sich versteckt? Wäre ja schön, wenn er mal ausgehen würde, aber der verkriecht sich wie ein Bär in seiner Höhle.»

Lena ließ ihren Blick zwischen Hilda und dem Brief hin- und herwandern. Die Vernunft riet ihr, den Umschlag auf dem Tresen liegen zu lassen und ihren Chef darauf hinzuweisen, wenn er wieder herunterkäme. Aber die Neugier über sein regelmäßiges unkommentiertes Verschwinden siegte über die Vorsicht. Also übergab sie Señora Massardi die temporäre Verantwortung für die Bar und ging die Treppe zu Alejandro Lagars Wohnung hinauf.

Vor der massiven Holztür zögerte Lena einen Moment. Dies war die Grenze zu seiner Welt, seiner Privatsphäre – und etwas rumorte in ihrem Inneren, als sie in diesen Kategorien an ihren Chef dachte. Sie zwang sich, das als Albernheit abzutun, atmete tief durch und klopfte.

Sie atmete ein, aus, wartete auf Antwort. Nichts. Sie zögerte, dann legte sie ein Ohr an die Tür. Sie hörte Geräusche und klopfte erneut, etwas lauter diesmal.

«Señor Lagar, ich bin's, Lena», rief sie. «Es ist ein Einschreiben für Sie gekommen.»

Die Tür wurde so schnell aufgerissen, dass Lena beinahe vor Schreck umgefallen wäre.

«Sie haben es doch nicht etwa angenommen?» Das

Zischen ihres Chefs war beinahe so angsteinflößend wie sein Gesichtsausdruck. Er füllte den Türrahmen fast komplett aus, aber da das Licht von hinten kam, konnte Lena ihn nur schemenhaft erkennen.

Verunsichert hielt sie ihm das Einschreiben entgegen.

«Verdammte Scheiße», knurrte er, und ließ den Kopf gegen den Türrahmen sinken.

12

Ihr Chef nahm Lena den Brief aus der Hand und drehte sich um. Er wollte die Tür zuwerfen, aber Lena stellte einen Fuß dagegen, bevor sie ins Schloss fallen konnte.

«Hey!», sagte sie wütend und betrat einfach die Wohnung. «Darf man vielleicht mal erfahren, was mit Ihnen los ist?»

Sie folgte ihm in einen unbeleuchteten Raum, der sich als Wohnzimmer entpuppte. In der Mitte des Raumes blieb er abrupt stehen.

«Sehen Sie, was hier draufsteht?» Er zeigte auf die aufgedruckte Adresse. «Alejandro Lagar. Sind das etwa Sie? Ich denke nicht. Warum zum Henker nehmen Sie also ein Einschreiben an, das nicht an Sie gerichtet ist?»

Lena war nervös und verwirrt zugleich. Sie verstand überhaupt nicht, worüber er sich so aufregte.

«Der Briefträger hat gesagt, es sei wichtig», sagte sie und bemühte sich um eine feste Stimme. «Wenn Sie nicht ohne ein Wort verschwunden wären oder wenn Sie mich einfach vorgewarnt hätten ...»

«Ich bin verschwunden, um dem Postboten zu entwischen, Mann!» Er schmiss den Brief wütend aufs Sofa.

«Und wie, bitte, hätte ich das ahnen können?»

Er begann, vor dem großen Fenster auf und ab zu gehen, das zur Straße zeigte und beinahe die ganze Wand einnahm. Er sah genauso ungepflegt aus wie immer: die alte Jeans, die locker auf seiner schmalen Hüfte hing, und ein schwarzes T-Shirt. Dann wurde Lenas Aufmerksamkeit von ihm auf seine Wohnung gelenkt. Das Zimmer sah frisch renoviert aus, was Lena erstaunte, nachdem das Café und das Conventillo so alt waren. Die Wände waren unverputzt und ließen die schönen weißen Ziegelsteine und dazwischen grobe Holzbalken sehen, die der Wohnung ein warmes Ambiente verliehen. Das Licht flutete durch das Fenster in den großen Raum, die Einrichtung war funktional und modern. Zwei schwarze Ledersofas, mehrere niedrige Bücherregale und ein schlichter Glastisch waren geschmackvoll auf den Raum verteilt. An einer Seite stand eine Kücheninsel aus Massivholz, daran zwei Barhocker. Die Küchenzeile war ebenso schlicht und funktional gehalten wie der Rest des Raumes. Die Schränke waren weiß lackiert, und diverse Küchengeräte aus Stahl standen auf der Arbeitsfläche aufgereiht. Lena wäre zu gerne näher getreten, um dieses Küchenparadies zu inspizieren.

Auf der anderen Seite des Raumes sah Lena eine Schiebetür, hinter der sie das Schlafzimmer vermutete. Und noch etwas erregte ihre Aufmerksamkeit an der Wand: Vor dem Fenster stand ein großer Zeichentisch. Daneben auf einem Beistelltisch sah Lena ein Pappgebilde, das aussah wie das Modell einer kleinen Stadt.

Alejandro Lagar stand mittlerweise am Fenster und grummelte dort vor sich hin. Also gab Lena einfach ihrem Impuls nach und ging zu dem Modell hinüber, um es aus der Nähe anzuschauen. Auf dem Tisch lag ein großer Bogen Zeichenpapier, auf dem der Entwurf eines Hauses skizziert war. Ein kleiner zweistöckiger Bau. Sie ließ ihren Blick von der Zeichnung zum Modell wandern und war beeindruckt von dessen Detailreichtum. Das Modell zeigte ein Dorf voller kleiner Häuser mit Gärten. Mehrere Straßen verliefen zwischen den Häusern, ausgestattet mit Miniaturlaternen und -bäumen. Ein paar Autos in bunten Farben waren vor den Häusern geparkt, Kinder spielten auf der Straße.

«Das ist ja toll», murmelte sie anerkennend.

Ihr Chef drehte sich abrupt zu ihr um.

«Was machen Sie da?», fragte er.

Mit langen Schritten durchquerte er den Raum und stellte sich neben sie. Lena sah kurz zu ihm auf und versank dann wieder in den Details des Modells.

«Haben Sie das gemacht?», fragte sie.

«Was machen Sie da?», wiederholte er irritiert.

«Das ist ziemlich gut», sagte Lena anerkennend und lächelte ihn an.

Er führte Daumen und Zeigefinger auf die Nasenwurzel und atmete tief durch, als müsste er sich mit Geduld wappnen.

«Freut mich sehr, dass es Ihnen gefällt. Und jetzt, wenn es Ihnen nichts ausmacht», fügte er mit dem gewohnten Sarkasmus hinzu, «verlassen Sie bitte meine Wohnung.»

«Dann ist es also von Ihnen», sagte Lena und sah wieder auf die Figürchen und die bunten Häuser des Modells. «Warum haben Sie mir denn nicht erzählt, dass Sie Architekt sind?»

«Mein Gott, Verzeihung, wie konnte ich das bloß vergessen. Ich sollte es wohl öfter einfach mal so fallenlassen. Dann hätte ich sicher mehr Erfolg bei den Frauen, meinen Sie nicht auch?» Er hob provokant die Augenbrauen. «Die Berufsbezeichnung *Architekt* kleidet einen Mann doch wesentlich besser als *Kellner*.»

Lena machte eine wegwerfende Handbewegung. «So ein versnobter Unsinn.»

«Sicher», schnaubte er und warf ihr einen dieser vernichtenden Seitenblicke zu.

Lena wusste, dass er sich wieder hinter der Ironie versteckte. Und doch – jetzt verstand sie, weshalb er ein so profundes Kunstverständnis hatte. Sie hätte liebend gerne gewusst, warum er seinem Beruf nicht nachging, wo doch das Modell sein Talent so offensichtlich erkennen ließ.

«Ich bin kein Architekt», sagte er. «Ich habe mein Abschlussprojekt nie abgegeben.»

Lena zeigte fragend mit dem Daumen auf das Modell, und er nickte bestätigend.

«Was ist es?», fragte sie schließlich.

«Eine Ökohaussiedlung.»

Wortkarg wie immer, dachte Lena. Aber ihre Neugier war stärker als ihre Gereiztheit über seine unmotivierte Gesprächshaltung.

«Dann sind das hier Solarzellen auf den Dächern?» Sie hatte gar keinen Zweifel daran, aber sie wollte ihm die Zunge lockern.

Er nickte. «Jedes Panel kann einen Mehrpersonenhaushalt versorgen, sowohl mit Strom als auch mit Warmwasser», erklärte er. «Jedes Haus ist 54 m^2 groß und errichtet aus stabilen und sehr langlebigen Materialien: Ziegel, Zement, Holz. Wissen Sie, wie viele Leute allein hier in der Hauptstadt in Wellblechhütten hausen?» Er sah sie an.

Lena schüttelte den Kopf.

«Ungefähr eine halbe Million Menschen leben in den sogenannten *villas miseria*, den Elendsvierteln der Stadt.» Sein Ton war jetzt ernsthaft, ganz anders als sein gewöhnlicher Sarkasmus. «Sie haben weder Heizung noch Isolierung, trinken Brunnenwasser, das oft von Ratten infiziert ist. Und es werden giftige Materialien verbaut, Faserzement zum Beispiel. Die Leute dort leben unter wirklich widrigen Bedingungen, und die Sterberate ist sehr hoch, besonders unter Kindern.»

«Und die öffentliche Hand unternimmt da nichts?», unterbrach Lena ihn. Sie war ganz gefesselt von seinem Bericht.

Er lächelte spöttisch. «Nicht viel, nein. Nach dem Hochwasser, das viele Villas zerstört hat, gab es ein paar internationale Organisationen, die geholfen haben. Mehr als hundert Millionen Dollar wurden investiert, um 30 m^2 große Hütten zu bauen, die Platz für insgesamt zehntausend Menschen boten. Diese Hütten wurden mit Planen gebaut, die über Metallstreben gespannt wurden. Etwas bessere Zelte, könnte man sagen. Und mit den gleichen Schwachstellen wie Zelte: schlechte Verarbeitung, sinkende Dächer, gefährliche Kabeleien unter offenem Himmel, unbeheizbar. Und wissen Sie, wie viel jede dieser Hütten gekostet hat?»

Lena schüttelte den Kopf.

«Siebentausend Dollar.»

Sie hob eine Augenbraue. Es dämmerte ihr, wie wertvoll Alejandro Lagars Konstruktion für die Menschheit sein könnte, wenn er sie jemals umsetzen würde.

«Und, wenn ich fragen darf», begann sie mit Blick auf die kleinen bunten Häuser des Modells, «wie viel würde eines von diesen hier kosten?»

Ein zufriedenes Lächeln erhellte sein Gesicht. Wahrscheinlich war das genau die Frage gewesen, die er hatte hören wollen.

«Siebentausendvierhundert Dollar.»

«Was?!», rief Lena entgeistert. «So ein hübsches Häuschen kostet genauso viel wie ein blödes Zelt?»

Er nickte und lächelte weiter vor sich hin.

«Aber – wieso werden solche Gelder dann nicht besser investiert?»

«Vermutlich weil die Firmen, die diese Art von Zelten herstellen, irgendwelche Abkommen mit den internationalen Hilfsorganisationen und mit den Staaten haben, die sie verpflichten, schnelle Abhilfe im Katastrophenfall zu leisten. Wenn es ein Erdbeben oder eine Flutkatastrophe gibt, wollen die Politiker zeigen, dass sie schnell handeln. Wen kümmert es, dass ihre Lösungen nicht vorhalten – wenn die Zelte nach drei Jahren verschlissen sind, erinnert sich niemand mehr an das Erdbeben oder an die Flut», sagte er.

Lena schüttelte ungläubig den Kopf und fand die

Häuser auf seinem Modell gleich noch schöner als zuvor. Dieses schlichte, glückliche Dorf, das vielleicht von einer Flut überrollt worden war, der es aber hatte standhalten können.

«Wie viel würde es kosten, ein Dorf wie dieses hier zu bauen?», fragte sie, ohne den Blick vom Modell zu lösen.

«Na ja, also hier könnte man 25 Familien unterbringen, hundertfünfzig Personen ungefähr. Das würde insgesamt rund zweihunderttausend Dollar kosten.»

Die Ziffern dieser Zahl schraubten sich in Lenas Kopf ein wie eine Mutter, die angezogen wird. Sie hatte vielleicht nicht den Geschäftssinn ihres Vaters geerbt, aber die Zeit, die sie für ihn in der Firma gearbeitet hatte, hatte ihnen beiden gezeigt, dass sie ein Händchen für Zahlen hatte.

«Also ungefähr tausenddreihundert Dollar pro Person», sagte sie leise. «Dafür hätte jedes dieser Kinder ein festes Dach über dem Kopf, Warmwasser und Heizung inklusive.»

«So ist es», sagte Alejandro Lagar ebenso leise.

Lena schüttelte den Kopf, sie fühlte sich plötzlich furchtbar schuldig – wie wenig es kosten konnte, das Leben eines Menschen für immer zu verändern und ihm ein sicheres Heim zu geben. Sie selbst hatte mehr Geld in eine einzige Handtasche investiert. In eine Hotelnacht. Erinnerungen an ihr altes Leben poppten in ihrem Kopf auf – sie fühlte sich miserabel. Sie hatte immer geglaubt, dass die Kunst das Leben eines Menschen verbessern konnte, weil sie es schöner und freundlicher machte.

Aber kein Bild und keine Skulptur der Welt konnte einem Kind ein warmes Heim sein.

«Es wäre wundervoll, wenn Sie das umsetzen könnten», sagte sie.

«Das wäre es, natürlich.» Ein Lächeln huschte über sein Gesicht. «Und die Idee ließe sich auf der ganzen Welt umsetzen.»

Lena betrachtete ihn nachdenklich. «Das wäre ein wunderbares Vorhaben.»

Er nickte und lächelte.

«Ein großer Traum», flüsterte Lena.

Er drehte sich zu ihr um, und sein Blick wurde weich. Bestimmt erinnerte auch er sich an das Gespräch über Träume, das sie neulich abends auf der Treppe im Patio geführt hatten. Sie sahen sich an, und die Luft schien plötzlich zu flirren. Lena war so versunken gewesen in die Beschreibung seines Projekts, dass sie gar nicht gemerkt hatte, wie nah sie beieinanderstanden. Er berührte sie fast. Sein Blick war so intensiv, dass Lena der Kopf zu schwirren begann. Er sah aus, als würde er sie – mögen? Sie hätte niemals gedacht, dass ihr Chef Zuneigung für sie empfinden könnte.

Er öffnete den Mund, um etwas zu sagen, und Lenas Augen wanderten hinab zu seinen Lippen.

«Ein großer Traum», stimmte er zu, nachdem er sich geräuspert hatte.

Lena merkte, dass auch sein Blick jetzt an ihren Lippen hing, und sie spürte, wie eine Gänsehaut sie überzog, als hätte jemand plötzlich das Fenster aufgerissen und eine frische Brise sie überrascht. Sie blinzelte schnell, um sich von diesem aufwühlenden Gefühl zu befreien, aber die Lippen ihres Chefs hielten sie gefangen.

Er atmete geräuschvoll ein und wandte den Blick ab.

«Während Sie hier oben meine Hirngespinste anhören, wer ist da eigentlich unten im Café?», fragte er, offenbar bemüht um einen lässigen Ton, der aber etwas kratzig herauskam.

Auweia. Lena hatte das Café völlig vergessen!

«Hilda», sagte sie etwas kleinmütig.

«Sehr beruhigend», sagte er ironisch, nahm sie beim Arm und zog sie zur Tür.

Im Vorbeigehen sah Lena das Einschreiben noch immer ungeöffnet auf dem Sofa liegen. Motiviert von der Entdeckung seines versteckten Talents, wollte sie versuchen, den Fehler wiedergutzumachen, das Einschreiben angenommen zu haben. Um nichts in der Welt wollte sie jemandem schaden, der sich Tag für Tag als ein besserer Mensch erwies: Er hatte nicht nur ihr selbst Dach und Arbeit gegeben, als sie im Regen stand, sondern kümmerte sich auch um eine kranke alte Dame und stellte sein Talent in den Dienst der Allgemeinheit, indem er Formeln suchte, um anderen ein besseres Leben zu ermöglichen – und all das ganz selbstlos.

«Hat das Einschreiben etwas mit Ihrem Projekt zu tun?»

«Nein.»

«Vielleicht ist es ja wichtig», beharrte Lena.

Er blieb stehen und seufzte genervt.

«Es ist wichtig», bestätigte er. «Es ist eine Forderung, und die richtet sich an mich.» Er schob sie sanft zur Tür.

Zu ihrer eigenen Überraschung fühlte Lena sich beunruhigt von dieser Nachricht. Dennoch gelang es ihr nicht, den Blick von der Hand auf ihrem Oberarm zu nehmen. Es war schön, Alejandro Lagars Hand zu spüren.

«Ich habe Jura studiert, vielleicht kann ich Ihnen helfen», sagte sie in dem Moment, als er sie über die Türschwelle geschoben hatte. «Es ist nicht ratsam, offizielle Briefe zu ignorieren. Ein Verfahren wird dadurch nämlich nicht verzögert, es verstreichen lediglich die Widerspruchsfristen.»

Er hob die Augenbrauen zu einem spöttischen Blick.

«Anwältin sind Sie also auch noch? So ein Glück», sagte er in seinem besten sarkastischen Ton. «Künstlerin *und* Rechtsverdreherin! Sie sind ja eine wahre Wundertüte. Und eine echte Nervensäge», fügte er hinzu, bevor er ihr die Tür vor der Nase zuschlug.

Verletzt sah Lena auf den abblätternden Lack. Sie atmete tief ein und hob in einem Reflex die Hand, um laut zu klopfen und ihm zu sagen, was er für ein unverschämtes, überhebliches Arschloch war. Aber die Vorstellung der freundlichen Hilda Massardi hinter der Bar hielt sie davon ab, diesen Kampf an Ort und Stelle auszufechten. Er war ein unergründlicher Mann, der sich tatsächlich wie ein Oger vor Nähe zu schützen schien. Sie mochte keine Angeberei, das war eine der Eigenschaften gewesen, die sie an ihrem Exfreund am meisten gestört hatten. Trotzdem fragte sie sich, warum Alejandro Lagar nicht ein kleines bisschen stolz auf seine beachtliche Arbeit war. Warum zeigte er der Welt nicht, wozu er fähig war? Warum versteckte er sich hinter dem Tresen einer Bar?

Lena ging die Treppe hinunter, hoffte, dass in ihrer Abwesenheit keine Gäste gekommen waren, und musste feststellen, dass sie Alejandro Lagar immer mehr mochte, je mehr sie über ihn erfuhr – und das trotz der großen Mühe, die er sich gab, um ein Scheusal zu sein.

13

In den folgenden Tagen kam Lena ihr Chef zerstreuter vor als gewöhnlich. Er nahm Bestellungen falsch auf, verschüttete Kaffee und verwechselte Tische. Sie wusste, dass etwas im Gange war, aber er war so verschlossen, dass es ihr aussichtslos erschien, das Gespräch zu suchen. Sie ahnte, dass dieses ominöse Einschreiben Gegenstand seiner Sorge war. Also entschied sie, ihn zumindest im Umgang mit den Gästen zu entlasten. Er schien ihr dankbar den Kundenkontakt zu überlassen und verzog sich zunehmend in die Küche. Eigentlich kam er nur noch in den Caféraum, um die schweren körperlichen Arbeiten zu verrichten, etwa Getränkekästen und Bierfässer vom Lieferanten anzunehmen und hinter die Bar zu schleppen.

Mit jedem Tag, der verging, wirkte Alejandro Lagar distanzierter und mürrischer. Deshalb überraschte es Lena nicht, als er eines Vormittags übellaunig in die Küche kam. Sie hatte gerade einem Gast und sich selbst einen Kaffee gemacht und sich mit einem Croissant in die Küche gesetzt, bevor der Mittagsansturm losging.

«Was ist das denn?»

Lena hob den Blick, als sie seine genervte Stimme hörte. Er stand in der Tür, und sein strenger Blick und seine steile Stirnfalte ließen keinen Zweifel über seinen Gemütszustand. Ihre Augen senkten sich von seinem Gesicht zu der Kaffeetasse, die er eigentlich dem Gast hatte bringen wollen, auf die er aber nun anklagend zeigte.

«Äh – ein Kaffee, oder nicht?», sagte Lena ironisch und biss beherzt in ihr Croissant.

Sein linkes Augenlid flatterte nervös, bevor er erbost ausatmete und zu ihr kam.

«Ich glaube, wir verstehen uns nicht. Ich meine, was ist *das* hier?» Er stellte die Tasse vor ihr ab und zeigte auf den Inhalt.

Lena sah den festen Milchschaum, der bis an den Rand der Tasse reichte, ohne überzutreten, und war stolz, wie gut sie die original Victoria Arduino mittlerweile kennengelernt hatte.

Sie hob den Blick, um ihn anzusehen. «Das ist ein Cappuccino.»

Ihr Chef stöhnte. Er stemmte beide Hände auf die Tischplatte und beugte die Ellenbogen, sodass sein Gesicht dem ihren sehr nah kam, als er fragte:

«Warum sind da Herzchen auf dem Kaffee?»

Lena hatte längst gewusst, worauf er hinauswollte.

«Die Leute mögen das», antwortete sie schulterzuckend und lächelte ihn an.

Schwer zu sagen, ob es an ihrer Antwort lag oder an dem Lächeln – Alejandro Lagar wirkte jedenfalls etwas verwirrt. Er ließ den Blick über ihr Gesicht wandern und richtete sich dann auf, um die Küche mit schnellen Schritten zu durchqueren. Gerunzelte Stirn. Hände in den Hüften.

«Ich will aber nicht, dass mein Kaffee mit Herzchen serviert wird, klar?», stieß er hervor.

Lena sah ihn an. «Gut, keine Herzchen mehr», sagte sie. «Dann beschränke ich mich auf Blümchen und Smileys.»

Auf ein wütendes Schnauben ihres Chefs folgte ein neuerliches Durchschreiten der Küche.

«Könnten Sie wohl bitte Ihre künstlerischen Ambitionen bei der Arbeit im Zaum halten?», knurrte er. «Ich will weder Herzchen noch Blümchen oder Smileys. Ich will überhaupt keine Symbole auf meinem Kaffee!»

Lena sah ihm beim Fluchen und Meckern zu, es war alles wie immer. Einen Moment lang war sie versucht, ihn noch ein bisschen zu quälen und noch weiter dagegenzuhalten. Aber eigentlich machte sie sich Sorgen um ihren Chef, wegen des Einschreibens und der Probleme, die es für ihn bedeuten konnte.

«Wenn ich einen normalen Kaffee serviere, dankt man mir in der Regel schlicht», erklärte sie ihm schließlich. «Aber wenn ich einen Kaffee mit einem Bildchen serviere, bekomme ich dazu noch ein Lächeln.»

Er öffnete den Mund, um etwas zu entgegnen, schloss ihn aber schnell wieder. Er sah sie so befremdet an, als beobachtete er ein paranormales Phänomen.

«Es ist vielleicht alberner Schnickschnack, aber den Leuten gefällt's», fuhr Lena fort. «Ihre Laune hebt sich, sobald sie das Bild sehen, und mir macht das keine Umstände. Warum also soll ich aufhören, den Menschen das Leben zu versüßen?»

Er sah sie stumm an.

«Sie haben recht, es ist alberner Schnickschnack», sagte er schließlich und verließ die Küche.

Allerdings verlor er danach kein Wort mehr über die Bildchen auf dem Kaffee – obwohl es an diesem Tag sehr voll war und er im Service helfen musste, wo er Dutzende von Lena zubereitete Kaffees mit Herzchen auf dem Milchschaum servierte.

Lena stand hinter der Bar und beobachtete ihren Chef dabei, wie er sich mit dem vollen Tablett elegant durch die Menge schob. Es war eigentlich keine Trotzreaktion und auch kein Machtkampf – er hatte ihr schlicht keinen einzigen vernünftigen Grund genannt, der gegen die Schaummalerei spräche. Also malte sie weiter. Herzchen, Gesichter, Blumen, Bäume und was ihr sonst noch in den Sinn kam. Und vielleicht weil auch er beim Servieren die positive Reaktion der Gäste zu spüren bekam, sagte Alejandro Lagar nichts mehr dazu.

Schlecht gelaunt blieb er trotzdem. Er sprach nur das Nötigste und knurrte die Leute an. Lena versuchte wie üblich, das zu kompensieren, indem sie selbst umso freundlicher zu allen war. Am späten Nachmittag sah sie Aurora das Café betreten.

«Hallo!» Ihr schwungvoller Gruß hallte durch den ganzen Raum.

«Aurora! Wie schön, dich zu sehen!», rief Lena, kam hinter der Bar hervor und umarmte sie.

«Wenn der Prophet nicht zum Berg kommt ...», entgegnete Aurora.

Lena lachte. «Ich hoffe, ein Kaffee kann meine Unhöflichkeit wiedergutmachen.»

«Das klingt gut», sagte Aurora und ließ sich anmutig auf einen Barhocker gleiten.

Lena zeigte auf Hilda, die auf dem Barhocker daneben saß. «Aurora, darf ich dir Señora Hilda Massardi vorstellen», sagte sie. «Hilda, das ist meine Freundin Aurora.»

Die alte Dame drehte sich zu Aurora um und schenkte ihr dieses offene, warme Lächeln, das jahrzehntelange Bühnenerfahrung sie gelehrt hatte.

«Sehr erfreut, meine Liebe», sagte sie und reichte ihr die zarte Hand.

Aurora schüttelte sie. «Und ich erst! Schließlich lernt man nicht alle Tage eine Grande Dame der Schauspielkunst kennen. Wussten Sie, dass Sie eine halbe Million Suchergebnisse bei Google haben? Mehr als die Legrand!»

«Wirklich?», fragte Hilda überrascht.

Aurora nickte und strahlte sie an.

Die alte Dame sah verwirrt von einer zur anderen. «Und was ist dieses Google?»

Lena senkte den Kopf, um ihr Grinsen zu verbergen.

«Das kannst du ihr erklären, während ich dir deinen Kaffee mache», raunte sie Aurora zu. «Noch einen Tee für dich, Hilda?»

Hilda machte eine abwehrende Geste und wandte sich Aurora zu, die ihr das Konzept der weltgrößten Suchmaschine zu erläutern versuchte.

«Señorita! Die Rechnung bitte.»

«Kommt sofort.»

Lena widmete sich den Gästen und überließ ihre beiden neuen Freundinnen ihrem Gespräch. Sie schienen sich gut zu verstehen, was Lena nicht überraschte, da Aurora jedem zugewandt begegnete, der freundlich und tolerant war, und Hilda beispiellos freundlich zu jedem war, der ihr Aufmerksamkeit schenkte.

«Ein Kaffee mit Herz für die Dame», sagte Lena, als sie zu ihnen zurückkehrte und ihrer Freundin das Getränk servierte.

Aurora sah in die Tasse und lächelte. «Kaffee mit Herz», sagte sie. «Was für eine schöne Idee!»

Lena lächelte zurück.

«Ich hab ein Geschenk für dich», sagte Aurora plötzlich und kramte in ihrer riesigen Tasche, bis sie ein bunt eingewickeltes Päckchen hervorholte.

Lena sah sie überrascht an. «Für mich?»

Aurora nickte.

«Aber – warum?», fragte Lena und nahm das Geschenk entgegen.

«Einfach nur weil du so eine nette und faszinierende Frau bist.»

Lena öffnete die Geschenkschleife und holte ein reich verziertes Mategefäß mit Blumenmuster hervor, dazu eine *Bombilla* aus Silber, den Spezialstrohhalm, den man für die Matezeremonie benötigte. Als sie beides gerührt betrachtete, entdeckte sie am unteren Rand des Gefäßes eine Gravur: *Finde die Liebe und richte dich in ihr ein.* Lena sah Aurora mit feuchten Augen an.

«Das ist wunderschön», sagte sie. «Vielen Dank!»

Sie hatte das Gefühl, dass dieser Spruch den Grund ihrer Reise sehr gut zusammenfasste. Schließlich war es mangelnde Liebe gewesen, die sie ihr altes Leben hatte aufgeben lassen. Und nun war sie auf der Suche – wonach genau, das wusste sie nicht, aber Liebe klang perfekt. Je länger sie darüber nachdachte, desto mehr fragte sie sich, ob ihre Beziehung zu Alberto überhaupt Freundschaft gewesen war. Liebe ganz sicher nicht.

«Ich hab dir auch ein Pfund von meiner Lieblings-Yerba mitgebracht», sagte Aurora und reichte ihr eine große Packung Matetee. «Ich hoffe, es schmeckt dir!»

«Der wird mir ganz sicher schmecken», strahlte Lena, umrundete den Tresen und umarmte Aurora fest.

Hilda neben ihnen fing an, laut zu applaudieren. Lena lachte und umarmte Hilda auch gleich einmal.

«Was für ein Glück ich habe, so tolle Freundinnen gefunden zu haben!», sagte sie und strahlte die beiden Frauen an.

Hilda erwiderte Lenas Umarmung und gab ihr ein Küsschen, das sicher einen karminroten Abdruck auf ihrer Wange hinterließ. In Lenas Herz machte sich ein warmes Gefühl breit – da umarmten sie zwei Frauen, die nichts miteinander gemein hatten, außer sie, Lena, zur Freundin auserwählt zu haben.

Alle drei lachten fröhlich über den schönen Moment, den Auroras Geschenk ihnen beschert hatte.

«Was ist denn das hier für ein Hühnerhaufen?»

Lena schreckte auf, als sie die tiefe Stimme ihres Chefs hörte. Sie atmete ein und drehte sich mit einem gezwungenen Lächeln auf den Lippen zu ihm um.

«Verzeihung», sagte sie mit Unschuldsmiene. «Meine Freundin Aurora ist unerwartet zu Besuch gekommen und hat mir einen Mate geschenkt, schauen Sie mal.» Sie zeigte ihm das Gefäß und bemühte sich, ihn an ihrer Freude teilhaben zu lassen.

Er aber betrachtete den Mate so ungerührt, als handelte es sich um einen Staubwedel.

«Es gibt Gäste, die auf Ihre Aufmerksamkeit warten», sagte er genervt und nickte mit dem Kinn in Richtung Fenstertisch.

«Dann müssen Sie Lenas Chef sein, richtig?», schnurrte Aurora mit einem so sinnlichen Stimmchen, dass es beinahe weiblich wirkte und streckte ihm ihre Hand mit den langen Fingernägeln entgegen.

Lena stellte sich einen Schritt hinter ihren Chef, um Aurora mit Gesten zu verstehen zu geben, dass sie es nicht übertreiben sollte. Ihre Freundin sah sie ganz genau, ignorierte Lenas Bitte aber.

Alejandro Lagar drehte sich um und sagte zu Lena: «Ich mag es nicht, wenn Sie die Gäste warten lassen.» Auroras Hand hatte er schlicht ignoriert. «Also geben Sie nächstes Mal Bescheid, wenn Sie eine Pause machen.»

Und schon marschierte er los, um selbst die Bestellung am Fenstertisch aufzunehmen.

«Der ist allerdings ein Oger», murmelte Aurora Lena zu.

Leider hörte Alejandro Lagar sie. Er blieb mitten im Raum stehen. Lena biss sich auf die Lippe und hielt die Luft an vor lauter Angst vor dem Gewitter, das jetzt auf sie niedergehen würde. Aber Alejandro Lagar sagte nichts. Zu Lenas Überraschung beschränkte er sich auf einen kurzen Schulterblick, der beinahe traurig aussah.

Dann ging er seine Gäste bedienen. Doch der kurze Ausdruck seiner Verletztheit blieb an Lena kleben. Sie fühlte sich schuldig, als sie verstand, dass er aus Auroras Kommentar vermutlich geschlossen hatte, sie selbst, Lena, habe über ihn gelästert.

Lena sandte Aurora noch einen warnenden Blick zu und ging wieder hinter die Bar. Aurora und Hilda setzten sich zusammen und plauderten munter, als wäre nichts gewesen. Lena hörte überrascht, wie natürlich Hilda mit Auroras geschlechtlicher Identität umging. Sicher, sie war eine Frau von Welt, die viel herumgekommen und immer unter Künstlern gelebt hatte. Sie hatte in ihrem Leben ganz unterschiedliche Menschen kennengelernt und Respekt vor der Vielfalt entwickelt, den manch anderer niemals verstehen würde.

«Dein Körper ist sehr schön», sagte Hilda gerade zu Aurora. «Eine Freundin von mir hätte für deinen Körper getötet – leider hatten die Schönheitschirurgen zu unserer Zeit noch eher Ähnlichkeit mit Schlachtergesellen als mit vernünftigen Ärzten.»

Auroras Lachen übertönte das Gemurmel der Unterhaltungen im Raum. Lena lächelte und ging in die Küche, um einen Schwung Geschirr in die Spülmaschine zu räumen. Nachdem sie das Tablett geleert hatte, richtete sie sich auf und sah erst dann, dass Alejandro Lagar an der Kücheninsel lehnte und sie beobachtete.

«Gott, haben Sie mir einen Schrecken eingejagt!», japste sie und legte sich eine Hand auf die Brust.

Er hob eine Augenbraue und sagte spöttisch: «Das ist doch wohl der Job von uns Ogern, oder nicht?»

Lena seufzte. «Sie müssen zugeben, dass Sie nicht immer der Inbegriff der fröhlichen Höflichkeit sind.»

Er runzelte die Stirn und atmete geräuschvoll ein. Ein Schatten legte sich auf sein Gesicht, und der Blick, den er Lena zuwarf, bevor er den Kopf senkte, wirkte beinahe hilflos.

Lena sah ihn an und stellte erstaunt fest, wie sehr seine Unsicherheit sie berührte. Und schon fühlte sie sich noch schuldbewusster. Wenn auch auf seine etwas plumpe Art, so hatte er ihr doch eine Hand gereicht, als sie Hilfe brauchte. Er hatte ihr Arbeit gegeben und ein wunderschönes Zimmer zum Wohnen – und sie machte sich zum Dank über ihn lustig. Sie fühlte sich elend.

«Es tut mir leid», sagte sie sanft. «Als Aurora mich neulich nach Hause begleitete, hat sie Sie durch das Schaufenster gesehen und fand Sie sehr gut aussehend, und als sie mich fragte, ob Sie arrogant seien, sagte ich nein – höchstens ein bisschen ... ogerhaft. Und Sie müssen doch zugeben, Sie sind manchmal ...», Lena fuhr fort, ohne zu merken, wie aufmerksam er sie betrachtete, «ich meine, wir sind gleich alt und siezen uns jetzt seit Wochen, das ist doch ...»

Sie verstummte, als sie seinen Blick wahrnahm, und merkte, wie ihr das Blut in die Wangen schoss. Er sah sie jetzt offen an, und ein Lächeln umspielte seine Lippen.

«Sie wollten Ihre Freundin also bloß über meinen Charakter ins Bild setzen», sagte er nachgiebig.

Lena runzelte die Stirn, sie konnte nicht erkennen, ob er das ironisch meinte oder nicht.

«Richtig», sagte sie knapp, um weitere Fettnäpfchen zu vermeiden.

«Sie können ganz beruhigt sein, Ihre Freundin hätte sowieso keine Chance gehabt.»

Lena legte den Kopf schief. «Was wollen Sie damit sagen?»

«Dass Ihre Freundin nicht mein Typ ist.»

Sie verschränkte die Arme vor der Brust und sah ihn streng an.

«Aurora ist eine unglaublich hübsche Frau», sagte sie energisch, um ihm allen Wind aus den Segeln zu nehmen.

«Nein, das ist sie nicht», sagte er ruhig.

Lena verengte die Augen zu schmalen Schlitzen. «Haben Sie etwa ein Problem mit Transsexuellen?»

«Überhaupt nicht. Ich toleriere eigentlich alles, was mich nicht ärgert. Ich bin bloß realistisch.»

«Das ist doch kein Realismus, das ist ein Vorurteil», schnaubte Lena. Sie war absurderweise empört darüber, dass Aurora ihm nicht gefiel. «Wie können Sie so sicher sein, dass Ihnen jemand nicht gefällt, den Sie nicht einmal kennen?»

«Ich weiß es einfach.»

Ihre Gesichter waren einander während des Disputs sehr nah gekommen, sein Blick lag auf ihrem Gesicht. Sein Atem kitzelte Lenas Wange, und die Zeit schien plötzlich stillzustehen. Lenas Blick verfing sich auf seinen Lippen, und für einen Moment wanderte sein Blick zu ihren. Reflexartig befeuchtete sie ihre Lippen mit der Zungenspitze. Alejandros Pupillen weiteten sich, ein Schleier legte sich über seine Augen. Lena ging langsam ein paar Schritte rückwärts und stieß an einen Geschirrwagen. Das Klappern der Töpfe holte sie zurück in den Moment. Völlig benommen von so viel Nähe, wusste sie nicht, wann sie die Kontrolle über die Situation und das seltsame Gespräch verloren hatte.

Mit nervösem Kribbeln im Magen verließ Lena die Küche, ohne ihren Chef noch einmal anzusehen. Aber auf der anderen Seite der Tür erwartete sie eine weitere Überraschung. Aurora hatte sich das T-Shirt hochgezogen und streckte Hilda den Oberkörper entgegen, die – weder verlegen noch zimperlich – Auroras Brüste in den Händen wog.

«Die sind perfekt», sagte die Dame. «Man kann überhaupt nicht sehen, dass sie nicht echt sind.»

«Aurora!», rief Lena empört.

Aus dem Augenwinkel nahm sie wahr, dass die Küchentür sich öffnete und ihr Chef jeden Moment ebenfalls im Raum stehen würde. Also handelte sie schnell, hängte sich über den Tresen und zerrte an Auroras T-Shirt, um ihre Brust wieder zu bedecken. Sie war sich sicher, dass Alejandro Lagar ihr die Schuld an diesem Striptease geben und vollends die Geduld mit ihr verlieren würde, wenn er das zu Gesicht bekäme.

«Was ist denn hier los?», sagte er überrascht.

«Äh – ja, also ...», stammelte Lena. Zum Glück hatte Aurora das Hemd schon wieder heruntergezogen.

«Señorita Aurora hat mir ihre Brüste gezeigt, mein Lieber», sagte Hilda ungerührt.

Lena machte ein gequältes Gesicht und wagte nicht, ihren Chef anzusehen.

«Sie gefällt mir überhaupt nicht», raunte er ihr zu, als er an ihr vorbei in den Gastraum ging.

Damit wollte er wohl ihr Küchengespräch besiegeln, und Lena gefiel es überhaupt nicht, dass die Situation ihm so gute Argumente an die Hand gab. Sie stellte erleichtert fest, dass kaum Gäste im Café waren. Dann sah sie Aurora kopfschüttelnd an.

«Jetzt reicht's aber mal, Madame!», sagte sie leise zu ihr.

Aurora legte den Kopf in den Nacken und lachte schallend – und Hilda fiel vergnügt mit ein.

14

Aurora ging bald darauf zur Arbeit, und das Café kehrte zu seiner ruhigen Nachmittagsroutine zurück. Es kamen mehr Gäste als gewöhnlich zu dieser Tageszeit, und Lena vermutete den Grund dafür darin, dass es ein ungewöhnlich warmer Wintertag war, der dazu einlud auszugehen. Hilda bestellte noch einen Tee. Das Gespräch mit Aurora hatte ihr offenbar gutgetan, sie war bestens gelaunt und geschwätziger als üblich.

«Schwierig, jemanden kennenzulernen, wenn man anders ist als die anderen», murmelte sie und nippte an ihrem Tee.

Lena lächelte sie liebevoll an. Aurora hatte ihr wohl von ihren Gefühlen für den Tangomusiker erzählt.

«Weißt du was?», fuhr Señora Massardi fort. «Viele glauben, Picasso muss meine große Liebe gewesen sein, weil er so berühmt war und all das ... aber nein. Er war es nicht. Wir hatten viel Spaß, das schon!» Sie lachte herzlich.

Lena lächelte. Es scherte sie nicht, ob das, was Hilda da erzählte, nun wahr war oder nicht. Die alte Dame versprühte eine so tröstlich-heimelige Wärme, und all ihre Geschichten wirkten auf Lena mittlerweile vertraut und beruhigend. Bei ihr fühlte sie sich wie zu Hause.

«Ich war fünfundzwanzig Jahre alt, und wir spielten *Das Leben ein Traum* im Teatro Colón», fuhr sie langsam fort. «Er war ein bisschen jünger als ich und im Theater noch recht frisch als Requisiteur angestellt. Ich war schon ein Weltstar, und die mächtigsten Männer lagen mir zu Füßen. Ich war der Star auf den tollsten Partys. Aber trotzdem gibt es nur diesen einen Moment, den ich nie vergessen werde: das erste Mal, als ich ihn sah. Ich kehrte in meinem schlichten Rosaura-Kostüm in meine Garderobe zurück, als er mit einem Haufen Seile an mir vorüberging. Seine blauen Augen blickten direkt in meine Seele. Ich blieb mitten im Gang stehen, völlig benommen. Er errötete und wandte den Blick ab, nur um gleich darauf wieder meine Augen zu suchen. Sein Blick war so intensiv, dass er mich beinahe schmerzte. Er hieß Federico, und er war gewiss nicht der schönste Mann, den ich gesehen habe, aber er hatte etwas an sich, das mich verrückt machte. In den folgenden Tagen fand ich alles über ihn heraus. Er lebte bei seiner Mutter, und seine Arbeit war das einzige Einkommen der Familie.» Der Blick der alten Dame verlor sich in einem Fixpunkt ihrer Vergangenheit. «Er hatte Sorge, gefeuert zu werden, wenn er sich mit mir einließe, und ignorierte hartnäckig meine Avancen. Ich weiß nicht, ob es vielleicht daran lag, dass er sich so sträubte, ich jedenfalls begehrte ihn besinnungslos. Ich liebte ihn, wie ich nie zuvor geliebt hatte.»

«Und was geschah dann?»

Die Stimme ihres Chefs dicht neben ihr ließ Lena aufschrecken. Sie hatte gar nicht bemerkt, dass er auch da war. Aber sie war genauso gefesselt wie er und konnte die Augen nicht von Hilda nehmen.

«Eines Abends nach der Vorstellung küsste er mich hinter den Kulissen, und ich wusste, dass dies der Moment meines Lebens war», sagte sie. «Wir umklammerten einander und rissen uns die Kleider vom Leib. Auf dem Bett, in dem die sterbende Violetta in *La Traviata* sich von ihrem Alfredo verabschiedet, erfuhr ich, was *Liebe machen* bedeutet. Mein Körper zerbarst vor Lust – und die Lust erfüllte meine Seele und verwandelte mich in die mächtigste Göttin des Universums.»

Hilda schien aus den Tiefen ihrer Erinnerung zurückzukehren und nahm zum ersten Mal Blickkontakt mit ihrem kleinen Publikum auf.

«Es war unser erstes und einziges Mal», murmelte sie mit abwesendem Lächeln. «Mein Agent bekam Wind von der Sache und buchte eine Europatour, die mich für Monate fern von Buenos Aires und von Federico hielt. Man erfand damals – genauso wie heute auch noch – Romanzen zwischen den Schauspielern eines Stücks, um für die Produktion zu werben. So wurde verbreitet, Luis Sandrini und ich wären ein Paar, obwohl er damals verheiratet war. Aber das schien niemanden weiter zu kümmern. Als ich zurückkehrte, war Federico nicht mehr am Theater. Seine Mutter war gestorben, und er war unauffindbar. Ich habe ihn nie wiedergesehen – aber ich verdanke ihm die schönste Erinnerung meines Lebens. Er war meine große Liebe.»

Lena schluckte schwer, um die Tränen der Rührung zu unterdrücken. Sie blinzelte schnell und warf einen verstohlenen Blick auf ihren Chef, der ebenso gerührt wirkte wie sie selbst.

«Warum hast du uns das nie erzählt?», fragte er heiser. «Wir hätten ihn doch suchen können.»

Hilda sah ihn liebevoll an. «Aber wozu denn? Damit er sähe, was aus mir geworden war? Nein», beantwortete sie sich selbst ihre Frage. Eine Aura der Traurigkeit umgab sie. «Ich zog es vor, dass er mich so in Erinnerung behielt, wie er mich gekannt hatte: jung und bis über beide Ohren verliebt.»

Eine Träne rann Lenas Wange hinab. Sie zog die Nase hoch und senkte den Kopf, um ihre Gefühle zu verbergen. An ihrer Seite trat Alejandro Lagar unruhig von einem Bein auf das andere.

«Ich hab genau das Richtige für einen Moment wie diesen», sagte er schließlich und holte eine Flasche aus dem Regal. Er stellte drei Schnapsgläser auf die Theke und füllte sie bis oben hin mit einer gelb schimmernden Flüssigkeit. «Auf die guten Erinnerungen», sagte er und hob sein Glas.

Beide Frauen taten es ihm gleich und kippten den Likör hinunter. Lena hustete, um das Brennen in der Kehle zu lindern, und ihre Augen füllten sich erneut mit Tränen. Ihr Chef drehte sich lächelnd zu ihr und klopfte ihr ein paarmal sanft auf den Rücken.

«Besser?», fragte er dann.

«Ja», krächzte Lena und musste lachen. «Danke.»

In diesem Moment betraten Goldstein und Bukowski rege diskutierend das Lokal, und ein Paar an einem Ecktisch bat um die Rechnung. Alejandro Lagar stellte die

Schnapsgläser in die Spüle und sagte zu Lena: «Ich mach das schon.»

Aber plötzlich verhärtete sich sein Gesicht. Lena folgte seinem Blick und sah, dass ein Mann im maßgeschneiderten Anzug das Café betrat.

«Du bist hier nicht willkommen!», rief ihr Chef dem Mann zu.

Er kam mit schnellen Schritten hinter der Bar hervor und baute sich breitbeinig vor dem Mann auf, der wegen des Größenunterschieds den Kopf in den Nacken legen musste, um seinem Gegenüber in die Augen sehen zu können.

«Alejandro, wir müssen reden.»

«Raus!», fuhr Alejandro Lagar ihn an und zeigte mit dem Finger auf die Tür.

«Alejandro, ich bitte dich – so lass es mich dir doch erklären.»

«Was willst du mir denn erklären?», ätzte Lenas Chef. «Wie ihr die Leute bescheißt und die Verzweiflung Arbeit Suchender ausnutzt? Vergiss es. Auf deine Lektionen kann ich verzichten.»

Er fasste den Mann grob beim Arm und schleifte ihn förmlich zur Tür.

Lena sah erschrocken zu. Dann sah sie nach Hilda, die in eine nachdenkliche Stille versunken war. Goldstein und Bukowski ließen sich ebenso wenig stören von der rüden Aktion des Barbesitzers. Verwirrt blickte Lena zurück zu der Szene an der Tür. Sie wusste nicht, was sie tun sollte. Ihr Chef war kein sympathischer Mensch, aber sie hatte ihn noch nie aggressiv erlebt. Wer war dieser Mann, und wen hatte er betrogen, um solche Wut in Alejandro Lagar zu provozieren? Ob das vielleicht etwas mit dem ominösen Einschreiben zu tun hatte?

In Lenas Kopf häuften sich die Fragen, während sie wie ferngesteuert auf die Streitenden zuging, als sie sah, wie die Gäste sich erschrocken erhoben.

«Jetzt lass es mich doch erklären», stotterte der Mann weiter, rot wie eine Tomate.

Alejandro Lagar öffnete die Tür mit einer Hand und schob den Anzugträger mit der anderen hinaus.

«Verzieh dich endlich», zischte er. «Sonst verpass ich dir einen Tritt, der dich bis zu deiner beschissenen Bank fliegen lässt.»

Bank. Dieses Wort ließ Lena aufhorchen. Aber sie hatte kaum Zeit, darüber nachzudenken, denn die Gäste strömten jetzt ebenfalls zur Tür.

«Entschuldigen Sie den Aufruhr», beeilte sie sich zu sagen. «Bitte setzen Sie sich doch wieder, ich bringe Kaffee und Kuchen für alle aufs Haus.»

Die armen Leute blieben verunsichert stehen, weil Alejandro Lagar darauf mit einem seiner flammenden Blicke reagierte, die Tür weit geöffnet hielt und lospolterte:

«Nichts da! Hier zahlt jeder, was er konsumiert.»

Als der letzte Gast nach hastigem Begleichen seiner Rechnung das Café verlassen hatte, knallte Alejandro Lagar die Tür zu.

Er war offenbar stinksauer. Deshalb war Lena selbst überrascht von ihrem Mut, als sie sich traute, ihn anzusprechen.

«Äh – warum haben Sie das gemacht?», murmelte sie. «Wer war das denn?»

Sie sah ihn wutentbrannt das Café durchschreiten wie eine riesige Raubkatze im Käfig. Lena blieb stehen, wo sie war, mitten im Raum, und war fest entschlossen, sich von seiner schlechten Laune weder anstecken noch einschüchtern zu lassen. Jedes Mal, wenn er in seinem Auf und Ab an ihr vorbeikam, warf Alejandro Lagar ihr einen wütenden Blick zu. Lena sah fragend zu Goldstein und Bukowski. Ihr Chef bemerkte das sofort und fuhr zu den beiden Alten herum.

«Kein Wort von euch zweien», warnte er sie mit anklagend ausgestrecktem Zeigefinger. «Sonst fliegt ihr hier genauso schnell raus wie der Lackaffe.»

Die Herren nickten bestätigend und hoben abwehrend die Hände. Alejandro Lagar nickte seinerseits knapp und verließ das Café – abermals türenknallend – in Richtung Patio.

Die drei alten Herrschaften waren nun die einzigen verbliebenen Gäste im Café. Lena verschränkte die Arme vor der Brust und sah die beiden Männer prüfend an. Lagars Worten zufolge wussten sie also, weshalb er den Anzugträger rausgeworfen hatte.

«Wie wäre es mit einem *Prinz Charles* auf den Schreck?», fragte sie zuckersüß.

Beide nickten. «Ja, wir hätten sehr gerne unser Lieblingsessen, aber unser Leben ist uns auch sehr lieb», antwortete Bukowski.

«Und wenn ich hoch und heilig verspreche, nichts zu sagen oder zu unternehmen?», fragte Lena.

Er schüttelte beharrlich den Kopf, und Goldstein ergänzte: «Mädchen, du hast es doch gehört. Wir können dir nichts sagen. Das ist Alex' Angelegenheit, da musst du ihn schon selber fragen.»

Lena sah in aller Ruhe von einem zum anderen. Es gab also etwas zu erzählen. Die Loyalität der beiden Männer rührte sie, wenngleich ihr natürlich eine eindrückliche Drohung vorausgegangen war. So oder so befeuerte das Schweigen der Senioren ihre Neugier beträchtlich. Was mochten das für Geheimnisse sein, die Alejandro Lagar hütete? Vielleicht war er in ernsten Schwierigkeiten und brauchte Hilfe – aber vermutlich würde er sich eher die Zunge abschneiden, bevor er so etwas zugäbe.

«Als Alejandros Mutter starb», erhob plötzlich Hilda von der Bar aus die Stimme, «da nahm sein Vater eine Hypothek auf das gesamte Gebäude auf, um ihre Behandlung finanzieren zu können. Offenbar hat er nicht darüber nachgedacht, wie er das je zurückzahlen könnte, und nun ist er nicht mehr da, um sich darum zu kümmern. Der Junge kämpft seit Jahren gegen den riesigen Schuldenberg an, den er geerbt hat. Und jetzt steht er kurz davor, alles zu verlieren.»

Lena spürte einen gewaltigen Stich in ihrem Herzen. Diverse Ereignisse, die sie seit ihrer Ankunft im Café erlebt hatte, kamen ihr in den Kopf: Alejandros Weigerung, das Lokal auch nur für ein paar Tage zu schließen, um Lena den Stuck und das Fileteado restaurieren zu lassen. Sein Bedauern, ihr kein besseres Gehalt zahlen zu können. Seine Erzählung davon, wie die Freunde der Eltern ihnen unter die Arme gegriffen hatten, als seine

Mutter erkrankte. Und nicht zuletzt seine heftige Reaktion, als Lena das Einschreiben angenommen hatte. All das ergab plötzlich einen überaus traurigen Sinn.

«Der Tourismus hat die Immobilienpreise hier in der Gegend in den letzten Jahren verdoppelt», ergänzte Bukowski, der angesichts Hildas Wagemut nun offenbar auch die Warnung Alejandro Lagars in den Wind geschlagen hatte. «Die Immobilienhaie warten nur darauf, dass das Conventillo endlich unter den Hammer kommt.»

«Was?», rief Lena. «Das Conventillo ist auch in Gefahr?»

Alle drei nickten traurig.

15

«Verdammt!», murmelte Lena, als die kleingeschnittenen Yerba-Blättchen sich auf dem ganzen Tresen verteilten.

Sie versuchte seit einer ganzen Weile, sich zu erinnern, wie man den Mate aufgoss. Aurora hatte es ihr gezeigt. Aber immer, wenn sie zu dem Punkt kam, wo sie das Gefäß mit der Yerba darin auf ihre Handfläche umdrehen sollte, verteilte sich alles auf dem Tresen. Sie stellte das Gefäß zur Seite, machte sich daran, die Teespitzen mit der Hand zusammenzufegen, und überlegte, wie sie eigentlich auf die Idee gekommen war, sich mitten in der Nacht einen Mate zuzubereiten.

Sie hatte im Bett gelegen und keine Ruhe gefunden. Die Geschehnisse des Tages und das Gespräch mit den Senioren hatten sie aufgewühlt. Sie hatte stundenlang dagesessen und das Mosaikfenster und die Bilder von Doña Carmen betrachtet, als könnten die Kunstwerke eine Lösung für Alejandro Lagars Notlage bieten. Aber gegen eine Zwangsräumung half nur Geld. Wenn es ihrem Chef gelänge, seine Schulden abzubezahlen, bevor der Prozess begänne, wäre er aus dem Schneider. Sie musste wissen, wie hoch seine Hypothek war. Dafür allerdings musste sie mit Alejandro sprechen.

Alejandro, dachte sie und freute sich, ihn so zu nennen, wenn auch nur in Gedanken. Ihr Chef war in ihrem Kopf nicht mehr nur ihr Chef. Er war ein Mann voller Probleme, der einer einsamen alten Dame ein Heim und seine Freundschaft gab und der sie selbst aufgenommen hatte, als sie Hilfe brauchte, ohne zu fragen, wer sie war und woher sie kam. Ein Mann, der seine Träume als Modell auf einem Stück Pappkarton geparkt hatte, als seine Eltern seine Unterstützung brauchten. Und wegen all dem, und wenn auch nur in Lenas Kopf, war er nicht länger ihr Chef für sie, sondern Alejandro. Ein Freund.

«Was machen Sie da?»

Die tiefe Stimme riss sie abrupt aus ihren Gedanken. Sie schreckte auf, und die Yerba rann ihr abermals durch die Finger.

«Mist!», rief sie, als sie die ganzen grünen Krümelchen betrachtete, die jetzt auf dem Fußboden lagen. «Können Sie vielleicht zur Abwechslung mal reinkommen, ohne mich zu erschrecken?», sagte sie dann und sah zu Alejandro auf.

Er stand in der Tür. Er trug seine alten Jeans und ein weißes T-Shirt, nur sein Haar war etwas zerstrubbelter als gewöhnlich, und er war barfuß. Und in der Hand hielt er etwas, das aussah wie ein Baseballschläger.

«Wollten Sie ein paar Bälle schlagen?», fragte Lena ironisch, als er auf sie zukam.

«Eher Einbrecherköpfe», antwortete er grinsend und lehnte den Schläger an die Wand. «Darf ich fragen, was Sie hier um diese Zeit machen?»

Offenbar hatte Lena ihn geweckt, und er war in dem Glauben runtergekommen, jemand versuche gerade, ihn auszurauben.

«Ich versuche, mir einen Mate zu machen, aber ich verschütte bloß die Yerba», seufzte sie und schüttelte die Teekrümel auf den Boden, die auf ihrem Schlafanzug gelandet waren.

Sie war froh, dass sie einen Männerpyjama gekauft hatte, der ihr um den Körper schlabberte und einen sehr dezenten Ausschnitt hatte.

«Dann geben Sie mal her», sagte er lächelnd und nahm ihr das Gefäß aus der Hand. «Ist eigentlich kein Zauberwerk.»

Lena sah zu, wie er nach dem Teepaket griff, und betrachtete seinen definierten Bizeps und die Schultern, um die das T-Shirt ein wenig spannte. Hübscher Anblick. Sie blinzelte verstört, um diese unangebrachten Gedanken aus ihrem Kopf zu vertreiben. Sicher, er war ein attraktiver Mann, sein Lächeln hatte sie bereits vor geraumer Zeit betört, und neuerdings erwischte sie sich immer öfter dabei, wie sie ihn bei der Arbeit beobachtete. Wie gut seine Jeans saßen, dachte sie dann, wie lang seine Beine waren und was für einen knackigen Hintern er hatte. Sie merkte, wie ihr die Röte ins Gesicht stieg und versuchte, etwas Raum zu gewinnen. Allerdings war nur sehr wenig Platz zwischen Wand, Tresen und Alejandro. Sie drehte sich um und stieß dabei das Yerba-Paket um. Jetzt waren sämtliche Teespitzen über den Fußboden verteilt.

«Oh, nein ... Verzeihung, wie ...», begann sie hastig

und nutzte den Moment, die Enge hinter dem Tresen zu verlassen. Am Ende der Bar hielt sie sich fest und atmete tief durch.

Alejandro stand mit dem Mategefäß in der Hand da und sah sie verwundert an.

«Was ist denn los mit Ihnen?», fragte er.

«Ich, äh ... Ich kann nicht gut auf so engem Raum», sagte Lena knapp. Eine vernünftigere Ausrede fiel ihr auf die Schnelle nicht ein. Dann holte sie den Besen hinter der Küchentür hervor. Angestrengt sah sie auf den Boden, als sie das Chaos zusammenfegte.

Trotzdem sah sie das leichte Lächeln auf Alejandros Gesicht, als er anfing, das Mategefäß in seiner Hand zu schwenken.

«Für einen guten Mate muss man das Gefäß einmal umstülpen, damit die Yerba sich gut vermischt. Der Staub bleibt dann an der Handfläche kleben, dann verstopft der Strohhalm nicht. Sehen Sie?» Sie sah auf und er vollführte elegant die Bewegung, die ihr selbst zweimal hintereinander missglückt war. «Dann hält man das Gefäß ein wenig gekippt, so – damit die Yerba sich zu einer Seite hin sammelt. Das Wasser gießt man auf der anderen Seite ein.» Er nahm die Thermoskanne, die Lena mit heißem Wasser gefüllt hatte, und füllte nur so viel Wasser ein, dass nicht die gesamte Yerba nass wurde. «Und jetzt stecken wir die Bombilla hinein und gießen noch ein wenig Wasser nach. Und das ist auch schon der ganze Zauber.»

Lächelnd hielt er ihr das dampfende Getränk hin. Lena stellte den Besen ab und lehnte sich an den Tresen.

Sie nahm den Mate und zog vorsichtig mit den Lippen an dem metallenen Strohhalm.

«Boah, ist das bitter.»

«Daher Ihr Zitronengesicht?», lachte er.

Lena musste grinsen. Sie nickte und stellte den Mate auf dem Tresen ab.

«Meine Mutter trank ihren Mate mit einem Teelöffelchen Zucker und rieb ein wenig Orangenschale hinein. Wollen Sie ihn mal so probieren?»

Sie sah ihn an. «Gern», sagte sie und hätte ihn am liebsten nach seinen Eltern gefragt und nach der Hypothek, die sein Haus und sein Herz belastete.

Alejandro trank den Mate aus und machte sich ans Werk. Er hob den Strohhalm ein wenig an und schüttete vorsichtig Zucker darunter. Dann nahm er eine Orange aus dem Korb neben der Saftpresse, wusch sie ab und rieb die Schale über einem Tellerchen. Er streute eine Prise auf den Tee, goss Wasser nach, rieb das Mundstück des Strohhalms mit einem Trockentuch ab und reichte ihr das Gefäß erneut.

«Bitte schön.»

Lena schloss die Augen, als sie am Strohhalm zog. Was für ein Unterschied. Der Mate schmeckte jetzt stark und wärmend. Die Bitterkeit war verschwunden, der Geschmack war frisch und interessant.

«Viel leckerer», sagte sie anerkennend und lächelte ihn an.

Alejandro erwiderte ihr Lächeln und nahm ihr das Gefäß aus der Hand, um selbst das Materezept seiner Mutter zu kosten. Diese Geste der Vertrautheit erfüllte

Lena mit Freude. Aber das nachmittägliche Gespräch mit den Senioren lag ihr schwer auf der Seele, und sie suchte nach einer Möglichkeit, Alejandro darauf anzusprechen.

«Ihre Mutter hatte Geschmack», sagte sie und versuchte, damit das Gespräch auf seine Eltern zu lenken.

Alejandro trank noch einen Schluck Mate und nickte. «Ja, das hatte sie.»

Lena sah ihm in die Augen, als er ihr den Mate zurückreichte, nachdem er Wasser nachgeschenkt hatte.

«Und Ihr Vater?», wagte sie zu fragen.

Alejandro fixierte ihren Blick. «Na ja. Der hat sich öfter mal geirrt.»

Lena versuchte zu entschlüsseln, was der Kommentar bedeuten mochte – vor allem in Kombination mit dem traurigen Ausdruck, der sich jetzt in Alejandros Gesicht schlich.

«Sagen Sie das wegen der Hypothek?», fragte sie getrieben von Neugier und dem Wunsch, mit ihm über die Sorgen zu sprechen, die ihn belasteten. Nach all den Auseinandersetzungen, die sie mittlerweile gehabt hatten, wusste sie, dass dies der beste Weg war, mit ihm etwas zu besprechen: geradeheraus.

Alejandro atmete tief durch.

«Diese alten Plaudertaschen», grummelte er dann.

«Nein, Goldstein und Bukowski haben dichtgehalten», sagte Lena schnell.

Er sah sie überrascht an. Dann verstand er.

«Hilda. Es ist doch erstaunlich, wie die geistige Klarheit dieser Dame kommt und geht, wie es ihr zu belieben scheint, finden Sie nicht?», fragte er amüsiert und resigniert zugleich.

Lena antwortete nicht, sie zuckte nur entschuldigend die Schultern und beobachtete, wie er nervös mit dem Finger seine Augenbraue wieder und wieder glatt strich. Dann sah er sie an und stieß einen Seufzer aus, der wirklich tiefe Erschöpfung erahnen ließ.

«Mein Vater war ein hoffnungsloser Fall», sagte er schließlich. «Die Liebe zu meiner Mutter hat ihm den Geist vernebelt. Als sie krank wurde, konnte er überhaupt keine klarsichtigen Entscheidungen mehr treffen.»

«Wegen der Hypothek, meinen Sie?», fragte sie erneut.

Alejandro schüttelte den Kopf.

«Nein. In dem Fall hätte ich genauso gehandelt wie er. Die hiesigen Ärzte hatten meine Mutter schon aufgegeben. Die Behandlung in Houston war unsere letzte Hoffnung, da gab es nicht viel zu überlegen. Aber die Reise war wahnsinnig teuer. Mein Vater wusste, dass er alles unterschreiben würde, was immer die Bank ihm vorlegte, und so war es auch.» Er seufzte. «Der Kerl, den ich heute rausgeschmissen habe, kommt hier aus dem Viertel. Mein Vater hat seiner Familie jahrelang das Mittagessen gekocht und serviert und keinen Peso dafür verlangt, weil er genau wusste, dass seine Mutter alleine mit ihm und seinen drei Geschwistern war und es nicht leichthatte. Aber meinen Sie, das hätte den Banker Jahre später dazu bewegt, meinen Vater vor den horrenden Zinsen zu bewahren, die auf der Hypothek lasten? Natürlich nicht», schloss er mit wutverzerrtem Gesicht. «Der Wert dieses Hauses wächst wie Unkraut und die Investmentbanker haben es wie die Aasgeier gemacht, wenn sie Blut riechen – sie haben ihm einfach die Hypothek untergejubelt und warten, bis ich ausblute.»

Lena sah ihn schwer schlucken. Instinktiv beugte sie sich vor, so sehr wünschte sie, ihm Trost spenden zu können. Aber sie musste noch die Frage stellen, die seit Stunden in ihrem Kopf herumgeisterte.

«Wie hoch sind Ihre Schulden?»

Alejandro sah sie an. «Fünfzehn Millionen Pesos», sagte er trocken. «Sparen Sie sich das Kopfrechnen: Das sind ungefähr neunhunderttausend Euro.»

Lena verschluckte sich beinahe an dem Mate.

«Meinem Vater wurde seinerzeit ein Drittel davon ausgezahlt», fuhr er fort. «Der Rest sind Zinsen und Mahngebühren.»

Sie sahen einander schweigend an.

«Das ist sehr viel Geld», sagte Lena. «Aber ich glaube, jeder hätte sich so entschieden wie Ihr Vater. Er wollte die Frau retten, die er liebte.»

Ein ungläubiges Lächeln umspielte Alejandros Lippen.

«Sind Sie wirklich so naiv?»

Lena runzelte die Stirn. «Ein Zyniker verwechselt wohl gerne mal gesunden Menschenverstand mit Naivität», murmelte sie und hob angriffslustig das Kinn. «Ich würde alles tun für den Menschen, den ich liebe – vermutlich sogar einen Pakt mit dem Teufel schließen, wenn ich wüsste, dass ihm das helfen könnte.»

Seine Augen funkelten noch grüner als sonst. «Das klingt mir aber verdächtig nach Hollywood-Kitsch.»

«Aha. Und was, wenn ich fragen darf, verstehen Sie unter wahrer Liebe?»

«So eine Frage kann auch nur jemand stellen, der glaubt, dass jeder Traum wahr werden kann und Kaffeeschaumherzchen glücklich machen.»

Lena ließ sich nicht provozieren von seiner üblichen Unverschämtheit. Sie fragte sich allerdings, wie sie jetzt ausgerechnet auf dieses Thema gekommen waren. Warum hatte sie ihn nach seiner Definition von Liebe gefragt, wenn sie eigentlich wissen wollte, wie hoch seine Schulden waren? Aber hier stand sie nun: im Pyjama über einem Mitternachtsmate mit ihrem Chef die Liebe erörternd. Und was das Schlimmste war: Sie brannte darauf, seine ehrliche Antwort auf ihre Frage zu hören.

«Was ich über die Liebe denke?», fragte er zurück. «Ich glaube jedenfalls schon mal nicht an blinde Liebe, sondern daran, dass man warten muss, bis man den Menschen findet, bei dem man merkt, dass an seiner Seite das Leben wie im Flug vergehen wird.»

Er sah ihr in die Augen und senkte dann schnell den Blick.

«Aber an dem Punkt enden ja leider all die romantischen Filme und Bücher, die Sie bestimmt gerne lesen – die nähren damit bloß die falsche Vorstellung davon, dass mit dem Kuss beim Happy End alles geritzt ist. Aber in Wahrheit fängt die Arbeit, die die Liebe bedeutet, damit ja erst an. Man muss sie hegen und pflegen wie ein Kind, die Liebe.» Er machte eine Pause und sah Lena wieder an. «Mein Vater trug meine Mutter ins Bad und half ihr in allem, was sie brauchte, und er zeigte keine schlechte Laune dabei, als wäre ihre Pflege das Normalste der Welt. Als er nicht mehr mit ihr im selben Bett schlafen durfte, weil seine Bewegungen ihre Knochen hätten brechen können, da legte er seine Matratze auf den Boden neben ihr Bett und schlief so weiterhin an ihrer Seite. Er konnte nicht einschlafen, wenn sie nicht seine Hand hielt. Er sagte, sie sei seine Begleiterin in schönen Träumen und die Heldin seiner Albträume.»

Diese Erinnerung ließ Alejandro auflachen, ein kurzes und heiseres Lachen, das viel mehr Nostalgie als Freude transportierte.

Lena fühlte sich immer unbehaglicher, je mehr Alejandro erzählte. Sie hätte nie geglaubt, dass ein Zyniker wie er eine so klare und unfassbar romantische Vision von der Liebe haben könnte. Seine Eltern hatten sich offenbar bedingungslos geliebt und einander treu begleitet, und er wünschte sich dasselbe für sich selbst.

«Aber wenn Sie das so sehen», fragte sie neugierig, «warum sagen Sie, Ihr Vater sei ein hoffnungsloser Fall gewesen, wenn er doch nur Ihre Mutter hat retten wollen?»

Alejandro sah ihr so intensiv in die Augen, dass Lena der Atem stockte.

«Er hat es übertrieben.»

Lena sah ihn fragend an.

Er seufzte tief und sagte dann: «Ich habe meinen Vater zwei Tage nach der Beerdigung meiner Mutter tot aufgefunden. Er hat sich die Pulsadern aufgeschnitten und sich zum Sterben in die Badewanne gelegt. Ich klopfte, als er nicht aus dem Bad kam, weil ich schon ahnte, dass etwas nicht in Ordnung war. Dann hab ich die Tür aufgebrochen, als er nicht antwortete. Der Notarzt konnte nur noch seinen Tod feststellen», murmelte er, und Lena brach es das Herz.

Wie schrecklich. Lena erinnerte sich daran, was sie selbst empfunden hatte, als sie ihren Vater tot im Bett hatte liegen sehen, und eine tiefe Traurigkeit überflutete sie. Dabei war das noch nicht einmal ansatzweise vergleichbar, schließlich war ihr Vater eines natürlichen Todes gestorben. *Und ich versuche, diesem Mann etwas über wahre Liebe zu erklären*, dachte sie beschämt.

Sie sah Alejandro an und fand, dass er furchtbar müde wirkte. Sehr langsam ging sie auf ihn zu. Sie hob den Kopf, um ihm in die Augen sehen zu können. So dicht beieinander war der Größenunterschied zwischen ihnen ziemlich deutlich.

«Das tut mir sehr leid», sagte sie. Bessere Worte konnte sie nicht finden, um auszudrücken, wie schlecht sie sich fühlte.

«Ja, danke. Sagt man ja so, oder?»

Lena nickte. «Kann ich Sie mal in den Arm nehmen?»

«Was?», knurrte er. «Sagt man das auch so?»

Lena lächelte.

«Nein. Ich würde Sie aber gerne in den Arm nehmen. Darf ich? Sie haben ja kein Messer in der Hand.»

Er atmete tief ein und fuhr sich nervös durch die Haare. Lena hob überrascht die Augenbrauen, als sie verstand, wie unangenehm die Situation für ihn war. Sie hätte gedacht, dass jeder normale Mensch sich in so einer Situation über eine Umarmung freuen würde, aber gut – ihr Chef war ja auch kein normaler Mensch, eigentlich hätte sie sich gleich denken können, dass das eine Schnapsidee war.

Sie trat einen Schritt zurück.

«Tut mir leid. Ich wollte nur ... äh ... ich wollte Sie trösten», sagte sie schnell. «Sie müssen mich natürlich nicht umarmen.»

Jetzt sah er sie überrascht an. Seine Brust hob und senkte sich schwer, und er streckte einen Arm nach Lena aus. «Gott, kommen Sie her», murmelte er und zog sie zu sich heran.

Lena entfuhr ein Japsen ob der Plötzlichkeit seiner Bewegung. Seine Arme umschlossen sie, und seine großen Hände schienen ihren Rücken beinahe vollständig zu bedecken. Er zog sie so beherzt an sich, dass sie seine Muskeln spürte. Tausend Schmetterlinge flogen in ihrem Magen auf.

Sie versuchte sich ins Gedächtnis zu rufen, dass dies ja eine tröstende Umarmung sein sollte. Sie hob ihre Hände und legte sie ihm um die Schultern. Er war so groß, dass sie sich dazu auf die Zehenspitzen stellen musste. Ein angenehmer Wäscheduft vermischte sich mit dem Mategeruch und seinem Aftershave. Sie neigte den Kopf ein wenig, um den Duft besser einatmen zu können, und war versucht, die Augen zu schließen. Im selben Moment senkte auch Alejandro seinen Kopf, und sein warmer Atem kitzelte Lenas Ohr.

Plötzlich veränderte sich die Umarmung. Seine Finger spreizten sich auf ihrem Rücken, als wollte er sie noch besser umfassen, und begannen, ihren Rücken so behutsam emporzuwandern, dass Lena beinahe ein Stöhnen entfuhr. Sie streichelte sanft seine breiten Schultern und genoss die Wärme, die sein Körper ausstrahlte. Sie bemerkte, dass sein Atem sich beschleunigt hatte, und sah fasziniert, wie seine Halsschlagader pulsierte. Sie biss sich auf die Lippen, um den Impuls zu unterdrücken, diesen pochenden Hals zu küssen.

Er drehte den Kopf noch ein wenig weiter, und ihre Wangen ruhten für einen winzigen, intensiven Moment aneinander. Lena hielt den Atem an. Allein die Vorstellung, ihn zu küssen, ließ sie schwindeln. Sie schloss die Augen. Sie begehrte ihn, sein gesamter Körper zog sie an wie ein starker Magnet, dem sie sich nicht entziehen konnte. Sie rückte ein Stück von ihm ab, um ihm in die Augen sehen zu können, und was sie dort entdeckte, erregte sie noch mehr. Seine Pupillen waren so geweitet, dass seine Augen schwarz wie die Nacht erschienen. Sein Atem war flach. Seine Augen suchten ihr Gesicht ab und blieben an ihren Lippen hängen, und ihr Herz schlug heftig. Sie klammerte sich an seine Schultern, um das Gleichgewicht nicht zu verlieren. Er musste bloß den Kopf ein paar winzige Zentimeter weiter bewegen, um sie zu küssen.

Alejandro blinzelte heftig und schüttelte den Kopf, als wollte er eine plötzliche Benommenheit abschütteln.

Er umfasste ihre Oberarme und rückte sie auf Armeslänge ab.

«Ja, gut ... Vielen Dank», stammelte er. «Bitte räumen Sie noch auf, bevor Sie schlafen gehen. Gute Nacht.»

Er schob sich an ihr vorbei und hastete zur Hintertür. Weg war er.

Lena blieb allein im Halbdunkel der Bar zurück, als einziges Geräusch ihren eigenen Atem im Ohr, der noch nicht zu seinem gewöhnlichen Tempo zurückfinden konnte. Sie sah zur Tür, durch die Alejandro verschwunden war, und fragte sich, ob er diese intensive Energie zwischen ihnen auch gespürt hatte.

Während sie die Yerba auffegte, stellte Sie sich vor, wie Alejandro sein vielversprechendes Architekturstudium aufgegeben hatte, um seine Mutter zu pflegen und seinen Vater im Café zu unterstützen. Sie erahnte seine Verzweiflung angesichts der schweren Krankheit seiner Mutter, die doch das Rückgrat der Familie gewesen war, und die Sorge um den Vater. Dann das schlimme Ende beider Eltern und seine eigene Einsamkeit. Und zu all dem Schmerz und der Trauer kam auch noch die zermarternde Sorge um den Schuldenberg, der ihn zu ersticken drohte. Er würde nicht nur sein Haus verlieren, sondern auch alle Erinnerungen an seine Familie.

Als sie den Tresen abwischte, fiel Lenas Blick auf das Mategefäß. Sie hob es hoch, um die Inschrift erneut zu lesen. *Finde die Liebe und richte dich in ihr ein.* Plötzlich schienen ihr diese Worte einen ganz neuen Sinn zu ergeben. Ein beunruhigend starkes Gefühl breitete sich in ihrer Brust aus. Sie lehnte sich benommen an den Tresen. Tief ausatmend erkannte sie eine Gewissheit, die sich in ihr breitgemacht hatte: Sie hatte einen Ort gefunden, an dem sie bleiben wollte.

16

Am nächsten Morgen verließ Lena das Haus, als es gerade dämmerte und lange bevor das Café öffnete. Der nahende Frühling ließ sich zu dieser frühen Stunde noch nicht erahnen. Sie schloss ihre Jacke und hielt sich dicht an den Häuserwänden, um keine Aufmerksamkeit zu erregen. Sie hatte keine Tasche dabei, nur ein paar Münzen in der Hosentasche, aber trotzdem schien es ihr gefährlich, um diese nachtschlafende Zeit durch die menschenleeren Straßen zu gehen.

Ihr Ziel war eine Telefonzelle. In den Neunzigern war die Suche nach einer Telefonzelle eine leichte Aufgabe gewesen, aber heutzutage schienen die Kabinen nahezu ausgestorben. Sie musste einen wichtigen Anruf tätigen und wollte nicht vom Café aus telefonieren.

Sie kam an der Mafalda-Statue vorbei und bog links ab. Aber dann ließ sie etwas innehalten. Sie drehte sich wieder um und bemerkte, dass die Parkbank neben der Statue um diese Uhrzeit leer war. Sie sah das Mädchen an, das so bescheiden wartend dasaß in seinem grünen Kleid und sie so freundlich anlächelte. Es konnte eigentlich keinen geeigneteren Moment als diesen geben, um die kleine Weise um einen Rat zu bitten.

«Hallo, Mafalda», sagte sie, setzte sich neben die Statue und streichelte den Kopf der Figur. «Ich wüsste zu gerne, was du von meinem Plan hältst.»

Und dann erinnerte sie sich an einen ihrer Lieblingsstrips von Mafalda. Darin ist sie am Strand und spielt mit einer Schippe, als sie einen Krebs sieht, der rückwärts an ihr vorbeigeht. Sie sieht ihn besorgt an und ruft ihm zu, dass die Zukunft in der anderen Richtung zu finden sei. Lena lachte, als sie sich vorstellte, dass Mafalda zu ihr genau das Gleiche sagen würde. Schließlich war sie im Grunde genommen dabei, in die Vergangenheit zurückzukehren.

Obwohl sie sich noch nie so frei gefühlt hatte wie in den letzten Wochen, wusste sie doch, dass eine Rückkehr in ihr vergangenes Leben die einzige Möglichkeit war, das Café und das Conventillo zu retten. Sie hatte diese Entscheidung noch in der Nacht getroffen, bevor sie in ihr Zimmer zurückgekehrt war. Sie hatte verstanden, dass sie den Schlüssel zu dem Problem mit den Schulden und der Frist besaß: Geld. Schließlich war sie die Erbin der Brotfabrik Vázquez.

Sie hatte diverse Gründe für ihre Entscheidung. Aber der wichtigste war, dass sie hier wirklich tolle Menschen kennengelernt hatte und zum ersten Mal seit sehr langer Zeit glücklich war. Und nachdem sie herausgefunden hatte, dass Alejandro Lagar ein großartiger Mann war, der sich unter einer schweren Schicht Sarkasmus und schlechter Laune versteckte, musste sie ihm einfach helfen.

Noch in der Nacht hatte sie sich einen Plan zurechtgelegt, um alles zu bedenken, was für diesen Anruf wichtig war. Sie musste das Café und das Conventillo ersteigern, wenn sie unter den Hammer kämen, und zugleich sicher sein, dass der Kaufpreis Alejandros Schulden überstieg, damit ihm keine Restschulden blieben. Sie wusste genau, dass er stolz genug war, um ihre Hilfe abzulehnen, und deshalb wollte sie sichergehen, dass er nie erfuhr, wer die neue Besitzerin war. Sie hatte auch schon überlegt, wie sie es anstellen konnte, dass er trotzdem Haus und Café weiter nutzen könnte, sodass sein Leben einfach weitergehen konnte wie bisher. Aber sie wusste auch, dass sie all das nicht alleine würde umsetzen können. Deshalb musste sie diesen Anruf machen.

«Gut, auf geht's», sagte sie und streichelte Mafalda noch einmal den Kopf, bevor sie aufstand. «Wünsch mir Glück, kleine Freundin.»

Sie machte sich wieder auf die Suche nach einem Telefon und fand zum Glück eines zwei Straßenecken weiter. Sie warf die Münzen ein und wählte die Nummer. Jetzt war sie dankbar für die Zeit, die sie bei ihrem Vater in der Firma verbracht hatte, immerhin kannte sie die wichtigsten Telefonnummern auswendig.

Es klingelte dumpf. Lena sah auf die Uhr und rechnete aus, dass es in Spanien erst ein Uhr morgens war. Aber sie wusste, dass der Mensch, den sie anrief, zur alten Schule gehörte und ebenso wie ihr Vater oft bis spät in die Nacht arbeitete.

«Hallo?»

Lena lächelte, als sie die vertraute Stimme hörte.

«Hallo, Vicente, wie geht es dir?»

Ein Japsen klang durch den Hörer.

«Lena? Bist du es?», sagte der Mann erleichtert.

Vicente Fernández del Real war immer schon der Anwalt ihres Vaters gewesen und Lenas Mentor, als sie als Justiziarin in die Firma eingestiegen war. Er war nicht nur ein großartiger Wirtschaftsanwalt, sondern auch seit Ewigkeiten ein guter Freund der Familie.

«Ja, ich bin's.»

«Gott, bin ich froh, Mädchen», entfuhr es dem alten Mann. «Wo bist du? Geht es dir gut? Du kannst dir nicht vorstellen, was für Sorgen wir uns hier um dich gemacht haben.»

Lena wusste genau, dass der Plural ihrer Mutter galt. Ein unangenehmes Schuldgefühl überkam sie. Sie wollte nicht, dass ihre Mutter ihretwegen leiden musste, aber sie hätte niemals den Grund für diese Reise verstanden. Und ganz gewiss hätte sie sie verhindert, wenn sie die Möglichkeit dazu gehabt hätte. Sie musste sie bald anrufen, auch wenn sie sich noch nicht bereit fühlte, in ihr altes Leben zurückzukehren.

«Es geht mir gut, Vicente», versicherte sie ihm. «Aber ich brauche deine Hilfe.»

«Was kann ich tun?», fragte er schnell.

«Zunächst einmal versprich mir, dass alles, was ich dir jetzt sagen werde, unter uns bleibt.»

Der Anwalt schwieg einen Moment.

«Aber natürlich», sagte er dann. «Du kannst dich auf mich verlassen.»

Lena seufzte tief, bevor sie dem Anwalt ihres Vaters den Plan unterbreitete, der das Geschäft und das Haus Alejandro Lagars retten sollte.

17

Ihr Herz hatte ein paar Schläge ausgesetzt, zumindest schien es Lena so. Die Tische verschwammen gefährlich vor ihren Augen, und der Boden schien unter ihr zu wackeln. Sie fühlte sich schwindlig und hielt sich am Tresen fest. Versuchte, tief ein- und wieder auszuatmen. Es ging ihr hundsmiserabel.

Alejandro hatte vor einer Weile das Haus verlassen, um ein paar Erledigungen zu machen. Hilda war noch nicht heruntergekommen, und bis auf Goldstein und Bukowski war niemand da, den sie um Hilfe hätte bitten können. Zum Glück waren nur wenige Gäste im Café.

«Señor Bukowski», sagte sie. «Es geht mir nicht gut.»

Die beiden Alten sahen von ihrem Essen auf und kamen herbeigeeilt. Sie nahmen Lena zwischen sich und führten sie langsam an einen Tisch.

«Verehrte Gäste», sagte Bukowski laut in das Lokal hinein. «Das Café muss jetzt leider schließen auf Grund von …» Er überlegte einen Moment. «Unpässlichkeit des Personals.»

«Ich bin nicht unpässlich», sagte Lena schnell. «Mir ist nur etwas schwindelig.»

Goldstein fächelte ihr mit der Speisekarte Luft zu.

«Aber das ist doch das Gleiche, Mädchen», sagte er, während sein Freund abkassierte.

«Wir hätten sie die Kekse nicht probieren lassen sollen!», raunte Bukowski Goldstein zu, als er wieder bei ihnen am Tisch war.

«Und wie hätten wir das verhindern sollen?», fragte der. «Sie hat sich ja schneller darauf gestürzt, als wir gucken konnten.»

Lena sah zwischen den beiden hin und her und versuchte, ihre Worte im Kopf zu sortieren. Aus irgendeinem Grund schien ihr Gehirn verlangsamt zu arbeiten.

«Was ist mit den Keksen? Waren sie nicht gut?», fragte sie.

Auf den Gesichtern der beiden Männer zeichnete sich Reue ab. Sie sahen aus wie Kinder, denen ein Streich aus dem Ruder gelaufen ist.

«Äh – da war noch was anderes drin außer Schokolade», sagte Bukowski schließlich.

Lena versuchte, sich die vergangenen Stunden ins Gedächtnis zu rufen. Alejandro war zum Gericht gefahren, um dort einige Dokumente abzugeben. Lenas Plan, das Café und das Conventillo zu kaufen, schien aufzugehen. Sie musste nur noch abwarten, dass das Zwangsversteigerungsverfahren seinen Gang ging.

Vor ein paar Tagen waren Goldstein und Bukowski zwar zur gleichen Zeit erschienen, hatten sich aber schweigend an getrennte Tische gesetzt.

«Was ist denn mit den beiden los?», hatte Lena ihren

Chef gefragt, während sie die Männer von der Theke aus beobachteten.

«Diese Woche ist das Superderby – Boca gegen River. Da setzt die Freundschaft der beiden für ein paar Tage aus.»

Lena nickte grinsend und sah ihn an. «So wie wenn in Spanien Real Madrid gegen Barça spielt?»

«Noch schlimmer, weil beide Clubs aus der gleichen Stadt kommen.»

«Ach so. Dann also Real gegen Atlético Madrid», lachte Lena.

Alejandros Augen verharrten für eine Weile auf ihrem Gesicht. Lena hielt den Atem an. Seit sie gemerkt hatte, wie sehr er ihr gefiel, konnte sie es nur noch schwer verbergen. Seit jener nächtlichen Umarmung spürte sie eine beinahe unerträgliche Spannung, wann immer er in ihrer Nähe war oder sie einander zufällig berührten. Immer häufiger ertappte sie sich dabei, wie sie ihn heimlich aus dem Augenwinkel heraus beobachtete. Wie hatte ihr entgehen können, wie phantastisch gut aussehend er war? Eines Nachts träumte sie, dass er sie küsste, und erwachte mit tausend kribbelnden Schmetterlingen im Bauch. Seither hoffte sie jeden Abend beim Einschlafen auf denselben Traum.

«Ja, genau, eher so wie Real und Atlético», hatte Alejandro zugestimmt.

Lena schüttelte den Kopf, um die unpassenden Tagträumereien zu vertreiben.

«Und werden die beiden jetzt länger keine Freunde sein?», fragte sie und guckte zu Goldstein und Bukowski an ihren getrennten Tischen.

«Am Tag nach dem Spiel rauchen sie eine Friedenspfeife, und alles ist beim Alten.»

«Eine Friedenspfeife?»

«Einen Joint», flüsterte Alejandro ihr zu.

«Echt jetzt?», hatte Lena überrascht gefragt und gelacht.

«Wie viele Kekse hat sie gegessen?», fragte jetzt Bukowski und holte damit Lena in die Gegenwart zurück, in der sie benommen an einem Cafétisch saß.

«Nur einen», sagte Goldstein. «So wild kann es nicht sein. Und ehrlich gesagt eigentlich auch nicht so schnell.»

Die beiden Alten waren an diesem Morgen also wieder gemeinsam ins Café gekommen, mitten in einer Diskussion. Dass alles wieder wie immer war, verstand Lena spätestens, als sie sich am gleichen Tisch niederließen. Sie freute sich, dass sie sich wieder vertrugen, und ging hinüber, um sie zu begrüßen. Und dann sah sie, dass sie eine Dose appetitlich aussehender Schokokekse vor sich auf dem Tisch geöffnet hatten.

«Ach, das ist aber nett! Ich nehme gerne einen zur Entschädigung für das ganze Gerenne diese Woche von einem Tisch zum anderen», sagte Lena und probierte einen Keks.

«Nein!», riefen die beiden Alten gleichzeitig.

Lena sah verwundert von einem zum anderen und versuchte, den interessanten Nachgeschmack des Kekses zu identifizieren.

«Aber meine Herren! Jetzt seien Sie nicht geizig!», schimpfte sie. «Die Dose ist doch noch voll.»

Dann hatte sie ihre Bestellung aufgenommen und war an die Bar zurückgekehrt. Aber sie hatte kaum den Kaffee gemacht, da wurde ihr schon übel.

«Was ist denn los?»

Alejandros Stimme weckte Lena aus ihrem dämmrigen Zustand. Die beiden Alten drehten sich zu ihm um, und er eilte herbei und sah Lena besorgt an. Plötzlich erschien Lena die ganze Situation urkomisch, und sie fing an, haltlos zu kichern.

«Lena hat einen Keks gegessen», erklärte Bukowski Alejandro nun kleinlaut.

«Einen Keks?», fragte Alejandro streng.

«Ja, also ... Das sind etwas spezielle Kekse, aber wir hatten keine Zeit, es ihr zu erklären», stammelte Bukowski und sah hilfesuchend zu Goldstein.

«Und was waren das für Kekse?», fragte Alejandro weiter.

Die beiden Alten sahen einander an.

«Haschkekse», sagten sie dann leise wie aus einem Mund.

Alejandro warf ihnen einen vernichtenden Blick zu. «Seid ihr irre?»

«Ich hab dir doch gesagt, wir nehmen die Kekse besser nicht mit ins *Ende der Welt*», raunte Bukowski seinem Freund zu.

«Meine Frau riecht das Gras aus zwei Kilometer Entfernung. Was soll ich machen? Wenn sie noch einmal mitkriegt, dass ich einen Joint geraucht habe, bin ich erledigt.»

«Und deshalb backst du jetzt Kekse?»

«Hab ich in der Bäckerei meines Vertrauens erworben.»

«Na, super. Tolle Freunde hast du.»

Goldstein schüttelte beleidigt den Kopf. «Hör mal, wir können nichts dafür, dass Lena ein bisschen stoned ist. Wir haben ihr keinen Keks angeboten, sie hat sich einfach, ohne zu fragen, bedient.»

«Keks?», wiederholte Lena albern, die immer noch nicht aufhören konnte zu kichern. «Was war da denn so Besonderes drin?»

Alejandro rollte entnervt die Augen. «Nicht nur Zucker, jedenfalls.»

Lenas Hirn war etwas zu langsam, um den Sarkasmus zu identifizieren, aber sie verstand schon, was vor sich ging. Man hatte ihr Haschisch untergejubelt, oder besser gesagt, sie selbst hatte aus Versehen Haschisch konsumiert, als sie den Keks aß. Aber wie hätte sie denn ahnen sollen, dass diese beiden harmlosen Alten leidenschaftliche Kiffer waren? Diese Vorstellung fand sie abermals ziemlich lustig.

«Raus hier», sagte Alejandro jetzt zu Goldstein und Bukowski.

«Können wir dir nicht noch irgendwie helfen?», fragte Bukowski vorsichtig, aber offenbar sehr ehrlich bemüht.

Lena kicherte weiter.

«Nein, danke. Für heute habt ihr echt genug geleistet», antwortete Alejandro und geleitete die beiden zur Tür.

Goldstein sammelte auf dem Weg noch schnell die Keksdose ein.

«Dann guten Appetit», sagte Alejandro, bevor er die Tür hinter ihnen schloss und das Schild auf «Geschlossen» drehte. «Kommen Sie», sagte er, zu Lena gewandt. «Ich bringe Sie auf Ihr Zimmer.»

Lena stand auf und versuchte, zu ihm zu gehen. Aber der Fußboden hatte sich in ein Wattebett verwandelt, und alles um sie herum schwankte.

«Oh, mein Gott», murmelte sie. «Ich glaube, ich kann nie wieder geradeaus gehen.»

Alejandro war mit zwei langen Schritten bei ihr. Er fasste ihren Arm mit einer Hand und ihre Taille mit der anderen und hielt sie gerade rechtzeitig fest, damit sie nicht umkippte. Lena lehnte sich erschöpft an ihn.

«Wie alt bist du?», murmelte sie dann mit geschlossenen Augen.

«Zweiunddreißig», sagte er leise in ihr Ohr. Sehr sanft drückten seine Finger ihren Arm.

«Meine Güte!»

«Wie jetzt, meine Güte?»

«Du wirkst viel älter», antwortete Lena und fing wieder an zu lachen. Sie wusste selbst nicht, was sie so komisch daran fand.

«Besten Dank auch», sagte Alejandro indigniert.

Lena drehte den Kopf zur Seite und öffnete die Augen. Sein Gesicht war sehr nah an ihrem, er sah zu ihr herab, und sein Blick wirkte zärtlich und wütend zugleich.

«Du hast da eine ziemlich steile Falte auf der Stirn», sagte Lena leise und strich ihm mit dem Finger die Nasenwurzel hinauf bis zum Haaransatz. «Warum ist da immer so eine steile Falte?»

Alejandro sagte nichts. Er sah sie nur mit seinen unendlich grünen Augen an, und seine Stirn glättete sich.

Lena ließ ihre Finger in sein dichtes Haar gleiten.

«Alejandro», flüsterte sie.

«Was?», flüsterte er zurück.

Lena drehte sich vollständig um und spürte sein Herz sehr schnell klopfen.

«Alex», sagte sie und zog seinen Kopf zu sich herunter.

Er aber drehte das Gesicht weg und schob sie sanft von sich weg.

«Kommen Sie! Ich bringe Sie auf Ihr Zimmer.»

Ohne ihre Antwort abzuwarten, legte er wieder einen Arm um sie und geleitete sie zur Hintertür.

18

Bei ihrer Zimmertür angekommen, streckte Alejandro die Hand aus.

«Geben Sie mal den Schlüssel her.»

Lena pustete sich die Locken aus der Stirn und kramte den Schlüssel aus der Hosentasche. Dann lehnte sie sich an die Hauswand, während Alejandro ihre Tür aufschloss.

«Auf geht's, Fräulein Unverschämt.»

Seine großen Hände umfassten ihre Taille, bevor sie umkippen konnte.

Lena ließ sich von ihm durch die Tür geleiten. Im Zimmer angekommen, knipste er das Licht an.

«Wieso unverschämt? Ausgerechnet ich?» Sie lachte.

«Ja, unverschämt. Und störend, irritierend, grenzverletzend. Wer hat Sie denn gebeten, diese Kekse zu probieren?»

«Also, du bist wirklich ein ... ein ...» Lena suchte nach Worten und stellte sich schwankend, aber mit erhobenem Zeigefinger vor ihn. «Du bist ein unfreundlicher, muffeliger und ...» Sie brach ab und bohrte ihm ihren Zeigefinger in die Brust. Dann merkte sie, dass er sie immer noch an der Taille umfasst hielt. Oder schon wieder?

Er senkte den Blick auf ihren Finger.

«Und?»

«Und so herrschsüchtig!», sagte sie und klopfte ihm mit der flachen Hand auf die Brust.

Alejandro entfuhr ein amüsiertes Schnauben.

«Ist das alles?», fragte er.

«Ja», sagte sie und nickte übertrieben stark mit dem Kopf. «Aber dann ...»

Seine Augen wanderten über ihr Gesicht, und in seinem Blick lagen Belustigung und – noch irgendetwas.

«Aber dann?»

Lena hob den Blick, um ihm in die Augen zu sehen.

«Dann lächelst du, und ... das ganze Zimmer erhellt sich wie von Zauberhand.» Vor lauter Schreck über das Ausgesprochene kniff Lena die Augen zusammen und fühlte sofort wieder den Schwindel.

Alejandro schien ihn auch zu spüren, denn seine Hände hielten sie fester als zuvor.

Als sie wieder aufsah, war sein Blick so ernst, als hätte sie ihm gerade mitgeteilt, dass er ihr Leid zufügte.

«Sie sind bekifft und sagen alberne Sachen.» Alejandro strich ihr sachte eine Haarsträhne aus dem Gesicht. Er führte sie hinter ihr Ohr und ließ anschließend seine Hand für einen Moment auf ihrem Haar liegen.

Lena ließ ihre Stirn auf seine Brust sinken.

«Ja, dann bin ich wohl bekifft», gestand sie, völlig aufgewühlt von seiner zärtlichen Geste. «Aber das sind keine albernen Sachen. Dein Lächeln ist absolut bezaubernd. Kannst du nicht einmal ein schlichtes Kompliment annehmen? Ich merke schon, dass du nicht gerade an Komplimente gewöhnt bist, aber ...» Sie sah auf. «Oh, nein! Da ist sie ja schon wieder!», stöhnte sie.

«Was denn?»

«Na, diese steile Falte auf der Stirn. Hol lieber das zauberhafte Lächeln wieder raus!»

Sie fuhr in einem Impuls mit beiden Daumen über seine Lippen.

Er hielt überrascht die Luft an. Aber Lena war ganz gefesselt von seinen weichen, vollen Lippen. Sie betrachtete konzentriert seinen Mund und ihre eigenen Finger, die wieder und wieder über diese Lippen fuhren. Sie war so konzentriert, dass sie gar nicht wahrnahm, wie er sich versteifte, bis er heiser hervorstieß:

«Lena, bitte. Es reicht.»

Sie ließ die Hände sinken und sah ihm wieder in die Augen.

«Das war das erste Mal, dass du meinen Vornamen ausgesprochen hast», sagte sie. Es hatte sehr schön geklungen.

Alejandro sah sie mit beinahe wilder Intensität an. Seine Brust hob und senkte sich so stark, als hätte er gerade einen Marathon hinter sich. Und seine Hände hatten sich in ihre Taille nahezu verkrallt.

«Sag noch mal meinen Namen», bat Lena ihn leise und sah wieder auf seine Lippen.

«Lena.»

Ihr ganzer Körper kribbelte, als sie seine kratzende Stimme hörte.

«Noch mal», flüsterte sie und schloss die Augen in süßer Erwartung.

«Lena», hauchte er in ihr Ohr.

Und dann hob er ihr Kinn mit einem Finger an und küsste sie auf den Mund. Die Welt bebte unter Lenas Füßen. Sie hob die Arme, umschlang seinen Nacken und erwiderte seinen Kuss mit einer Dringlichkeit, die sie noch nie gespürt hatte.

Alejandro presste sie an sich und hob sie in einer so fließenden, sanften Bewegung hoch, als wöge sie nichts. Ihr Atem zerschmolz zu einem einzigen warmen Strom. Sein Bart kitzelte sanft Lenas Lippen, Wangen, Hals, als er sie mit kleinen, leidenschaftlichen Küssen bedeckte. Lena streckte sich in seiner Umarmung. Der Mann war die pure Leidenschaft, so intensive Erregung hatte sie noch nie durch einen bloßen Kuss ausgelöst empfunden. Sie krallte ihre Hände in seine Haare, umfasste seine starke Schulter und spürte plötzlich, wie er sie wieder auf dem Boden abstellte und seine Umarmung abrupt löste.

«Bitte», murmelte er und legte ihr einen Finger auf die Lippen. «Das geht nicht.»

Seine Brust hob und senkte sich, sein Atem ging stoßweise, er wirkte ebenso erregt wie sie selbst. Lena hob erneut die Hand und streichelte sanft über seine Lippen, die sie so magisch anzogen. Dann fuhr sie die Linie seines Halses nach.

«Lena», stöhnte Alejandro. «Bitte hör auf.»

Er zog ihre Hand weg, dann trat er so abrupt einen Schritt zurück, dass Lena schon wieder beinahe das Gleichgewicht verlor.

Sie sah ihn verwirrt an. «Aber warum denn?»

Alejandro atmete tief ein und aus, und in seinen Augen las Lena Verzweiflung.

«Ach du liebe Güte!», rief sie entsetzt und senkte beschämt den Kopf. «Das hätte ich auch merken können. Gott, verzeih mir.»

«Wovon redest du?», fragte er.

«Du bist schwul?», tippte Lena.

«Nein. Bin ich nicht.» Er lächelte.

«Was ist es dann?», fragte sie und ging einen zögerlichen Schritt auf ihn zu. «Magst du mich nicht?»

Er hielt sie an den Schultern fest, um sie auf Abstand zu halten.

«Doch. Ich mag dich sogar sehr», sagte er sanft. «Aber du bist stoned, und wer weiß, wie du morgen darüber denkst, wenn du jetzt mit mir schläfst. So einer bin ich nicht, Lena.»

Lenas Herz klopfte so stark, dass es in ihrem Kopf widerhallte. Tausende Schmetterlinge flatterten in ihrem Bauch auf, und ihr gesamter Körper sehnte sich nach seiner Berührung. Aber er hatte recht. Natürlich. Diese überbrodelnden Gefühle mussten wohl mit dem Haschkeks zu tun haben, den sie gegessen hatte. Das war ja nicht normal. Sie wollte nichts anderes, als ihn in ihr Bett zu zerren, ihm die Kleider vom Leib zu reißen und seinen Körper mit Küssen zu bedecken. Schluss jetzt, sagte sie sich selbst. Er hat recht. Aber dieser schmachtende Blick, mit dem Alejandro sie ansah, half überhaupt nicht, um ihre Selbstkontrolle zurückzugewinnen.

Sie sahen sich noch eine ganze Weile lang still an. Ihre Atmung normalisierte sich langsam wieder. Er ließ seine Hände auf ihren Schultern ruhen und hielt sie auf Armeslänge Abstand. Lenas Herzschlag wurde ruhiger, ihr Kopf wieder klarer. Plötzlich fühlte sie sich traurig. Ob das auch mit der Wirkung des Haschs zu tun hatte? Eben noch hatte sie alles zum Brüllen komisch gefunden, und jetzt hätte sie auf einmal in Tränen ausbrechen können. Sie blinzelte ein paarmal und schluckte schwer, um den Kloß loszuwerden, der sich in ihrem Hals bildete.

«Ich glaube, jetzt ist der Lachflash vorbei», sagte sie leise zu Alejandro.

Er legte ihr sacht eine Hand auf den Rücken und führte sie zu ihrem Bett.

«Dann ist jetzt Zeit zu schlafen», sagte er. «Sie werden die Nacht durchschlafen und sich morgen an nichts mehr erinnern.»

Sie sah ihn überrascht an. Glaubte er wirklich, dass sie diesen magischen Moment vergessen würde?

Alejandro bedeutete ihr, sich aufs Bett zu setzen, kniete sich vor ihr hin und zog ihr die Schuhe aus. Lena sah seine wilde Mähne dicht vor sich und atmete frustriert aus. In einer trotzigen Geste stopfte sie die Hände unter ihre Oberschenkel, um ihn nicht erneut zu berühren und zu sich aufs Bett zu ziehen.

«Legen Sie sich hin», sagte er und stand auf.

Sie folgte seiner Anweisung, und er warf ungeschickt und hastig die Tagesdecke über sie, die er zuvor vom Bett gezogen hatte.

Dann setzte er sich in den Sessel am anderen Ende des Zimmers.

«Ich bleibe hier, bis Sie eingeschlafen sind», verkündete er. «Falls Sie sich noch übergeben müssen.»

«Meine Lieblingskommilitonin hat immer gesagt, wahre Freunde sind die, die dir die Haare aus dem Gesicht halten, wenn du dich übergeben musst», murmelte Lena, während sie nach einer bequemen Schlafposition suchte.

Er lachte und stützte den Ellenbogen auf die Armlehne und das Kinn auf die Hand. Sein Lachen klang authentisch und fröhlich, und Lena wärmte es das Herz, dass sie es war, die ihn zum Lachen gebracht hatte.

«Dann können Sie mich wohl als Freund betrachten», sagte er schließlich.

Das tat Lena bereits, aber das sagte sie ihm lieber nicht. Sie nutzte jedoch seine gelöste Stimmung, um einen Vorstoß zu wagen.

«Hören Sie, wenn wir Freunde sein wollen, wäre es da nicht an der Zeit, einander zu duzen?»

Alejandro sah sie aufmerksam an. «Besser nicht.»

Die Antwort stieß Lena vor den Kopf. Besser nicht? Warum denn nicht? Was war so schlimm daran, sie zu duzen? Die Fragen überschlugen sich in ihrem Kopf, aber sie entschied, sie zumindest für den Moment zur Seite zu schieben.

«Aber eine Sache muss ich dir sagen, wenn wir Freunde sein wollen.»

«Schhhh», machte er. «Das ist nicht der richtige Moment.»

«Ich will aber», protestierte Lena.

Er seufzte. «Also dann.»

Ich bin eine reiche Erbin, die bis vor ein paar Monaten nicht wusste, was sie mit ihrem Leben anstellen soll. Ich plane, dein Café und dein Haus zu kaufen, um sie vor Immobilienspekulation zu bewahren. Und ehrlich gesagt, auch weil ich diese absurde Hoffnung hege, vielleicht hierbleiben zu können ... bei dir.

Das wäre wohl die beste Beichte gewesen, aber Lena wählte eine andere.

«Ich habe nie die Liebe kennengelernt.»

Er rutschte nervös im Sessel herum.

«Schlafen Sie jetzt», sagte er dann heiser.

«Mein Verlobter ist an seinem Junggesellenabend mit der Stripperin ins Bett gegangen, und jemand hat ihn dabei gefilmt und mir das Video geschickt. Am nächsten Tag habe ich die Hochzeit abgeblasen und mich getrennt, weil ich verstanden hatte, dass mich die Sache viel weniger betroffen machte, als angebracht gewesen wäre.» Lena holte Luft und drehte sich auf den Rücken. Jetzt sah sie nicht mehr Alejandro an, sondern die weiße Zimmerdecke. «Unsere Familien waren befreundet und wir beide schon seit der Schulzeit ein Paar. Ich glaube, wir hatten uns vor allem aneinander gewöhnt. Wir liebten uns nicht», sagte sie knapp und sah wieder zu Alejandro, der ihr aufmerksam zuhörte. «Meine Mutter ist durchgedreht, als sie hörte, dass ich die Verlobung gelöst hatte. So sehr, dass sie mir erzählte, dass mein Vater sie immer betrogen hatte und dass ihre ganze Ehe auf Lügen und Bequemlichkeiten basierte. Also kann ich sagen, dass ich mit meinen achtundzwanzig Jahren die wahre Liebe noch nicht kennengelernt habe, weder am eigenen

Leib noch als Zeugin.» Sie holte Luft. «Deshalb war ich irgendwie neidisch, als du mir neulich von der Liebe deiner Eltern und von ihrem traurigen Ende erzählt hast.»

«Neidisch?» Er hob überrascht die Augenbrauen.

Lena zuckte verschämt die Schultern und merkte, wie ihr Körper schwerer wurde und auch ihre Lider immer häufiger zufielen.

«Ja, das klingt schrecklich, ich weiß», murmelte sie und blickte wieder zur Decke. «Verzeih mir. Aber wenigstens hast du ihre Liebe kennengelernt. Du weißt, dass es solche Liebe geben kann. Es muss unmöglich sein, sich ihrer Kraft zu entziehen. Vielleicht hast du deshalb so eine starke Ausstrahlung.» Ihre Augen schlossen sich müde. «Du hast eine unglaubliche Wirkung auf mich, ich bin ja ganz gefangen in deinem ...»

Und dann war Lena eingeschlafen. Alex atmete tief ein und aus. Er fuhr sich durch die Haare und schüttelte sich, um die Anspannung zu lösen.

«Das sind nur die Kekse», versuchte er sich selbst einzureden.

Das Spätnachmittagslicht strömte durch das Mosaik, das seine Mutter in den Fensterrahmen gesetzt hatte, und das Zimmer explodierte in einer Farbenflut. Goldtöne färbten Lenas schlafendes Gesicht und ließen sie auf surreale Art erstrahlen. Ihre blonden Locken füllten das Kissen beinahe aus und umrahmten ihr Gesicht. Sie war schön wie eine Göttin. Alex sank tiefer in den Sessel und betrachtete die Szene des Fenstermosaiks. Mehr als je zuvor verstand er den armen Orpheus. Seine Verzweiflung angesichts des Verlusts seiner geliebten Eurydike und seine Entscheidung, für sie in die Unterwelt hinabzusteigen.

Seine Augen wanderten wieder zu der schlafenden Frau im Bett. Es gab definitiv Wesen, von denen man den Blick nicht wenden konnte. Frauen, die es wert waren, um ihretwillen ein Leben lang verdammt zu werden.

19

In den nächsten Tagen begann Lena, über die Gefühle nachzudenken, die sich in den letzten zwei Monaten entwickelt hatten – vor allem seit jener Nacht in ihrem Zimmer, an die sie «theoretisch» keinerlei Erinnerungen hatte. Sie konnte nicht aufhören, diese Nacht immer wieder vor ihrem geistigen Auge heraufzubeschwören. Tagsüber versuchte sie, möglichst unbefangen mit Alejandro umzugehen und den zufälligen Berührungen bei der gemeinsamen Arbeit nicht zu viel Bedeutung beizumessen. Aber nachts allein in ihrem Bett erlaubte sie es sich, genussvoll an jedes Detail ihres Kusses zu denken. Am nächsten Morgen hatten beide so getan, als wäre nichts passiert.

Aber seither betrachtete Lena Alejandro mit ganz anderen Augen. Nach und nach hatte sie verstanden, was er für ein toller Mann war – nicht nur weil er so gut aussah und sexy war, sondern auch weil er ein so anständiger und aufrichtiger Kerl war. Er war ehrenhaft, integer und überaus loyal. Sie mochte ihn. Sehr sogar. Und schon bald nach jenem Kuss wusste Lena genau, dass es sich bei ihren Gefühlen um etwas Ernsteres handelte als bloße Schwärmerei.

An einem Samstag zur Mittagszeit war es wieder einmal rappelvoll im Café. Das Viertel war voll mit Touristen, außerdem hatte der Frühling die Anwohner nach draußen gelockt. Auch Goldstein und Bukowski waren früher als gewöhnlich ins *Ende der Welt* gekommen und setzten sich an die Bar, nachdem sie ihren Stammtisch besetzt vorfanden. Seit dem Unfall mit den Haschkeksen waren sie Lena gegenüber noch zuvorkommender als sonst.

«Meine Herren, Geschenk des Hauses», sagte Lena und stellte ihnen zwei Kuchenteller vor die Nasen. «Mandeltorte ohne besondere Zusatzstoffe.»

Die beiden Alten sahen sie an und lachten laut. Lena war schon immer der Auffassung gewesen, dass man unangenehmen Situationen am besten mit Humor begegnete. Ihr Blick wanderte wie von alleine zu dem Hauptobjekt ihrer Gedanken. Mit Alejandro gelang es ihr natürlich nicht, lockere Scherze zu machen und den Bann zu brechen, der zwischen ihnen hing und den ihr Chef seit dem Kuss mit noch größerer Kraft aufrechterhalten zu wollen schien. Gerade kam er aus der Küche, um Lena beim Bedienen zu helfen.

Er wirkte seit Tagen sehr nachdenklich. Zwar hatte er nicht mit ihr darüber gesprochen, aber Lena wusste, dass er sich Sorgen über die Versteigerung des Cafés und des Conventillo machte. Dass er nicht mit ihr darüber sprach, ärgerte und erleichterte sie zu gleichen Maßen – seine Verschlossenheit verletzte sie, aber zugleich war sie froh, dass er sie nicht in Verlegenheit brachte, so zu tun, als fiele sie aus allen Wolken.

Lena wusste, wie eine Zwangsversteigerung ablief,

und vertraute voll und ganz darauf, dass Vicente Fernández sich strikt an den gemeinsam entwickelten Plan halten würde. Zunächst hatte sie sich vergewissert, dass Alejandros Anwalt beantragt hatte, bis zur Urteilsvollstreckung als Vermögensverwalter wirken zu können. Während der Versteigerung musste Vicente sein Möglichstes tun, um den Preis so weit in die Höhe zu treiben, bis alle Schulden Alejandros gedeckt waren. Und dann hatte Lena bereits einen Vertrag aufgesetzt, der besagte, dass Alejandro und Hilda Massardi ohne Auflagen und für immer im Conventillo leben konnten. Mit Vicentes Hilfe – und einem Anwaltskollegen von ihm hier in Buenos Aires – hatte sie das alles nach argentinischem Recht aufsetzen können.

«Die sitzen da jetzt schon den ganzen Vormittag, blockieren zwei Tische und haben bloß einen Kaffee getrunken», riss Alejandro sie aus ihren Gedanken. «Die schmeiß ich jetzt alle raus.»

Lena sah zu der Männergruppe am Fenster, über die ihr Chef schimpfte.

«Nein, das dürfen Sie nicht tun», sagte sie leise. «Die arbeiten gerade an einem Theaterstück.»

Alejandro schüttelte den Kopf. «Ist mir doch egal. Die fliegen jetzt raus.»

«Dann lassen Sie mich das wenigstens machen», sagte Lena und hielt ihn sanft am Arm fest, bevor er losmarschieren konnte.

Er wich zurück und seufzte resigniert.

Lena schnitt noch ein paar Stücke von der Mandeltorte ab und verteilte sie auf Kuchenteller.

«Was machen Sie denn da?», fragte Alejandro missmutig.

«Ich lade die Herren auf ein Stück Kuchen ein.»

Er schüttelte ungläubig den Kopf. «Sind Sie irre? Ich sage Ihnen gerade, dass die hier stundenlang rumsitzen, ohne irgendetwas zu konsumieren, und Sie wollen sie noch aufs Haus verköstigen?»

Lena stellte sich mit zwei Tellern in jeder Hand vor ihn hin.

«Das ist die Mandeltorte, die sowieso immer übrig bleibt», sagte sie vertraulich.

«Das ist mir egal. Ich werfe sie lieber in den Müll als denen da in den Rachen.»

«Unterschätzen Sie nicht die Kraft des Schuldbewusstseins», sagte Lena augenzwinkernd und schob sich an ihm vorbei.

«Schuldbewusstsein?», fragte er verwirrt und folgte ihr. «Wovon reden Sie denn?»

«Meine Mutter sagt immer, man sollte die Macht des Schuldbewusstseins nicht unterschätzen.» Lena sah ihn aus dem Augenwinkel an. «Wenn du etwas von jemandem willst, sorge dafür, dass er in deiner Schuld steht. Das funktioniert immer.»

«So ein Quatsch!»

Sie überhörte seinen Einwand und ging an den Tisch der rege diskutierenden Männer.

«Meine Herren», sagte sie in ihrem süßesten Ton. «Darf ich Ihnen ein Stück Torte als Kostprobe anbieten?»

Die sechs Männer sahen sie strahlend an und schoben

die Papiere beiseite, die sie über die beiden Tische ausgebreitet hatten.

«Oh, vielen Dank, Señorita! Das ist aber nett», antwortete einer und sagte dann zu seinen Kollegen: «Jetzt wird der Projektabschluss gefeiert! Bringen Sie uns eine Flasche Chivas!»

Lena lächelte und räumte die Kaffeetassen ab. Als sie auf dem Weg zur Bar an Alejandro vorüberging, der mit offenem Mund mitten im Lokal stand, raunte sie ihm grinsend zu:

«Sie haben eine Flasche unseres teuersten Whiskys bestellt.»

Alejandro folgte ihr. «Wenn sie die nicht bezahlen, ziehe ich sie Ihnen vom Gehalt ab.»

«Jetzt glaub mir doch, das sind wichtige Leute.» Manchmal rutschte Lena zurück ins Duzen und merkte es selbst kaum. «Und sie arbeiten an einer wichtigen Sache.»

Alejandro schnaubte verächtlich. «Wichtig, wichtig ... Wenn ich das schon höre!»

Lena rollte die Augen und wollte die wertvolle Flasche vom Regal holen. Sie stellte sich auf die Zehenspitzen, kam aber trotzdem nicht heran. Dann merkte sie, dass Alejandro neben sie getreten war und sich ebenfalls streckte, um die Flasche herunterzuholen. Sie betrachtete seinen gestreckten Oberkörper, die Rippen, die sich unter dem T-Shirt abzeichneten, und den schmalen Streifen Haut, der zwischen Jeansbund und T-Shirt-Saum sichtbar wurde, und atmete seinen Duft ein – dieses Aftershave, das nach frisch gehobeltem, unbehandeltem Holz roch. Sie roch es so gerne, dass sie genussvoll die Augen schloss.

«Sie zahlen die Zeche, wenn die es nicht tun», wiederholte Alejandro und drückte ihr die Flasche in die Hand.

Lena öffnete entzaubert die Augen. «Jaha ... Ist ja gut.»

Sie stellte die Flasche auf den Tresen und holte sechs Whiskygläser aus dem Regal. Aber auf dem Weg zum Tisch der Männer sah sie, dass etwas nicht in Ordnung war. Alle standen um den Mann herum, der den Whisky bestellt hatte. Dieser hielt sich den Hals und japste nach Luft. Lena stellte mit zittrigen Fingern das Tablett auf dem nächstgelegenen Tisch ab und eilte hinüber.

Aber Alejandro war schneller. «Aus dem Weg!», rief er und zog den Mann, der sich hilflos auf seinem Stuhl krümmte, in den Stand. Sein Gesicht begann bereits blau anzulaufen. Alejandro stellte sich hinter ihn, umfasste seinen Oberkörper mit beiden Armen, legte ihm die Hände übereinander auf den Oberbauch und zog beherzt nach hinten. Zweimal wiederholte er die Bewegung, dann ploppte eine ganze Mandel aus der Kehle des Mannes, der sofort hastig nach Luft zu schnappen begann.

Alejandro klopfte ihm auf den Rücken, während der andere sich keuchend auf den Tisch stützte.

«Mein Gott!», japste der Mann. «Sie haben mir das Leben gerettet. Vielen Dank!»

Alejandro winkte ab. Die Aufmerksamkeit aller Umstehenden war ihm sichtlich unangenehm. «Ach, das ist doch selbstverständlich.»

Er drückte noch einmal die Schulter des Mannes und bahnte sich seinen Weg durch die Menge zur Bar. Als er an Lena vorbeikam, senkte er schnell den Blick, als hätte er in ihren Augen all die Bewunderung und Zuneigung gesehen, die sie für ihn empfand. Lena war plötzlich genervt von seiner Unfähigkeit, die Anerkennung und Dankbarkeit all der Leute anzunehmen, die er sich schließlich wohl verdient hatte.

Und auch der Mann, den er gerade vor dem Ersticken gerettet hatte, konnte Alejandros Bescheidenheit offenbar kaum ertragen. Er folgte ihm bis zur Bar und sagte: «Verzeihung. Ich würde es Ihnen wirklich gerne danken.»

«Ich sagte doch, es ist nicht der Rede wert.»

Lena trat hinzu. Sie wusste, wie unangenehm es Alejandro war, so im Zentrum der Aufmerksamkeit zu stehen, und fürchtete, er könnte den Mann noch beleidigen.

«Ich befinde mich im Zustand des Lichts und des Glücks. Bitte, verdunkeln Sie nicht mein Karma. Sagen Sie mir, wie ich mich erkenntlich zeigen kann für Ihre heroische Geste.»

«Was?», fragte Alejandro perplex.

«Sind Sie Buddhist?», fragte Lena.

Der Mann nickte und lächelte breit. «Sie auch?»

Lena schüttelte den Kopf. «Nein, aber ich interessiere mich für Ihre Religion.»

Das war nicht gelogen, sie hatte sich eine Zeitlang eingehend mit dem Buddhismus beschäftigt, und von allen Religionen, die sie kannte, sprach er sie als Glaubenssystem am meisten an.

«Mein Name ist Mauricio Veronese, ich bin Produzent.»

«Magdalena Vázquez, Kellnerin, sehr erfreut», sagte Lena und schüttelte die Hand, die er ihr entgegenstreckte. «Und das ist mein Chef, Alejandro Lagar.»

Mit einem offenen Lächeln streckte der Mann nun auch Alejandro die Hand hin, der sie glücklicherweise ergriff, wenn auch mit einem eher gequälten Gesichtsausdruck.

«Lassen Sie mich Ihnen danken», bat Veronese erneut.

Alejandro schnaubte genervt.

«Trinken Sie den Whisky, den Sie bestellt haben», sagte er. «Und bezahlen Sie ihn auch.»

Veronese wirkte konsterniert. «Aber das hatten wir doch ohnehin vor», sagte er.

«Aber natürlich», sagte Lena schnell, damit er sich nicht angegriffen fühlte.

«Und sonst kann ich nichts für Sie tun?», fragte Veronese erneut.

Lena schüttelte bedauernd den Kopf. «Setzen Sie sich wieder. Ich komme gleich mit dem Whisky.»

Mauricio Veronese wirkte enttäuscht.

«Na gut. Leo», sagte er zu einem seiner Kollegen. «Bitte schick den beiden Logenkarten für die Premiere.»

«Was für eine Premiere denn?», fragte Lena aufgeregt.

«Hamlet», sagte Veronese stolz. «Am 17. Dezember wird sich das Teatro Colón in Schale schmeißen.»

«Moment. Theater?», unterbrach ihn Alejandro. «Sie sind Theaterproduzent?»

Veronese nickte.

Ein Funkeln blitzte in Alejandros Augen auf. «Dann fällt mir doch etwas ein, das Sie für mich tun können.»

20

Lena betrachtete ihr Spiegelbild und anschließend die Lidschattenpalette, die Aurora ihr geliehen hatte. Sie hatte sich schon so lange nicht mehr geschminkt. Versonnen schaute sie auf die verschiedenen Farbschattierungen und den kleinen Pinsel und dachte, dass sich die Palette letztlich auch nicht groß von einem Tuschkasten unterschied. Ihr Gesicht war die Leinwand. Lächelnd machte sie sich ans Werk. Die Gelegenheit war es wert, schließlich betrat Hilda Massardi zum ersten Mal seit Jahrzehnten wieder eine Bühne.

Es war also ein besonderer Abend, und das Café hatte früher als gewöhnlich geschlossen, damit alle der Premiere im Teatro Colón beiwohnen konnten. Lena strich sich über die Wange. Ihr Spiegelbild sah aus wie immer, dabei fühlte sie sich so anders als die Frau, die vor einigen Monaten Madrid verlassen hatte. Die Zeit im *Café am Ende der Welt* hatte sie verändert – oder vielleicht auch eher die Begegnungen mit den Menschen, die sie hier getroffen hatte.

Ein kräftiges Klopfen an der Tür holte Lena aus ihren Gedanken. Sie überprüfte erneut ihr Aussehen im Spiegel und stellte zufrieden fest, dass sie ihr Händchen für einen effektvoll eingesetzten Lidschatten nicht verloren hatte. Das bisschen dezente Farbe machte eine Menge her. Es klopfte erneut.

«Bin schon da!», rief Lena und riss die Tür auf. «Aber Hilda, was machst du denn noch hier?»

Hilda lächelte und kam mit einer großen Plastiktüte in der Hand in Lenas Zimmer.

«Der Wagen des Produzenten wartet draußen auf mich. Aber ich bin der Star, also kann er ruhig noch ein bisschen warten.»

Lena lachte. Dieses Comeback stand der alten Dame wirklich wunderbar. Sie hatte wochenlang für die Rolle der Gertrude geprobt, die zwar sehr klein, aber umso komplexer war – ein Kosmos der Einsamkeit, wie Hilda es genannt hatte, der größte schauspielerische Konzentration verlangte. Die unverhoffte Herausforderung hatte sie vor Freude erstrahlen lassen. Lena betrachtete die Lebendigkeit der alten Dame, und ihr Herz wollte zerspringen vor lauter Zuneigung zu Alejandro Lagar. Denn all das hatte Hilda ihm zu verdanken.

Am Tag, als er Señor Veronese das Leben gerettet und erfahren hatte, dass er Theaterproduzent war, hatte er ihm vorgeschlagen, Hilda Massardi für die weibliche Hauptrolle unter Vertrag zu nehmen und ein großes Comeback anzukündigen. Allerdings machte Alejandro es zur Bedingung, dass Veronese selbst Señora Massardi aufsuchen und ihr seinen Vorschlag unterbreiten solle. Veronese sah sich gezwungen, auf Alejandros Wunsch einzugehen, um sein «leuchtendes Karma» zu erhalten.

Lena erinnerte sich genau, wie Alejandro sich mit den Ellenbogen auf den Tresen gestützt hatte, während er in

Seelenruhe dem Produzenten seinen Vorschlag unterbreitete. Es war offensichtlich, dass der einzige Zweck seines Planes der war, Hilda glücklich zu machen. Lena hatte staunend dabei zugesehen, wie Alejandro den Produzenten um den Finger wickelte, um seiner alten Freundin eine Freude zu machen. Und genau in diesem Moment verstand sie, dass sie bis über beide Ohren verliebt war.

«Ich konnte nicht ins Theater fahren, ohne zu wissen, was du heute Abend anziehen wirst, Engelchen», sagte Hilda jetzt.

«Weiß ich noch nicht genau. Aurora hat mir ein paar Kleider geliehen», antwortete Lena und zeigte auf den Kleiderhaufen auf ihrem Bett.

Die alte Dame schnalzte missbilligend mit der Zunge und schüttelte den Kopf.

«Du bist viel kleiner als sie, die werden dir nicht gut stehen.»

Lena war selbst schon zu dieser Einsicht gekommen. Und es war ein Jammer, denn die Kleider waren alle wunderhübsch.

«Na ja», sagte sie resigniert. «Es gibt noch ein schwarzes Kleid von Carmen, das sicher würdig genug ist fürs Theater.»

Sie holte das Kleid aus dem Schrank und hielt es sich vor den Körper, damit Hilda es begutachten konnte. Es war ein schlichtes, tailliertes Kleid mit hochgeschlossenem Kragen.

«Ach ja, ich erinnere mich an das Kleid. Das trug sie immer zu Beerdigungen», sagte Hilda. Dann lachte sie laut auf, vermutlich weil Lena so ein entsetztes Gesicht gemacht hatte. «Carmen stand es ganz wunderbar, und dir würde es sicher noch besser stehen, aber ich bitte dich! Du wirst ja wohl nicht mein Comeback in einem Trauerkleid feiern wollen.»

Lena zuckte die Schultern und warf das Kleid entmutigt auf das Bett.

«Dann muss ich wohl nackt gehen.»

«Aber Kindchen ...», schalt Hilda sie liebevoll. «Wozu hat man denn eine gute Fee?»

Sie reichte ihr die große Tüte, mit der sie gekommen war.

Genau genommen handelte es sich um einen Kleidersack, so wie Geschäftsreisende ihn benutzten, und sehr edle Modemarken. Lena nahm den Bügel entgegen und legte die Hülle vorsichtig auf das Bett. Dann öffnete sie den Reißverschluss und sah die wunderbare Überraschung, die die Plastikhülle barg.

Sie holte das Kleid ehrfürchtig hervor und hängte es an die Schranktür. Es war ein rotes Seidenkleid mit feinen Spaghettiträgern und einem spitz zulaufenden Ausschnitt. Es war schlicht, aber von exzellenter Qualität und sehr schönem, fließendem Schnitt. Außerdem hing über dem Bügel noch ein ebenfalls seidenes beigefarbenes Tuch, bestickt mit blauen, grünen und roten Blumen.

«Hilda», sagte Lena leise. «Das ist ja wunderschön!»

«Nicht wahr?», sagte diese und trat zu ihr. «Ich habe es zuletzt 1959 auf einer Party in Madrid getragen. Höchste Zeit, dass es mal wieder ausgeführt wird. Zieh es mal an.»

Lena sah sie an. «Hast du denn noch Zeit für eine Modenschau?»

«Aber sicher doch. Die können schließlich nicht ohne mich anfangen.» Sie machte eine wegwerfende Handbewegung, als sei eine Premiere im großen Teatro Colón eine alltägliche Kleinigkeit.

Lena zog den Bademantel aus und schlüpfte vorsichtig in das Kleid.

«Ich will aber nicht, dass du meinetwegen zu spät kommst!», sagte sie.

«Nun», sagte Hilda, während sie ihr vorsichtig den Reißverschluss am Rücken schloss. «Die wichtigen Dinge darf man nicht dem Zufall überlassen.»

Als Lena in den Spiegel sah, vergaß sie alles um sich herum. Der Brustteil des Kleides betonte ihren Busen sehr vorteilhaft, der Ausschnitt war verheißungsvoll. Der Rockteil schwang sanft um ihre Hüften und fiel glatt bis auf die Knie. Es war einfach perfekt.

«Ist das nicht etwas gewagt?», fragte sie unsicher und beugte sich leicht vor, um die Tiefe des Ausschnitts aus einem anderen Blickwinkel zu überprüfen.

Hilda tauchte hinter ihr im Spiegel auf.

«Du füllst es besser aus als ich, das ist keine Frage», sagte sie lachend. «Aber es steht dir wunderbar. Wenn du unsicher bist, leg dir einfach den Schal um die Schultern. Wenn du den Leuten nur zeigst, was du möchtest, kannst du dir aller Aufmerksamkeit gewiss sein.»

Lena war sich nicht sicher, ob sie die Regeln solcher Flirttechniken beherrschte, und schon gar nicht wollte sie im Theater im Zentrum der Aufmerksamkeit stehen.

«Aber um mich soll es nun wirklich nicht gehen heute Abend», sagte sie.

«Heute werde ich Gertrude sein, die Königsmutter, ich werde eine Krinoline unter dem Kleid tragen und eine pompöse Krone auf dem Kopf. Ich glaube, die Aufmerksamkeit ist mir gewiss.»

Lena erwiderte Hildas Lächeln, und ihre Blicke trafen sich im Spiegel. Hilda musterte Lena aufmerksam.

«Es freut mich, dich endlich in deinem Element zu sehen», sagte sie geheimnisvoll.

Lena drehte sich zu ihr um. «Was meinst du?»

«Den Luxus», sagte Hilda. «Und denk ja nicht daran, es zu leugnen! Ich habe es sofort gesehen, als ich dich kennenlernte. Menschen mit Klasse erkennt man an ihrer Art, sich zu bewegen, ihr schwebt mehr, als dass ihr geht, als könnte kein Übel der Welt euch etwas anhaben.»

Lena blinzelte. «Hilda, ich weiß gar nicht, wovon du sprichst», versuchte sie zaghaft auszuweichen.

Hilda nahm Lenas Hände. «Ich hab es dir gleich angesehen. Aber sei unbesorgt, dein Geheimnis ist bei mir gut aufgehoben. Ich weiß, dass man manchmal im Leben einfach ausbrechen muss. Und wenn auch in einem Käfig aus Gold, gefangen bist du doch, nicht wahr?»

Lena gingen diverse Ausreden durch den Kopf. Aber sie verwarf sie alle – schlussendlich brauchte sie sich nicht dafür zu schämen, aus gutem Hause zu kommen. Wenn es auch im Moment nicht sehr günstig wäre, wenn Alejandro davon erführe.

«Ich wollte niemanden hereinlegen. Aber kaum, dass ich hier ankam, wurde ich bis aufs Hemd ausgeraubt.»

«Und ich danke dem Herrgott dafür, dass er dich hierhergeführt hat, Kindchen. Du ahnst ja gar nicht, wie gut du uns allen tust.»

Lena sah Hildas hübsches Gesicht an, gezeichnet von den Linien ihres Lebens, und ein plötzlicher Impuls ließ sie die alte Dame fest in den Arm nehmen.

«Mein altes Leben hat mich völlig erdrückt», sagte sie.

«Mir musst du das nicht erklären, ich kann es mir schon vorstellen. Aber warte nicht zu lange, bis du ihm davon erzählst.»

Lena löste sich und sah Hilda in die Augen. «Wem?»

Dabei wusste sie genau, wen Hilda meinte.

«Alex, natürlich.» Hilda nahm ihre Hände. «Und sag ihm auch, was du für ihn getan hast.»

Lena öffnete den Mund, um etwas zu sagen, schloss ihn aber unverrichteter Dinge wieder. Woher wusste Hilda das denn alles? War sie denn nicht dement und verließ von Zeit zu Zeit die Realität? Nun, sie schien völlig geistesgegenwärtig und überaus scharfsinnig beobachtend. Vor allem schien sie besser als Lena selbst zu verstehen, wie weit ihre Gefühle für Alex reichten.

«Hilda, ich habe nichts getan», sagte sie.

Hilda lächelte. «Aber sicher doch. Du hast alles nur Erdenkliche getan.» Sie hob die Hand und streichelte Lenas Wange. «Du bist ein Engel, und zwar nicht nur für Alex, sondern auch für mich. Das hier ist schließlich auch mein Zuhause. Ich könnte mir kein Pflegeheim leisten, und ich will auch nirgendwo anders hin. Alex ist die Familie, die mir noch bleibt, und deshalb bitte ich dich, sag es ihm bald. Er wird es akzeptieren, er ist kein Macho, wobei er natürlich seinen Stolz hat, wie wir alle.»

Lena merkte, wie ihr die Tränen kamen, und atmete tief durch. In Hildas Worten lag so viel Liebe! Sie umarmte sie erneut, und zwar so fest, dass sie sie beinahe erdrückte.

«Hilda, ich habe dich lieb.»

«Und ich habe dich lieb, Kindchen. Aber lass mich jetzt los, sonst brichst du mir noch die Knochen.»

Lena ließ sie los.

«Gut, jetzt muss ich wirklich los. Nicht dass ich zu spät zur Premiere komme! Ach so, richtig», sagte sie an der Tür und drehte sich noch einmal um. «In der Tüte sind noch ein Paar Ohrringe und Schuhe.»

«Vielen Dank. Bis später.»

Hilda antwortete nicht, sie war schon durch den Patio entschwunden.

Kurz darauf ging Lena vorsichtig über den Hof des Conventillo, um nicht mit den Bleistiftabsätzen der schönen silbernen Sandalen im Kopfsteinpflaster stecken zu bleiben. Sie zog das Seidentuch über die Schultern, dessen bunte Blumen wunderbar mit dem Rot des Kleids kontrastierten. Kalt war ihr allerdings nicht, es war eine wunderbar milde Sommernacht. Es war kurz vor Weihnachten, und Lena fand es immer noch gewöhnungsbedürftig, zu dieser Jahreszeit noch nicht einmal einen Pullover überziehen zu müssen. Es war so warm, dass sogar manchmal der Strom in der Stadt ausfiel, weil das

Netz durch die auf Hochtouren laufenden Klimaanlagen überlastet war.

Lena war froh, dass sie sich schon so früh geschminkt hatte, denn kurz nachdem Hilda gegangen war, war der Strom ausgefallen. Sie hatte die Haare zu einem einfachen Knoten hochgesteckt und die schönen Silberohrringe angelegt, die Hilda ihr geliehen hatte.

«Ich mache dir einen Windsor-Knoten. Jetzt pass mal auf, den beherrscht im ganzen Land keiner so gut wie ich.»

Lena hörte Bukowskis Stimme, bevor sie das Café betrat. Sie hatten sich alle dort verabredet, um gemeinsam in Goldsteins Auto zum Theater zu fahren, sogar Aurora würde mitkommen.

«Aber du trägst doch nie Krawatte», sagte Goldstein.

Lena öffnete die Tür und sah die drei Männer im Zwielicht einiger Kerzen, die sie auf dem Tresen verteilt hatten. Alex stand mit dem Rücken zu ihr und die beiden alten Herren vor ihm.

«Ich bin mit natürlicher Eleganz gesegnet, ich muss sie nicht vor mir hertragen wie du», sagte Bukowski und machte sich an Alex' Kragen zu schaffen.

Der hob den Kopf und fragte: «Trägt man heutzutage überhaupt noch Krawatte im Theater?»

«Aber sicher!», sagte Goldstein.

«Definitiv, wenn es eine Premiere ist», pflichtete Bukowski ihm bei. «Ich lasse den obersten Knopf offen», fügte er hinzu. «Dann siehst du auch ganz natürlich elegant aus.»

Lena sah, wie Alex' Schultern das Jackett ausfüllten

und wie perfekt die leicht taillierte Jacke seinen Rücken umhüllte. Dann wanderte ihr Blick wieder seinen Rücken hinauf bis zu seinem Nacken, wo sich über dem weißen Hemdkragen die widerspenstigen Haare wie immer wild lockten.

«Donnerwetter!», rief Goldstein aus, als er Lena in der Tür stehen sah.

Bukowski sah auf und seine Augen funkelten anerkennend. Lena tat einen unsicheren Schritt nach vorn und stand im Licht der Kerzen. Und im selben Moment drehte Alex sich um. Er sah sie an und stand wie angewurzelt da. Sein Blick wanderte über ihren Körper, und Lena schoss das Blut in die Wangen. Jeder Zentimeter ihrer Haut kribbelte unter Alex' intensivem Blick, als würde er sie mit den Augen berühren. Sie standen einander gegenüber, und die Luft um sie herum schien zu knistern mit einer eigenen, starken Energie, die nur sie beide umschloss – es war, als wären sie alleine auf der Welt. Lena war sich sicher, dass dies einer jener perfekten Augenblicke war, ein Moment voller entschlüsselbarer Zeichen, an den sie sich für den Rest ihres Lebens erinnern würde.

Die beiden alten Herren kamen mit bewundernden Blicken auf Lena zu.

«Die Sonne geht auf, wo sie doch gerade erst untergegangen ist», sagte Bukowski und küsste Lena die Hand. «Ist das nicht ein seltsames Phänomen?»

Goldstein nahm Lenas andere Hand und küsste sie ebenfalls.

«Ich bin zum ersten Mal in meinem Leben sprachlos», pflichtete er seinem Freund bei.

Lena lächelte, die Komplimente freuten sie ehrlich. Dann wanderte ihr Blick zurück zu Alex, und ihr Lächeln erstarb, als sie sah, wie tief er die Stirn in Falten gelegt hatte. Mit einem Finger fuhr er sich nervös über die Augenbraue.

«Hallo», sagte Lena schüchtern und bemühte sich, Blickkontakt zu halten und nicht ihrerseits seinen Körper mit den Augen zu erkunden.

Alex räusperte sich.

«Hallo.»

21

Goldstein und Bukowski bewegten die Köpfe zwischen Lena und Alex hin und her, als beobachteten sie ein Tennismatch. Die Intensität von Alex' Blick war von einem besorgten Ausdruck überschattet worden. War sie vielleicht doch zu leicht bekleidet für den Anlass? Lena fühlte sich unwohl und versuchte, die unangenehme Situation zu überwinden. Leider sprach sie dazu das Erste aus, was ihr in den Sinn kam.

«Sie sehen sehr gut aus», sagte sie zu Alex und spürte sofort, wie sie rot wurde. «Also, ich meine ... Steht Ihnen, Krawatte und so.»

Die beiden Herren drehten sich zu Alex, der noch überforderter wirkte als Lena.

«Äh – okay. Also, danke», murmelte er und strich dabei mechanisch die Krawatte glatt. «Und du bist ...» Er sah sie an und räusperte sich erneut. «Du bist ...» Er atmete tief ein und wandte den Blick kurz ab, dann sah er sie wieder an und erklärte: «Sehr hübsch.»

Lena sog seine Worte ein, als wären sie eine milde Brise, die jemand durch ein geöffnetes Fenster an ihre Haut ließ. Mehr noch als das Kompliment, das sie für immer in Erinnerung halten würde, erfreute sie, dass Alex sie geduzt hatte.

«Hübsch bist du immer, meine Liebe, aber heute Abend ist atemberaubend noch untertrieben», sagte Bukowski und sah Alex amüsiert an, der nun ebenfalls errötet war. Lena stemmte mit aller Kraft die Füße auf den Boden, um sich davon abzuhalten, zu ihm zu gehen, ihm die Arme um den Hals zu werfen und ihn mit aller Leidenschaft zu küssen.

Plötzlich ertönte die Türglocke des Cafés.

«Hallo zusammen!», rief Aurora fröhlich und zerstörte die Magie des Moments. «Wow! Was seid ihr alle elegant!», fügte sie hinzu, als sie die Runde machte, um alle mit Küsschen zu begrüßen.

Goldstein und Bukowski begrüßten Aurora herzlich. Sie hatten ihre sexuelle Identität ebenso natürlich angenommen wie Hilda. Alex schüttelte sich kaum merklich und begrüßte Aurora dann ebenfalls freundlich. Lena war neidisch auf ihre ungezwungene Freundin. Wie gerne hätte sie selbst Alex einfach geküsst, wann immer sie ihn sah!

Aurora war in letzter Zeit häufiger Gast im *Ende der Welt* gewesen, um Lena und Hilda zu besuchen. Alex und Aurora schienen dabei eine Art Waffenstillstand geschlossen zu haben. Wobei Aurora Alex rhetorisch ziemlich herausforderte. Lena genoss es sehr, ihren hitzigen Diskussionen zuzuhören, bei denen Aurora Alex in der Regel mit unbezwingbaren Argumenten schlug. Lena musste sich oft das Lachen verkneifen.

«Meine Güte!», rief Aurora jetzt aus, als sie sich Lena zuwandte. «Lena, bist du es?»

Sie gab ihr ein Küsschen und lachte.

«Das Kleid ist von Hilda», sagte sie.

Aurora hielt sie an den Armen fest und betrachtete sie von oben bis unten.

«Aber ja doch. Diese Frau hat einfach einen formidablen Geschmack. Du siehst umwerfend aus! Mach dich bereit, heute Abend ein paar Herzen zu brechen», sagte sie augenzwinkernd mit einem Seitenblick auf Alex.

Der verdrehte die Augen und beschäftigte sich damit, die Eintrittskarten vom Tresen zu holen.

«Du siehst auch toll aus», sagte Lena schnell, um die allgemeine Aufmerksamkeit umzulenken.

«Findest du?»

Lena nickte lächelnd. Aurora sah wirklich sehr hübsch aus mit ihrem champagnerfarbenen Pailletten-Minikleid und einer leichten weißen Stola. Die hohen goldenen Pumps ließen ihre ohnehin schon langen Beine noch länger erscheinen.

«Was sagen Sie dazu, Gentlemen?», fragte Aurora und drehte sich einmal um die eigene Achse.

Alex seufzte genervt, während Goldstein und Bukowski anerkennend nickten.

«Du bist», begann Bukowski und suchte nach Worten, «ganz Frau!»

Aurora quietschte entzückt auf und gab dem Alten noch einen Kuss.

«Das werde ich bald wirklich sein, wenn es stimmt, was mir heute angekündigt wurde.» Aurora machte eine Kunstpause und sah sie der Reihe nach an. «Ich wurde von einer spanischen Organisation ausgewählt, die Geschlechtsumwandlungen finanziert. Einer der besten Chirurgen der Welt arbeitet mit ihnen zusammen. Kennst du sie zufällig?», fragte sie Lena.

Diese spürte jetzt alle Augen auf sich. Sie hob die Brauen.

«Wieso fragst du?»

«Ich dachte nur. Ich wusste nämlich gar nicht, dass ich mich bei denen für eine Geschlechtsumwandlung beworben habe. Und weil die Organisation in Spanien sitzt ...», sagte Aurora achselzuckend.

«Vielleicht kooperieren sie mit den argentinischen Gesundheitsbehörden, und du bist hier gelistet?»

«Hauptsache, die Mail war kein Aprilscherz!», murmelte Aurora und nahm Lenas Hand. Sie sah hoffnungsvoll und verzweifelt zugleich aus.

Lena sank das Herz in die Hose. Sie wollte Aurora umarmen und sie trösten, ihr sagen, dass alles wahr war und dass ihr Traum Wirklichkeit werden konnte, wenn sie es nur wollte.

«Warum sollte das ein Scherz sein?», sagte sie sanft und drückte Auroras Hand.

Aurora nickte, wenn auch nicht ganz überzeugt, und Lena hatte ein leicht schlechtes Gewissen, weil sie ihre Freundin anschwindelte. Denn sie kannte diese Finanzquelle sehr wohl, die es ihrer Freundin ermöglichen konnte, sich ihren Traum zu erfüllen. Als sie Vicente mit dem Kauf des Cafés und des Conventillo beauftragt hatte, hatte sie ihn auch gebeten, eine Lösung zu finden, um Aurora die OP zu finanzieren, ohne dass diese herausfände, wo das Geld herkam. Sie war sehr zufrieden damit, wie diskret Vicente die Fäden zog. Natürlich musste sie früher oder später mit der Wahrheit herausrücken, aber jetzt noch nicht.

«Wir müssen los, sonst kommen wir zu spät.»

Alex öffnete die Tür und wartete, bis alle draußen waren. Dann schloss er ab, und gingen zu Goldsteins Wagen, der vor der Tür geparkt war.

«Was glaubt deine Frau, wo du bist?», fragte Alex, während er auf den Beifahrersitz kletterte. Er hatte so lange Beine, dass er unmöglich hinten sitzen konnte.

«Bei dem da zum Pokerspielen», sagte Goldstein mit einem Kopfnicken zu Bukowski, der zwischen Lena und Aurora auf der Rückbank saß.

Bukowski lachte. «Erzähl mal, wie du das Auto aus der Garage geholt hast.»

«Ich hab es bis zur Kreuzung geschoben, damit sie mich nicht hört», seufzte Goldstein.

Bukowski lachte schallend. Alex schüttelte den Kopf und musste ebenfalls lachen. Der arme Goldstein ertrug ihr Gelächter würdig, die Häme seiner Freunde war ihm noch immer lieber als die Launen seiner Frau. Lena hatte schon viel von Señora Goldstein gehört, sie aber noch nicht kennengelernt. Offenbar hielt sie ihren Gatten an einer sehr kurzen Leine und war sehr eifersüchtig, weshalb Goldstein sich seine Eskapaden erlaubte.

Nach einer kurzen und ziemlich rasanten Fahrt hielten sie vor dem Teatro Colón. Alex stieg als Erster aus und klappte den Vordersitz um, damit die anderen hinausklettern konnten. Er hielt Lena galant eine Hand hin, die sie dankbar annahm, um auszusteigen.

«Danke», sagte sie, und stützte sich für einen Moment auf seinen Arm, um den Schwindel zu vertreiben.

«Alles in Ordnung?», fragte Alex und bedeckte ihre Hand fürsorglich mit seiner.

Lena nickte und zwang sich zu einem Lächeln. «Ich muss nur kurz durchatmen.»

Bukowski kam laut auf Polnisch fluchend aus dem Wagen geklettert und drehte sich um, um Aurora hinauszuhelfen.

«Du fährst echt wie eine besengte Sau, Goldstein!», schimpfte er schließlich.

«Aber in zehn Minuten habe ich euch sicher hergebracht, oder etwa nicht?»

«Du hättest uns beinahe alle umgebracht, du alter Raser. Du hältst dich wohl für Fittipaldi! Kein Wunder, dass deine Frau dich nicht hinters Steuer lässt.»

«So ein undankbarer Nörgler», grummelte Goldstein, als er das Auto abschloss. «So schlimm war es nun nicht, oder, Alex?»

«Du fährst, als würdest du von der Mafia verfolgt. Es war sehr nett von dir, uns zu fahren, aber für den Rückweg nehmen wir uns ein Taxi. Geht es Ihnen besser?», fragte er Lena.

Sie nickte und lächelte. Diesmal gelang das schon besser, ihr Magen hatte sich wieder beruhigt, und ihre Beine hatten aufgehört zu zittern. Aber das Gefühl seiner warmen Hand auf ihrer war so angenehm, dass sie wünschte, er würde sie für immer dort liegen lassen. Doch um den armen Goldstein nicht weiter zu quälen, ließ sie Alex' Arm los und streckte sich.

«Wow!», meldete sich jetzt Aurora zu Wort. Sie jubelte und umarmte Goldstein begeistert. «Sie wissen, wie man Adrenalin freisetzt. Das war super!»

Goldstein freute sich sichtlich, die anderen zogen es vor, ihr Lob zu ignorieren, und wandten sich dem Theater zu, dessen eklektische Fassade hell erleuchtet war. Der Bürgersteig vor dem Eingang war voller Menschen. Ein Taxi nach dem anderen fuhr vor. Ein großes Banner kündigte die Premiere der großen Tragödie über den dänischen König an sowie die glorreiche Rückkehr der Königin der Bühne: Hilda Massardi.

Presse und Öffentlichkeit hatten begeistert auf die Nachricht von Hildas Comeback reagiert, die Premiere war bald nach der Ankündigung ausverkauft gewesen.

Da sie auf Einladung des Produzenten kamen, mussten sie nicht Schlange stehen, sondern durften den VIP-Eingang benutzen. Als Lena das Foyer betrat, glaubte sie, zurück in Europa zu sein – besser gesagt in der Pariser Oper. Die marmorne Freitreppe, die in den Saal führte, war gerahmt von opulenten Säulen aus demselben Material, deren dunkle Friese Blumenmuster aufwiesen. Lena blickte zur Decke und sah das letzte Tageslicht durch die achteckige Glaskuppel fallen. An jeder ihrer acht Seiten war eine Muse dargestellt, die über eine Fülle von bunten Ornamenten herrschte.

«Kommen Sie?»

Alejandros dunkle Stimme kam von oben. Sie sah sich um und entdeckte ihn alleine am Ende der Treppe stehen. Die anderen waren wohl schon vorgegangen – vermutlich war ihnen gar nicht aufgefallen, dass Lena im Foyer stehen geblieben war. Aber Alex hatte gemerkt, dass sie fehlte, und wartete auf sie. Lena ging den weichen roten Teppich hinauf, ohne den Blick von dem Mann zu wenden, der am Ende der Treppe auf sie wartete und absolut beeindruckend aussah in seinem dunklen Anzug. Von einem Schwindelgefühl gepackt, blieb sie auf halbem Wege benommen stehen.

Sie war verliebt in diesen Mann. Sehr. Sie konnte es gar nicht glauben, wie sehr sie ihn in so kurzer Zeit in ihr Herz geschlossen hatte. Sie hatte noch nie auch nur ansatzweise ähnlich starke Gefühle für irgendjemanden gehabt. Aber sie wusste nicht, wie er empfand. Was, wenn er sie nicht liebte? Wenn er ihre Gefühle nicht erwiderte? Es war doch unklug, sich so hinzugeben, ihr Herz so erschreckend weit zu öffnen. So erschreckend, unangebracht und unvernünftig weit.

«Geht es Ihnen gut?»

Alex war ihr entgegengekommen und legte Lena besorgt eine Hand auf den Rücken. Sie sah in sein Gesicht, kaum eine Armlänge entfernt, und blinzelte überrascht. Sie hatte womöglich nicht nur innerlich, sondern auch physisch geschwankt.

«Ja, alles in Ordnung», murmelte sie und legte ihm wie zur Bestätigung eine Hand auf die Brust.

Alex sah hinab auf ihre Hand und nahm sie entschlossen in seine, um Lena die Treppe hinaufzuführen.

«Die Glaskuppel wurde von Félix Gaudin entworfen», erzählte er ihr und zeigte nach oben. Er musste glauben, dass der Anblick des tatsächlich imposanten Mosaiks ihr den Atem geraubt hatte. «Der Architekt des Theaters hat die Fenster extra aus Paris kommen lassen.»

«Es ist wirklich beeindruckend. Erinnert ein wenig an die Pariser Oper.»

Alex nickte und lächelte.

«Ja, daran ist der Stil des Baus auch angelehnt», antwortete er. «Ende des 19. Jahrhunderts hatte Buenos Aires den Ruf der Kulturhauptstadt Südamerikas, aber es fehlte ein repräsentatives Theaterhaus, das mit jenen mithalten konnte, die die Einwanderer aus ihren europäischen Heimatländern kannten.»

Lena folgte ihm über den Flur, der zu den Logenplätzen führte, und freute sich, erneut den Architekten in Alex aufblitzen zu sehen.

«Der Bau hat sich über mehr als zwanzig Jahre hingezogen, und zwei der beauftragten Architekten starben vor der Fertigstellung», fuhr er fort. «Aber dann ging die Bauleitung an Julio Dormal, einen Belgier, der eigentlich als Fleischexporteur nach Argentinien gekommen war und am Ende in die Geschichte einging als Erbauer des Gebäudes mit der besten Akustik der Welt. Und wissen Sie, wie er das geschafft hat?» Lena schüttelte den Kopf, und er lächelte erneut, als er mitten auf dem Gang stehen blieb. «Er ließ aus seinem Heimatland nicht nur den Marmor für die Eingangshalle, sondern auch Gips aus alten geologischen Schichten zur Auskleidung der Kuppel herschiffen, wodurch der Hall perfekt eingefangen wird.»

«Das Gebäude gefällt Ihnen wohl sehr?», fragte Lena und freute sich über seine Begeisterung.

«Ja.»

Plötzlich blieb Alex stehen und sah nach unten, wo etwas seine Aufmerksamkeit erregt hatte. Lena folgte seinem Blick und entdeckte erstaunt, dass sie noch immer Händchen hielten, obwohl sie die Treppe längst hinter sich gelassen hatten. Sie waren einfach händchenhaltend den Flur entlanggegangen wie ein Liebespaar. Sie merkte, wie er den Kopf wieder hob und sie ansah. Mit Herzklopfen tat sie es ihm gleich. Alex sah aus, als warte er darauf, dass sie den Körperkontakt unterbrach. Aber Lena hielt seine Hand weiter fest. Die Wärme seiner Handfläche fühlte sich so natürlich an, als wäre sie Teil ihres eigenen Körpers.

«Als ich studiert habe, bin ich oft mit meinem Skizzenbuch hergekommen, um zu zeichnen – eigentlich immer, wenn ich nicht im Café aushelfen musste.» Seine Stimme klang seltsam, als müsste er die Worte besonders gründlich suchen. «Das war meine Art, mich dem Glanz des alten Europas zu nähern.» Er runzelte die Stirn und ließ Lenas Hand urplötzlich los.

Lena fühlte sich augenblicklich allein, verlassen und hilflos. Sie wollte sich an ihn klammern, damit er sie weiter durch dieses belgische Marmorlabyrinth führe. Sie sehnte sich danach, ihn mit ihren Armen zu umschließen und die dunklen Gedanken aus seinem Kopf zu verscheuchen, seine traurige Aura mit Küssen zu vertreiben. Wie konnte sie ihm beibringen, dass sie ihm die Welt zu Füßen legen wollte? Wie konnte sie ihm sagen, dass sie ihn liebte und die glücklichste Frau auf Erden wäre, sollte er ihre Gefühle je erwidern?

«Hier entlang, kommen Sie.» Mit einer schroffen Geste zeigte er ihr die Richtung und ging dann doch einfach selbst vor.

Lena betrachtete verdutzt seinen Rücken und hatte das alberne Gefühl, mitten in einer griechischen Tragödie zu stehen.

«Verdammt!», murmelte sie frustriert und folgte ihm durch den langen Flur.

22

«Sterben – schlafen – schlafen!
Vielleicht auch träumen! – Ja, da liegt's:
Was in dem Schlaf für Träume kommen mögen,
Wenn wir den Drang des Ird'schen abgeschüttelt,
Das zwingt uns stillzustehn. Das ist die Rücksicht,
Die Elend lässt zu hohen Jahren kommen!»

Lena ließ sich tief in den Sitz sinken und genoss das fabelhafte Spektakel auf der Bühne. Der Schauspieler, der den Hamlet gab, war wunderbar. Das Gefühlschaos, das den jungen Prinzen erfasst, nachdem der Geist seines Vaters ihm die Ermordung durch seinen Onkel offenbart, dem sein Reich und seine Ehefrau zugefallen sind, wirkte so authentisch, dass es im Zuschauerraum beinahe physisch zu spüren war. Das Publikum geleitete die Figuren durch den Schmerz, die Wut und den Wahn. Der Text orientierte sich eng an der Shakespeare'schen Vorlage, und Macht und Gier waren eindrucksvoll als große Verführer der Menschheit herausgearbeitet.

Aber das Überwältigendste war bereits vor über einer Stunde geschehen. In der zweiten Szene des ersten Aktes betrat eine beeindruckende Dame die Bühne. Sie war eine Frau von höchstem gesellschaftlichem Rang und trug ein perlenbesticktes Samtkleid und auf dem Kopf eine Krone.

«Wirf, guter Hamlet, ab die nächt'ge Farbe
Und lass dein Aug' als Freund auf Dänmark sehn.
Such nicht beständig mit gesenkten Wimpern
Nach deinem edlen Vater in dem Staub.
Du weißt, es ist gemein: was lebt, muss sterben
Und Ew'ges nach der Zeitlichkeit erwerben.»

Der erste Auftritt der Gertrude dauerte fast zehn Minuten. Nach der Szene erhob sich das gesamte Theater zu brandendem Applaus. Hilda strahlte.

Zwei Stunden später, als die Hauptfiguren ihr trauriges Ende gefunden hatten, kam das gesamte Ensemble zum Schlussapplaus auf die Bühne. Der Applaus war so beeindruckend, wie die Darstellung es verdiente. Aber als die Königin Gertrude allein nach vorne trat, gab es kein Halten mehr. Zweitausend Personen erhoben sich von ihren Plätzen, um der legendären Hilda Massardi die Ehre zu erweisen.

Lena klatschte so frenetisch, dass ihre Hände schmerzten, und glücklich ließ sie den Blick über das Publikum schweifen. Dann sah sie wieder zu Hilda, um keinen Augenblick ihres Triumphes zu verpassen, doch ihr Blick blieb an dem Mann an ihrer Seite hängen. Groß und aufrecht stand er neben ihr und applaudierte seiner Freundin sichtlich bewegt. Als hätte er Lenas Blick auf sich gespürt, drehte er sich zu ihr um und lächelte sie gelöst an. Und dann rann eine Träne seine Wange hinab.

«Sie hat es sich verdient», murmelte er mit kratziger Stimme. «Das war verdammt noch mal überfällig.»

Er war so unglaublich liebevoll. Oder der Moment war einfach überwältigend und magisch für alle Anwesenden. Jedenfalls handelte Lena, ohne nachzudenken: Sie stellte sich auf die Zehenspitzen und küsste ihm die Träne von der Wange. Alex wich überrascht zurück. Aber gleich darauf umarmte er Lena so fest, dass ihr fast die Luft wegblieb. Eng an ihn geschmiegt, legte sie die Arme um seinen Hals und ihre Wange an seine.

Ich liebe dich. Die Worte kitzelten ihre Lippen. Sie brauchte sie ihm nur ins Ohr zu flüstern. Niemand würde je erfahren, dass sie es gesagt hatte, nicht einmal Alex könnte sich in dem Getöse um sie herum sicher sein, sie wirklich gehört zu haben. Aber sie behielt sie für sich, denn es waren allein ihre Worte, so intim, dass sie nur ihrer Seele gehörten.

Er drehte leicht den Kopf und küsste seinerseits ihre Wange. Dann ließ er sie wieder los und klatschte weiter. Lena wollte lieber nicht versuchen, die Bedeutung dieser Geste zu analysieren. Vielleicht war sie ihm ebenso spontan herausgerutscht wie ihr selbst. Es war einfach ein überwältigender Moment. Vielleicht war es keine Liebe, sondern Freundschaft, die ihn verleitet hatte.

Lena drehte sich ebenfalls wieder zur Bühne und klatschte, bis ihr die Hände brannten.

Eine Stunde später erklärte Mauricio Veronese ihr irgendetwas über eine der Statuen, die im Flur zum Goldenen Salon standen, wo die Premierenfeier stattfand. Es wimmelte vor Menschen, von den Ensemblemitgliedern über Pressevertreter bis hin zur hohen Gesellschaft der Stadt war alles da, was Rang und Namen hatte.

«Das ist Wagner, und er steht genau gegenüber von Verdi. Aber wie Sie sehen, sind sie so platziert, dass ihre Blicke sich nicht kreuzen – die beiden konnten einander nämlich nicht ausstehen.» Veronese lachte.

Lena lächelte höflich, sie war ein wenig überfordert von der Aufmerksamkeit, mit der der Produzent sie bedachte, seit er sie entdeckt hatte. Sie sah sich nach ihren Freunden um.

Goldstein und Bukowski hatten sich auf das Buffet gestürzt, sobald sie den Festsaal betreten hatten, und da standen sie auch immer noch. Aurora tanzte eng mit einem Kritiker, auf den sie schon während der Vorstellung ein Auge geworfen hatte. Bei der erstbesten Gelegenheit hatte sie sich ihm vorgestellt. Im Gegensatz zu den meisten anderen Ensemblemitgliedern war Hilda Massardi noch nicht aufgetaucht. Lena scannte die Gesellschaft, aber die Person, die sie suchte, entdeckte sie nicht.

Alejandro Lagar war verschwunden. Er zeichnete sich nicht gerade durch eine soziale Ader aus, und Menschenmengen waren offenbar erst recht nicht nach seinem Geschmack. Doch dann entdeckte sie ihn hinter den Fenstern im Flur. Lena entschuldigte sich bei Veronese und ging zu Alex.

Mit der Schulter an die Wand gelehnt, betrachtete er die Eingangshalle von oben. In der Hand hielt er eine Flasche Bier, und Lena stellte sich schmunzelnd vor, wie er dem elegant livrierten Kellner erklärt hatte, dass er kein Glas brauchte.

«Hallo», sagte sie und stellte sich neben ihn.

Alex sah sie an und nahm einen Schluck Bier.

«Gefällt Ihnen die Party nicht?», fragte Lena.

«Kein bisschen», sagte er in gewohnt muffeligem Ton.

«Aber es sind echt nette Leute da», sagte Lena.

Er hob genervt die Augenbrauen. «Dann gehen Sie doch wieder zu denen», sagte er. Seine Augen wichen ihrem Blick aus. «Wir wollen doch nicht, dass Ihr Produzent einen Karmariss bekommt.»

Lena sah ihn überrascht an. Und dann ging ihr das Herz auf.

«*Mein* Produzent?», fragte sie lächelnd. «Sind Sie etwa eifersüchtig, Señor Lagar?»

Alex hob die Flasche erneut an die Lippen und leerte sie in einem Zug. Dann sah er sie abschätzend von oben bis unten an.

«Wenn Sie sich geschickt anstellen, können Sie die Party mit einem guten Fang verlassen.»

Lena sah ihn lange an.

«Es ist echt unglaublich», sagte sie schließlich. «Sie sind so was von verschlossen und sarkastisch, dass ich nicht weiß, ob das ein Kompliment sein soll oder eine Beleidigung.»

«Ein Kompliment natürlich.»

«In dem Fall hätte mir ein schlichtes ‹Du siehst gut aus heute› gereicht», sagte sie und zog sich den Seidenschal enger um die Schultern.

Er sah sie an und schien nachzudenken.

«Du siehst immer gut aus», sagte er dann. «Aber heute Abend kannst du in der Liga der Frauen spielen, auf die die mächtigen Männer stehen: Unternehmer, Politiker ... oder Produzenten.»

Lena atmete scharf ein. Sie hätte diesen Schwachsinn gerne auf die leichte Schulter genommen, aber die Wucht ihrer Gefühle für Alex war so stark, dass sie sich furchtbar verletzlich fühlte. So sehr, dass sie ihn liebend gern geohrfeigt hätte für seinen dämlichen Kommentar.

Er kannte sie nicht. Er kannte sie überhaupt nicht. Wie konnte er glauben, dass sie einen Mann nach dem Stand seines Bankkontos auswählen würde? Er liebte sie nicht, er war offenbar noch nicht einmal an ihr interessiert. Die Luft verließ ihre Lungen im selben Tempo wie die Hoffnung ihr Herz. Wie dumm sie gewesen war zu glauben, dass er eifersüchtig wäre.

«Wenn das so ist», sagte sie kühl, nahm in einer provozierenden Geste den Schal von den Schultern und streckte die Brust vor, «dann will ich mal sehen, was ich mir angeln kann.»

Er hatte den Blick abgewandt, seine Brust hob und senkte sich schnell. Er wollte ihre Gesellschaft offensichtlich nicht. Lena presste die Lippen aufeinander und wandte sich ab. Aber als sie an ihm vorbeiging, hielt Alex sie am Arm.

«Wo gehst du hin?», flüsterte er.

Seine funkelnden Augen wanderten über ihr Gesicht und blieben an ihren Lippen hängen. Lena spürte seinen warmen Atem an ihrer Wange und seine Finger an ihrem Arm, die den Griff gelockert hatten und sich nun sanft auf und ab bewegten.

Das war der Moment für einen Kuss, für einen sehr stürmischen Kuss, denn er schien sich genauso verzweifelt danach zu sehnen wie sie selbst. Aber ein lautes Rumoren in der Halle zerstörte den Zauber. Weil sie so aufgewühlt waren, brauchten sie einen Moment, bis sie sich gesammelt hatten und an das Geländer traten, um in die Eingangshalle zu schauen. Ein paar Sanitäter schoben eilig eine leere Trage durch die Halle, ein Mann schien ihnen den Weg hinter die Bühne zu weisen. Alex und Lena sahen einander verwirrt an und beschlossen, sich zu erkundigen, was geschehen war.

Sie kehrten in genau dem Moment in den Festsaal zurück, als Señor Veronese die Party eilig in Richtung Backstage verließ. Wie ein Lauffeuer verbreitete sich unter den Gästen die Nachricht, dass Hilda Massardi in ihrer Garderobe zusammengebrochen sei. Goldstein, Bukowski und Aurora eilten zu Lena und Alex, um ihnen die schlechte Nachricht zu überbringen. Alex rannte sofort hinter dem Produzenten her.

«Okay, ganz ruhig, es ist bestimmt nicht so schlimm», sagte Lena zu ihren Freunden, bevor sie Alex hinterhereilte.

«Sorry, hier dürfen nur Ärzte und Mitarbeiter rein», wiederholte der Ordner am Eingang zum Backstagebereich.

Alex wand sich nervös.

«Wir sind ihre Familie», erklärte Lena dem Mann, der noch einen Moment zögerte, bevor er sie den großen Raum unter der Bühne betreten ließ, wo die Requisiten aufbewahrt wurden.

Sie waren dem Produzenten bis zu dem Flur gefolgt, wo sich die Künstlergarderoben befanden. Aber als sie dort ankamen, informierte sie eine Assistentin, dass Hilda nach der Vorstellung gar nicht in ihre Garderobe zurückgekehrt sei, um sich umzuziehen. Also waren sie in die Requisite gerannt, wo Hilda offenbar in Ohnmacht gefallen war. Lena erinnerte sich an den Vorfall in der Badewanne und wunderte sich nicht. Die alte Dame hatte in den letzten Wochen sehr hart für dieses Comeback gearbeitet. Das war anstrengend gewesen, und sie war schließlich krank. Vielleicht war sie nach dem Adrenalinschub der Aufführung einfach zusammengebrochen.

Die Assistentin führte die Sanitäter, den Produzenten und den Regisseur durch die engen Gänge voller Schnüre, Taue und Seilzüge. Alex und Lena folgten ihnen.

Kaum, dass der Requisiteur sie ins Lager gelassen hatte, folgten die beiden den Stimmen durch die riesigen Bühnenbauten, bis sie ein weißes Bett sahen, umrahmt von Gold, auf dem Hilda lag. Sie trug noch immer das schwarze Samtkleid, das die Sanitäter jetzt mit einer Schere öffneten, um eine Herzrhythmusmassage zu machen. Alex hob eine Faust an den Mund und näherte sich zögernd der Szene.

Das Bild lähmte Lena. Sie hatte damit gerechnet,

Hilda desorientiert vorzufinden, vielleicht ohnmächtig, aber doch nicht so. Das Bild ihres leblosen Vaters in seinem Bett kam ihr vor Augen, und die Erinnerung schnitt ihr die Luft ab. «Bitte, lieber Gott, lass sie leben», flehte sie still, während sie entsetzt zusah, wie der zarte Körper ihrer Freundin vom Defibrillator geschüttelt wurde.

«Die Arme hat einen Ort gesucht, wo sie ein wenig ausruhen konnte», sagte der Requisiteur, der in der Tür stand.

Alex und Lena beachteten ihn kaum.

«Und da hat sie ausgerechnet das *La Traviata*-Bett gefunden», fuhr der Mann fort.

Die Bedeutung dieser Worte traf sie wie ein Donnerschlag. Beide drehten sich zu dem Requisiteur um.

«Wie bitte?», fragte Alex, als wollte er sich vergewissern, dass er richtig gehört hatte.

«Das ist das Bett, das wir seit Ewigkeiten für Verdis Oper benutzen», antwortete der Mann und schüttelte bedauernd den Kopf. Dann wandte er sich um und verließ den Raum.

Alex und Lena sahen ihm perplex nach. Dann drehten sie sich um und blickten einander an. Im Blick des anderen konnten sie erkennen, dass sie beide das Gleiche dachten.

«Das Bett, auf dem die sterbende Violetta sich von ihrem Alfredo verabschiedet», murmelte Lena und wiederholte damit exakt dieselben Worte, die Hilda gewählt hatte, als sie ihnen von Federico, ihrem Requisiteur, erzählt hatte.

Alex nickte und ergänzte: «Wo sie erfuhr, was *Liebe machen* bedeutet.»

«Todeszeitpunkt: zwölf Uhr.»

Die ärztliche Diagnose schwebte durch das Lager und bestätigte, was sie beide bei Hildas Anblick schon befürchtet hatten.

Lena entfuhr ein langer Klagelaut. Die beiden Sanitäter bedeckten Hildas Brust mit dem Unterkleid des Kostüms und sammelten ihre Gerätschaften ein. Lena betrachtete das silbern schimmernde Haar ihrer Freundin, das ihr porzellanweißes Gesicht auf dem Kissen umspielte. Dann sah sie Alex an.

Er stand neben ihr und betrachtete die Szene stoisch wie ein General, der seine gefallenen Männer auf dem Schlachtfeld zählt. Sein Kiefer sah angespannt aus, als er sich langsam mit den Fingern durch das Haar fuhr.

«Es tut mir schrecklich leid», sagte der Produzent, der zu ihnen getreten war, nachdem er die Sanitäter verabschiedet hatte. «Wenn Sie erlauben, würde ich mich gerne um die Beerdigung kümmern.»

Alex schüttelte mechanisch die Hand, die Veronese ihm hinhielt.

«Ich denke darüber nach, danke», sagte er ausdruckslos.

Dann entfernte Veronese sich an der Seite des Regisseurs und ließ sie allein mit dem Leichnam ihrer Freundin. Lena hatte den Blick nicht von Alex gewandt. Er weinte nicht, aber er sah entkräftet und unfassbar traurig aus, als wäre alles Leben aus ihm gewichen. Lena ging einen Schritt auf ihn zu, wollte ihm Trost spenden, aber er hob abwehrend die Hand. Sie wich zurück und sah zu, wie er sich dem Bett näherte. Er kniete nieder und ordnete Hildas zerschnittene Kleidung so gut wie möglich. Dann nahm er vorsichtig beide Hände seiner Freundin in die eigenen und faltete sie ihr auf der Brust. Lena konnte sein Gesicht nicht sehen, aber seine Bewegungen waren langsam und präzise. Er beugte sich über die Tote und küsste sanft ihre Stirn. Und dann erhob er sich, drehte sich um und ging in Richtung Tür. Er weinte nicht.

Als er auf Lenas Höhe war, blieb er stehen und sah sie an. Sie versuchte, sich zusammenzureißen, aber die Trauer übermannte sie, und Tränen liefen ihr über die Wangen. Ihr Körper zitterte und bebte. Hilflos schlang sie ihre Arme um sich und spürte die feine Seide des Kleides unter ihren Fingern. *Ihr Kleid*, dachte sie.

Alex hob die Hand und wischte ihr unbeholfen die Tränen ab.

«Nicht weinen», flüsterte er.

Sie neigte den Kopf, legte ihn in Alex' Hand und wünschte, die Geste würde für immer fortdauern.

«Ich kümmere mich dann mal um den Papierkram», murmelte er. «In Ordnung?»

Lena nickte, und er verließ den Raum. Sie hörte das Echo seiner Schritte, schwer und traurig, und sah wieder zu Hilda auf dem Bett aus *La Traviata*. Ihr Gesichtsausdruck war ruhig und friedlich, sie sah aus, als hätte sie einen Ort erreicht, an dem sie bleiben wollte.

Und dort zwischen den Kulissen großer Bühnenwerke, zwischen Palastmöbeln und bedeutenden Städten, betete Lena dafür, dass die legendäre Schauspielerin Hilda Massardi nun im Arm ihres Federico liegen möge. Dort, wo sie die Liebe kennengelernt hatte.

23

«Denken Sie, so hätte sie das gewollt?»

Lena drehte sich um und betrachtete Alex' Gesicht. Er wirkte wirklich unruhig.

«Ich bin sicher», antwortete sie ehrlich.

Sie hatte keine Zweifel daran, dass Hilda die opulente Beerdigung gefallen hätte, die Señor Veronese zu ihren Ehren organisiert hatte. Er hatte ihren Leichnam für einen Abend im Teatro Colón aufbahren lassen, damit ihre Fans sich von ihr verabschieden konnten. Einige Tage später wurde ihre Asche auf dem Cementerio de la Chacarita beigesetzt, wo sie neben anderen großen Künstlern wie Carlos Gardel oder Alfonsina Storni ruhen würde.

Natürlich war der Aufwand, den der Produzent mit der Trauerfeier betrieb, nicht völlig selbstlos – die Nachricht von Hilda Massardis Tod und den genaueren Umständen ging tagelang durch die Presse und bescherte auch der *Hamlet*-Inszenierung weit größere Öffentlichkeit als gewöhnlich. Alle geplanten Vorführungen waren ausverkauft.

Alex sah zu Boden und kickte ein kleines Steinchen hin und her, das vor ihm auf dem Bürgersteig lag. Sie kamen gerade von der Beerdigung, und er hatte sich auf die Stufe zum Eingang des *Cafés am Ende der Welt* gesetzt. Lena hatte sich dazugesetzt.

«Es blieb mir auch kaum eine andere Wahl», sagte er und lockerte die schwarze Krawatte. «Ich hätte sie wohl kaum in einem anonymen Massengrab enden lassen können.»

Das hätte Lena auch sicherlich nicht zugelassen. Wäre sie nicht so überzeugt davon gewesen, dass Hilda die öffentliche Beisetzung gefallen hätte, die Veronese organisiert hatte, dann hätte sie ihr eigenhändig eine Grabstätte auf dem La-Recoleta-Friedhof erbaut, und zwar direkt neben Eva Perón.

«Es hätte ihr sehr gefallen, all die Leute zu sehen, die ihr die letzte Ehre erwiesen haben.»

Er sah auf. «Es war schön, oder?»

Lena nickte und lächelte. «Ja, sehr.»

Er nickte und lächelte ebenfalls. Dann konzentrierte er sich wieder auf das Steinchen vor seinen Füßen.

In den letzten Tagen war Alex sehr schweigsam und in sich gekehrt gewesen. Lena hatte versucht, ihm Gesellschaft und Unterstützung anzubieten, aber er hielt sich von ihr fern.

Während der Beerdigung hatte er abseits des Grüppchens gestanden, das Bukowski, Goldstein, Aurora und Lena gebildet hatten, um die Beileidsbekundungen von Hunderten von Menschen entgegenzunehmen, als wären sie die hinterbliebene Familie der Schauspielerin. Alex hatte sich in eine Ecke verdrückt, abseits der Trauergemeinde. Er entfernte sich, als wollte er jeden persönlichen Kontakt vermeiden. Lena hatte ihn während der

Trauerfeier wachsam beobachtet. Es gab Menschen wie sie selbst, die in schweren Momenten nicht allein sein wollten, andere hingegen brauchten genau das, um mit ihrem Schmerz fertigzuwerden. Alex schien Schutz zu suchen in der Einsamkeit, und ihr blieb nichts anderes übrig, als das zu akzeptieren, wie sehr sie auch wünschte, ihn trösten zu können.

Er seufzte schwer und zog sich die Krawatte vom Hals.

«Jetzt bindet mich nichts mehr an diesen Ort», sagte er mit einem Blick auf das Café hinter sich.

«Was soll das heißen?», fragte Lena überrascht.

Er sah sie an und schüttelte den Kopf.

«Nach dem Tod meines Vaters bin ich hier geblieben, um den Laden wieder flottzumachen und sein Werk weiterzuführen.» Er lachte schwach. «War ziemlich vergebliche Mühe. Aber ich war immer schon Spezialist für die hoffnungslosen Fälle.»

In Lena wuchs ein beängstigender Gedanke.

«Mein Anwalt sagt, das Café und das Conventillo sind an einen spanischen Investor gegangen», fuhr Alex fort, und Lenas Herz machte einen Stolper. «Die wollen, dass ich das Café weiterführe, haben die Miete reduziert und mir ein Vorkaufsrecht garantiert, falls ich den Laden irgendwann selbst kaufen will.»

Lena hatte den Blick abgewandt und merkte, dass er sie musterte.

«Finden Sie das nicht seltsam?», fragte er.

Sie zuckte mit den Schultern. «Warum denn?»

«Warum?», wiederholte er ungläubig. «Was ist das bitte für ein Investor, der auf Verlust aus ist?»

Lena biss sich auf die Unterlippe, sah ihn an und zuckte erneut mit den Schultern.

«Na, das kann ich Ihnen sagen», fuhr Alejandro fort und faltete sorgsam seine Krawatte. «Das riecht nach Geldwäsche, und ich habe überhaupt keine Lust, ein kleines Rädchen im Getriebe irgendwelcher Wirtschaftskriminellen zu sein.»

«Aber wie kommen Sie denn darauf?», erwiderte Lena verletzt.

Dies war vermutlich der perfekte Moment, um ihm die Wahrheit zu sagen. Aber sie hatte Angst vor seiner Reaktion. Sie war sich nicht sicher, dass er ihre Investition einer mafiösen Geldanlage wirklich vorziehen würde. Auf keinen Fall wollte sie seine Freundschaft verlieren, sie wollte überhaupt nichts verlieren von dem, was sie in den letzten Monaten im *Ende der Welt* kennengelernt hatte. Sie liebte ihren Alltag im Café und wollte mit Alejandro zusammen sein. Vor dem Moment des Eingeständnisses fürchtete sie sich – weil sie seine Schulden beglichen hatte, ohne es mit ihm zu besprechen, und vor allem, weil sie ihn all die Zeit in dem Glauben gelassen hatte, eine andere zu sein: eine junge Frau ohne Geld, die nur einen Job brauchte.

«Hilda war alles, was mich hier noch gehalten hat und … na ja, jetzt braucht sie mich nicht mehr.»

Lena schnappte nach Luft.

«Und was ist mit Goldstein und Bukowski?», fragte sie vorsichtig.

Er lachte auf. «Ach, die … Ist eh längst Zeit, dass die mal ohne mich klarkommen.»

«Was wollen Sie damit sagen?», fragte Lena eindringlich.

Alex ließ die Krawatte durch seine Finger gleiten und faltete sie immerzu neu.

«Ich denke, ich werde das Café schließen», sagte er schließlich.

Sie japste. Drehte sich zu ihm um, wollte ihm die Meinung geigen, schloss den Mund aber wieder, weil sie keine Worte fand. Sie blinzelte angestrengt, um die Tränen zurückzuhalten.

«Heißt das, ich muss mir einen neuen Job suchen?», fragte sie leise.

Er nickte. «Es tut mir leid. Dieser Ort ist einfach voller schmerzhafter Erinnerungen für mich.»

«Aber doch auch voller schöner Erinnerungen!», rief Lena und ärgerte sich, dass sie nicht auf die Idee gekommen war, den Cafébetreiber mit dem Kauf zum Bleiben zu verpflichten. «Verdammt, Alex, dieses Café ist ein so wertvoller Fluchtpunkt für so viele Menschen gewesen. Du hast mir doch die Geschichte deiner Eltern selbst erzählt! Und all deine Mühen sollen doch nicht umsonst gewesen sein! Ich dachte, das alles bedeutet dir so viel?»

Jetzt liefen die Tränen doch ihre Wangen hinab. Sie wischte sie schnell mit dem Handrücken weg und merkte gar nicht, wie intensiv er sie ansah.

«Alle sind fort», murmelte er erschöpft. «Warum soll ich noch bleiben?»

Für mich!, schrie Lena innerlich. Sie hätte ihn gerne am Jackett gepackt und geschüttelt, damit er einsah, was für eine blöde Idee es war, das Café aufzugeben. Verdammt!

Und dann fiel es ihr plötzlich wie Schuppen von den Augen: Er hatte es so deutlich gesagt, hier hielt ihn nichts und niemand mehr. Hieß das nicht, dass sie, Lena, ihm nichts bedeutete?

Sie stützte sich an der Wand ab und stand auf. Schwindel ergriff sie.

«Gut», murmelte sie. «Wenn das also schon entschieden ist. Morgen früh ziehe ich aus. Ich lege die Schlüssel auf den Tresen. Gute Nacht, Señor Lagar.»

«Nein, so war das doch nicht ...»

Aber Lena wollte nichts mehr hören. Sie ging durch das Café und direkt in ihr Zimmer. Sie wollte sich nur noch verkriechen.

Stunden später ging Lena schlaflos in ihrem Zimmer auf und ab. In einer gewöhnlichen Nacht wäre sie längst ins Café hinübergegangen, um sich eine Tasse Kakao zu machen. Dann hätte sie noch ein bisschen gezeichnet, bis sie müde geworden wäre. Aber dies war keine gewöhnliche Nacht, denn es war ihre letzte im Conventillo. Sie blinzelte ein paarmal, um die Tränen zurückzuhalten, die schon wieder fließen wollten. Sie hatte geweint, seit sie von der Stufe vor dem Café aufgestanden war. Ihre Augen waren verquollen und ihre Wangen feucht, aber jetzt musste mal Schluss sein. Sie ging ins Bad, um sich das Gesicht zu waschen. Dann überlegte sie, was sie jetzt tun sollte.

Sie würde im Morgengrauen aufbrechen und zu

Aurora gehen. Zumindest so lange, bis sie eine neue Arbeit fände, würde sie sie um Obdach bitten. Sie ging zurück in ihr Zimmer und begann, ihre Sachen zu packen. Am Morgen müsste sie nur noch ihren Schlafanzug, die Zahnbürste und ihr Skizzenbuch einpacken. Ein neuer Heulkrampf schüttelte sie.

Das rote Kleid von Hilda ließ sie im Schrank bei den Kleidern von Alejandros Mutter hängen. Das war eine gute Gesellschaft: die Kleider von zwei Frauen, die ihr gutgetan hatten. Eine von ihnen hatte sie nicht einmal kennengelernt, und doch hatte sie sich seit ihrer Ankunft in diesem Zimmer von Doña Carmen begleitet gefühlt. Sie betrachtete die Bilder an der Wand und lächelte. Carmen hatte keine Traurigkeit in ihren Tragödien vermitteln können, dafür war sie wohl eine zu glückliche Person gewesen. Sie schloss den Schrank, ging zu den Bildern hinüber und hockte sich davor. Sie hatte sich so daran gewöhnt, sie vor dem Einschlafen anzusehen.

Sie schreckte auf, als ein lautes Klopfen an der Tür sie aus ihren Gedanken riss.

«Wer ist da?», fragte sie, obwohl es eigentlich klar war.

«Ich bin's, Alejandro.»

Seine heisere Stimme hinter der Tür drang ihr direkt in die Seele. Ihr Herz begann wild zu schlagen. Sie fühlte sich überhaupt nicht dafür gewappnet, mit ihm zu sprechen.

«Es ist schon spät», sagte sie und biss sich auf die Unterlippe.

«Bitte mach auf.»

Er hatte sie geduzt. Überrascht sah sie zur Tür und

ging zögerlich auf sie zu. Sie legte beide Hände auf den Türknauf und schloss die Augen. Dann öffnete sie.

Alejandros hochgewachsene Gestalt stand im Schatten des dunklen Patios.

«Was ist los?», fragte sie.

Alejandro ging zwei Schritte auf sie zu. Das Licht des Zimmers fiel jetzt auf ihn. Er war barfuß, trug aber noch immer die Anzughose und darüber das weiße Hemd, das nicht mehr im Bund steckte. Sein Haar war zerzaust. Lena ließ die Tür offen stehen und trat ein paar Schritte zurück ins Zimmer.

«Was ist los?», fragte sie erneut.

Er kam noch einen Schritt näher und holte tief Luft. Dann atmete er aus, ohne etwas zu sagen. Lena betrachtete sein Gesicht. Er sah sehr nervös aus, aufgewühlt. Er kam noch einen Schritt auf sie zu und ging gleich wieder zurück. Dann warf er ihr einen verzweifelten Blick zu und stieß hervor: «Ich will nicht, dass du gehst.»

Seine Worte schwebten in Lenas Ohren wie die zarteste Musik. Ihr Verstand mahnte sie zur Vorsicht, aber ihr Herz machte bereits Luftsprünge.

«Und ich will nicht …» Ein Schluchzen brach Lenas Stimme.

In Alex' grünen Augen begegnete ihr der verletzlichste Blick, den sie je gesehen hatte. Sie machte einen zögerlichen Schritt auf ihn zu, woraufhin er den Arm ausstreckte und mit zitternder Hand ihre Wange berührte.

«Schhh», flüsterte er. «Nicht weinen. Das kann ich nicht ertragen.»

Sein Blick ließ ihre Knie zu Pudding werden. Sie erschauerte und ging noch einen Schritt auf ihn zu. Alex' Hand wanderte in ihren Nacken. Seine Fingerspitzen, zart wie Schmetterlingsflügel, fuhren in ihr Haar und drückten sanft ihren Hinterkopf, um sie seinem Gesicht zu nähern.

Sie sahen sich unverwandt an, während ihre Gesichter einander immer näher kamen, bis nur noch Zentimeter sie trennten. Dann strich Alex behutsam über Lenas Kopf und legte ihn sanft an seine Brust. Sie hörte sein Herz und spürte, wie seine andere Hand ihren Rücken umschloss. Er lehnte seine Wange an ihren Kopf und seufzte schwer.

Lena schloss die Augen und umschlang ihn mit beiden Armen. Sie wollte ihn küssen, fürchtete aber zu sehr, sich schon wieder zu täuschen und eine weitere Abfuhr von ihm zu bekommen. Aber etwas ließ sie ahnen, dass es diesmal kein Entkommen mehr gab.

Alex erwiderte ihren Körperdruck und stöhnte leise. Sein Mund küsste ihre Wange und streifte dann ihre Lippen. Lena entfuhr ein heiseres Seufzen. Ihre Hände wanderten seinen Rücken hinauf bis zu seinen Schultern, wo sie sich festklammerte, als wollte sie sich an ihn hängen. Sie spürte seine Körperwärme und seinen Herzschlag, der sich mit ihrem eigenen zu vermischen schien. Und dann, endlich, fanden sich ihre Lippen zu einem so intensiven Kuss, dass Lena alles um sich herum vergaß.

Alex küsste sie leidenschaftlich, beinahe verzweifelt, und die größte Lust explodierte in Lenas Brust und strömte durch ihren gesamten Körper. Seine Hände streichelten ihren Rücken und pressten ihren Körper an seinen.

Nach einer gefühlten Ewigkeit löste Lena sich keuchend und nahm Alex' Kopf in beide Hände. Sie sah ihm in die Augen, die dunkel funkelten, und dann fuhr sie sanft mit der Zungenspitze seine so perfekt geschwungene Oberlippe entlang. Seit sie ihn zum ersten Mal hatte lächeln sehen, hatte sie das tun wollen. Ein wildes Stöhnen entfuhr ihm. Er hielt sie fest und küsste sie stürmisch. Sie fuhr mit beiden Händen seine Brust entlang und spürte, wie seine Finger sich unter ihr Schlafanzugoberteil tasteten. Federleicht strichen sie über ihren Rücken und fuhren dann vorsichtig, zart, die äußere Linie ihrer Brust entlang. Ohne aufzuhören, ihn zu küssen, suchte Lena mit den Fingern die Knöpfe seines Hemdes und öffnete es langsam. Dann ertastete sie seinen festen Bauch und ließ die Finger über seine Brust gleiten. Alex legte den Kopf in den Nacken und holte tief Luft. Dann sah er sie an, die Augen vor Lust verschleiert, und zog Lena das Shirt über den Kopf. Voller Begierde sah er an ihr herunter.

«Lena», flüsterte er. «Du machst mich ganz verrückt.»

Lena spürte, wie ein Kribbeln durch ihren ganzen Körper fuhr. Wie war es möglich, dass ein dahingehauchter Satz von diesem Mann sie völlig um den Verstand brachte? Sie streifte ihm das Hemd von den Schultern, und Alex riss es sich vom Leib, so schnell er konnte. Dann sah er sie an und lächelte dieses zauberhafte Lächeln. Lena stellte sich so dicht vor ihn, dass ihre nackten Oberkörper einander berührten. Brust, Hüfte,

Bauch. Sie sahen einander in die Augen und hörten, wie ihr Atem immer schwerer wurde. Dann hob Lena einen Arm, umfasste seinen Kopf und zog ihn zu sich herunter. Sein Kuss war feucht und heiß. Er umarmte sie fest, dann hob er sie mühelos hoch und trug sie zum Bett, wo ihre Herzen zu einem wilden Schlagen verschmolzen.

24

Scheinbar unendlich viel später erwachte Lena aus einer tiefen, schweren Lethargie. Sie öffnete langsam die Augen, vor lauter Furcht, dass das, was sie gerade geträumt hatte, wirklich nur ein Traum gewesen sein könnte. Aber ihre Sorge verflüchtigte sich, sobald sie Alex an ihrer Seite liegen sah, den Kopf auf eine Hand gestützt. Er betrachtete sie fasziniert.

«Was ist?», fragte sie schläfrig. «Sag nicht, dass ich schnarche.»

Er lachte leise auf.

«Nein», sagte er und strich ihr eine Haarsträhne hinters Ohr. «Du bewegst die Lippen, als erzähltest du eine Geschichte.»

Lena zog überrascht die Augenbrauen zusammen, aber sein offenes Lächeln ließ alle Sorge dahinschmelzen. Sie fühlte sich wie die glücklichste Frau auf der Welt – nicht nur weil ihrem Körper so gutgetan hatte, was er ihm gegeben hatte, sondern auch weil Alex es gewesen war, der es ihm gegeben hatte. Sie spürte eine überwältigende Lust, sich an ihn zu schmiegen, ihm zu sagen, dass sie ihn liebte, ihn wild zu küssen und ihn erneut zu lieben. Aber sie wusste nicht, wie sie sich jetzt verhalten sollte. Empfand er wirklich das Gleiche für sie wie sie für ihn? Lena hob den Kopf. Sie streichelte sein Gesicht mit den Fingerspitzen und genoss den rauen Widerstand seiner Bartstoppeln. Dann küsste sie ihn sanft und genoss es doppelt für all die Momente, in denen sie ihn hatte küssen wollen und es sich verkniffen hatte.

«Das war unglaublich schön», flüsterte sie.

Alex rollte sich auf sie. «Das freut mich, denn ich habe vor, es zu wiederholen.»

Lena lächelte. «Das scheint mir eine wunderbare Idee», sagte sie und versuchte, kokett zu klingen. Aber plötzlich hatte sie die Bilder von Alberto mit dieser Stripperin im Kopf. Was, wenn Alex nur Sex wollte?

Die Fragen begannen, sich in ihrem Kopf aufzutürmen. Gott, wieso musste sie alles immer so durchanalysieren! Wieso konnte sie nicht einfach genießen, was hier gerade geschah?

«Was ist los?», fragte Alex und sah sie besorgt an.

«Nichts, ich muss nur ... Ich muss mal auf die Toilette.»

Das war nicht mal gelogen, aber vor allem brauchte sie einen Moment für sich. Sie musste sich davon überzeugen, dass sie sich hingeben und es genießen konnte. Ohne Rücksicht auf das, was vielleicht folgte. Der Sex war so gut, dass sie ihn wirklich nicht kaputt machen musste, indem sie dieser Beziehung gleich ein Label aufkleben wollte.

«Beeil dich», sagte Alex lächelnd und gab ihr einen Kuss auf den Mund.

Lena sah sich nach ihrem Schlafanzug um, aber er lag mitten im Raum in einem wilden Knäuel mit Alex'

Klamotten. Sie war komplett nackt und zu schamhaft, um so vor seinen Augen ins Bad zu gehen. Also nahm sie die Patchworkdecke, die am Fußende des Bettes lag, und wickelte sich darin ein, als sie aufstand.

«Ist dir kalt?», fragte Alex lächelnd.

«Ja.» Lena fluchte innerlich. So ein Quatsch. Es waren sicher 25 Grad hier drinnen. «Nein», korrigierte sie sich und zog sich die Decke enger um die Brust.

«Geht es dir gut?» Er wirkte besorgt.

Sie zwang sich zu einem Lächeln und nickte. Dann ging sie ins Bad.

Als sie sich die Hände wusch, hob sie den Blick und betrachtete sich im Spiegel. Ihr Haar war zerzaust, die Wangen gerötet, und ihre Augen glänzten. Sie sah aus, als hätte sie die Grippe – oder als hätte sie gerade phantastischen Sex gehabt. Sie musste lächeln bei dem Vergleich. Beides waren wohl fieberhafte Zustände, und wenn man nicht gegensteuerte, konnten beide katastrophale Folgen haben. Sie beugte sich über das Waschbecken, um sich das Gesicht mit kaltem Wasser zu erfrischen, und während das kühle Nass ihrer Haut Erleichterung verschaffte, wünschte sie sich ein ebenso beruhigendes Mittel für ihre Seele. Sie war vollkommen verrückt nach dem Mann, der da in ihrem Bett auf sie wartete. *Lebe es. Lass dich gehen. Vertrau ihm.*

Sie trocknete sich das Gesicht und versuchte, ihre Haare in Ordnung zu bringen.

«Komm bloß nicht auf die Idee, ihm zu sagen, dass du ihn liebst», flüsterte sie ihrem Spiegelbild zu. «Verbotene Worte, verstanden?»

Nach einem tiefen Seufzer ging sie zurück ins Schlafzimmer. Alex sah sie an und lächelte. Oh Gott, dieses Lächeln! Als sie durchs Zimmer auf ihn zuging, trat sie auf etwas Ledernes und sah Alex' Portemonnaie auf dem Fußboden liegen. Sie hob es hoch, um es zurück auf den Nachttisch zu legen, als ein Zettelchen herausrutschte. Sie wollte es zurückschieben, hielt aber inne, als sie die feinen Linien darauf erkannte.

Lena runzelte die Stirn und entfaltete den Zettel. Das hätte sie sich niemals getraut, wenn sie nicht so sicher gewesen wäre, dass sie selbst dieses Bild gezeichnet hatte.

«Warte!», sagte Alex und streckte die Hand nach dem Zettel aus.

Aber es war schon zu spät. Lena hatte den Zettel schon entfaltet und betrachtete das Bild darauf. Es war die Zeichnung von Alex in Kämpferpose vor seiner Bar, die Lena an dem Tag gemacht hatte, als sie sich kennenlernten.

Lena sah ihn überrascht an. «Ich dachte, das hättest du weggeworfen.»

«Hab ich aber nicht», sagte er und senkte den Blick.

Mit dem Daumen strich Lena zärtlich das Papier glatt. Sie lächelte – die Künstlerin in ihr war lächerlich stolzerfüllt.

«Warum hast du es aufbewahrt? Und warum hast du es in deinem Portemonnaie?»

Alex zuckte mit den Schultern und sah sie an. «Schätze, ich wollte eine Erinnerung an dich haben, wenn du weg bist.»

Seine Worte verschlugen ihr die Sprache, und sein verletzlicher Blick ließ ihr Herz dahinschmelzen.

«Warum dachtest du denn, dass ich weggehe?», fragte sie leise.

«Ich weiß nicht, ob du das schon bemerkt hast, aber ich bin nicht so ein Glückspilz. Die schönen Dinge bleiben meistens nicht so lange bei mir.»

Dieses Bekenntnis verschlug Lena die Sprache. Sie flüsterte: «Warum wolltest du denn ein Andenken an mich?»

Alex entließ einen langen Seufzer, bevor er antwortete.

«Weil du das Schönste bist, was je in mein Café gekommen ist.» Er machte eine Pause und fuhr dann fort: «Und weil deine Freundlichkeit, dein Optimismus und diese Fähigkeit, das Gute in den Menschen zu entdecken, mich immer mehr verzaubert und zu einem ängstlichen Mann gemacht haben.»

Sie stand mitten im Raum neben seinen verstreuten Klamotten und sah zu, wie er ihr seine Seele entblößte, vollkommen überrascht von diesem Wunder.

«Wovor hast du Angst?»

«Den Verstand zu verlieren, Lena.»

Sie schüttelte sacht den Kopf, sie verstand nicht, wovon er sprach.

«Als du ins Café kamst, dachte ich, du bist ein Engel, eine Vision, irgendetwas Irreales», fuhr er fort. «Du warst so wunderschön, wie von einem anderen Stern. Und dann verstand ich, dass du bloß ein verlorenes Wesen warst, das Hilfe brauchte. Aber irgendwann merkte ich, dass ich ständig an dich dachte, ständig. Und dann fing ich auch noch an, von dir zu träumen. Und dann hab ich verstanden, dass ich verrückt werden würde, wenn du irgendwann fortgingest und ich dich nicht mehr um mich hätte. Plötzlich konnte ich meinen Vater zum ersten Mal verstehen.»

Lena spürte einen dicken Kloß im Hals.

«Was ... was willst du damit sagen?», stotterte sie.

Alex lachte.

«Was ich dir sagen will, Lena, ist, dass ich mich Hals über Kopf in dich verliebt habe», sagte er mit belegter Stimme. «Und dass es mich sehr schmerzt, dass du in diesem schwierigen Moment in mein Leben getreten bist.»

«Wieso?», flüsterte sie.

«Weil ich dir nichts bieten kann. Absolut gar nichts, und ich kann dir nicht mal versprechen, dass sich das ändern willst.»

«Und deshalb hast du mir gesagt, dass du das Café schließen wirst?»

Alex zuckte die Schultern. «Darüber habe ich nachgedacht, weil ich einfach nicht weiß, wie es hier weitergehen wird. Ich traue dem Investor nicht über den Weg, der angeblich kein Geld mit diesem Geschäft machen will.»

Lena biss sich auf die Lippe und sah zur Zimmerdecke. Sie musste ihm die Wahrheit sagen. Aber dies war sicher nicht der richtige Moment.

«Aber ich wusste ja nicht, dass du so extrem reagieren würdest», fuhr Alex fort. «Ich konnte den Gedanken einfach nicht ertragen, dass du abreisen wolltest. Den ganzen Abend bin ich durch meine Wohnung getigert, bis ich Licht bei dir gesehen habe und rübergekommen bin, um dich irgendwie davon abzubringen wegzugehen.»

«Und da ist dir die Idee gekommen, mit mir zu schlafen?», fragte Lena mit einem Lächeln auf den Lippen.

«Ich hoffe, das Ablenkungsmanöver war überzeugend.»

Sie lachte und sah ihn an. Da saß er mitten auf dem Bett mit seinem wunderschönen nackten Körper, verstrubbeltem Haar und geröteten Wangen und gab das schönste Bild ab, das sie je gesehen hatte.

«Ja, doch, das war sehr überzeugend», sagte sie und ging langsam auf ihn zu. «Jetzt, wo ich deine Gefühle kenne, frage ich mich bloß noch, ob es dich interessiert, was ich dazu zu sagen habe.»

Alex nickte langsam. Sie kniete sich auf der Matratze vor ihn hin.

«Ich muss gestehen, dass mein erster Eindruck von dir ganz und gar nicht gut war. Du warst der ruppigste Mensch, dem ich je begegnet war», sagte sie, und Alex zog die Nase kraus. Sie lachte bei dem Gedanken an ihre ersten Auseinandersetzungen.

«Ich hoffe, dass du mir verzeihen kannst, aber unfreundlich zu dir zu sein war die einzige Möglichkeit, mich zu schützen», sagte er. «Ich habe gemerkt, dass ich dabei war, mich zu verlieben. Also fing ich an, alles nur Erdenkliche dagegen zu unternehmen. Verstehst du, was ich meine?»

Lena lächelte und nickte. Sie nahm seine Hände und betrachtete fasziniert, wie seine langen Finger sich in ihre schlangen.

«Und trotz allem durfte ich eines schönen Tages das Wunder deines Lächelns erleben», sagte sie und sah ihm in die Augen. «Die Art, wie du dich um Hilda gekümmert hast, hat mir das Herz erwärmt, und deine Freundschaft mit Goldstein und Bukowski. Die Art, wie du von deinen Eltern sprichst, berührt mich zutiefst, und die Leidenschaft, mit der du mir von deinem Villas-Projekt erzählt hast, hat mich sofort angesteckt.»

«Was willst du mir sagen, Lena?»

Sie sah ihn an und verstand, dass er in haargenau der gleichen Situation gefangen war wie sie selbst. Er fühlte sich unsicher und ausgeliefert, verwundbar wie jemand, der sein Herz in den Händen trägt und fürchtet, es könnte ihm entrissen werden.

Lena beugte sich zu ihm.

«Was ich dir sagen will, Alex», flüsterte sie ihm ins Ohr und wiederholte seine Worte, «ist, dass ich mich auch in dich verliebt habe. Und dass es meine Seele erlöst, dass du genau in diesem Moment in mein Leben getreten bist.»

25

Alex nahm ihr Gesicht in beide Hände und sah ihr tief in die Augen, als wollte er ihre Gedanken lesen.

«Das ändert allerdings alles», murmelte er und streichelte mit den Daumen ihre Wangen. «Dank deiner Worte stehe ich plötzlich ganz oben auf der Forbes-Liste.»

Lena lachte und küsste ihn auf den Mund. «Das ist doch die Liste mit den reichsten Männern der Welt.»

Alex zog sie an sich. «Die meine ich nicht, ich meine die andere.»

«Gibt es noch eine Forbes-Liste?», fragte Lena und küsste seine Wange.

«Hm», schnurrte Alex, als ihr Mund seinen Hals entlangwanderte. «Die der glücklichsten Männer.»

Lena lachte in seinen Nacken. «Die gibt's doch gar nicht.»

Er sah sie an. «Nicht?»

«Nein», lachte sie.

Alex drückte sie an sich und küsste sie leidenschaftlich. Lena tastete auf dem Nachttisch nach seinem Portemonnaie.

«Bitte, bitte», flüsterte sie. «Sag mir, dass du hier noch ein Kondom drin hast.»

«Ein halbes Dutzend», sagte er grinsend.

«Wie vorausschauend!», neckte sie ihn.

«Du würdest mir nicht glauben, wenn ich dir die Wahrheit sagte.»

Lena zog die Augenbrauen hoch. «Das wollen wir doch mal sehen.»

Alex küsste sie auf den Mund und zog sie zu sich heran.

«Willst du vom Thema ablenken?»

«Hm», murmelte er und küsste sie erneut.

Aber Lena schob ihn ein Stückchen von sich weg. «Das wird nichts.» Sie nahm sein Gesicht zwischen die Hände, damit er stillhielt und sie ansah. «Warum hast du ein halbes Dutzend Kondome in der Brieftasche? Sprich!»

Alex lachte. «Ach, das willst du gar nicht wissen.»

«Und ob ich das will!»

«Also gut.» Er sah sie an und errötete leicht. «Goldstein und Bukowski haben mir die aufgezwungen. Am Tag nach deiner Ankunft», gestand er verlegen. «Sie waren sich absolut sicher, dass wir die früher oder später brauchen würden. Ich hab sie eingesteckt, damit die beiden aufhören zu nerven, und dann habe ich nicht mehr an sie gedacht – bis gestern Abend.»

Lena kicherte amüsiert. «Und warum ist es dir peinlich, mir das zu erzählen?»

Alex strich mit dem Finger sanft ihren Hals entlang. «Was denkst du denn? Soll ich etwa zugeben, dass zwei alte Nervensägen sich bei mir als Kuppler betätigen?»

Lachend ließ Lena den Kopf auf seine Brust sinken.

«Die zwei sind sehr weise», murmelte sie und küsste ihn dort, wo sie sein Herz schlagen spürte. Dann sammelte sie ihren Mut und sagte: «Ich ... ich habe noch nie so etwas empfunden.»

Alex sah sie fragend an. «Was meinst du?»

Lena versteckte das Gesicht an seiner Schulter.

«Du weißt schon, was ich meine.»

«Nein, weiß ich nicht, deshalb frage ich ja», sagte er und strich ihr sanft über das Haar.

Sie hob den Kopf und funkelte ihn an. Sie würde ihm sicher nicht sagen, dass sie vor ihm nur mit einem Mann Sex gehabt hatte, und auch nicht, dass der Sex mit Alberto einer einstudierten Abfolge von Stellungen glich und absolut nichts gemein hatte mit dem, was sie gerade mit Alex erlebte. Sie hatte sich noch nie so frei und ungehemmt gefühlt. Ihr Körper war von unglaublichen Lustwellen erschüttert und ihre Seele zutiefst berührt worden. Wie sollte sie das in Worte fassen?

«Ich habe schon oft Liebe gemacht, aber ich habe noch nie ... so etwas gespürt wie jetzt.» Als sie ihn zufrieden grinsen sah, hob sie einen warnenden Zeigefinger. «Da brauchst du dir jetzt aber nichts drauf einzubilden!»

Alex nahm ihren Finger und küsste die Kuppe mit leuchtenden Augen.

«Und ich habe noch nie zuvor Liebe gemacht.»

Lena verschränkte ihre Finger mit seinen und sah ihn erstaunt an. «Aber das kann doch gar nicht sein. Dein Körper ist so ... du bist so ... Also, ich meine, du weißt so genau, was du machen musst.»

Alex sah ihr in die Augen. «Ich habe Sex schon immer sehr genossen, das werde ich nicht leugnen. Ich habe gerne Lust gegeben und empfangen. Aber ich habe noch nie so etwas empfunden wie mit dir.» Lena senkte den Blick auf seine Brust. Aber er hob mit einem Finger ihr Kinn an, damit sie ihn wieder ansah. «Ich habe noch nie jemanden wie dich getroffen. Ich liebe dich, Lena, mit Leib und Seele. Verstehst du das?»

Lena war ganz bewegt von seiner Not.

«Ja, das verstehe ich», murmelte sie und kuschelte sich in seinen Arm.

Er streichelte ihr Haar und küsste ihren Scheitel.

«Alex.»

«Ja?»

«Nichts, einfach nur Alex», flüsterte Lena und merkte, wie ihre Muskeln schwer wurden. «Ich glaube, von jetzt an werde ich dich Alex nennen.»

Ein leises Lachen durchzuckte seine Brust, und er vergrub die Nase in ihrem Haar.

«Das scheint mir eine fabelhafte Idee», sagte er, bevor auch ihm die Augen zufielen.

Ihre müden, nackten Körper sanken verschlungen in einen tiefen Schlaf. Sie hielten einander fest, jetzt, wo sie entdeckt hatten, dass sie nie wieder ruhig schlafen würden ohne den anderen.

Ein flackerndes Licht blendete Lena, als sie die Augen öffnete. Die Mittagssonne schien auf das Mosaikfenster, sodass das ganze Zimmer in buntem Licht erstrahlte.

«Guten Morgen.» Alex' Stimme dicht an ihrem Ohr verscheuchte die Sorge, sie könnte die Geschehnisse der letzten Nacht bloß geträumt haben.

«Wie spät ist es?», fragte sie und kniff die Augen zum Schutz vor dem gleißenden Licht zusammen.

«Gleich zwölf.»

Lena setzte sich schlagartig auf und schwang die Füße aus dem Bett.

«Was? Dann stehen ja die Leute längst vor verschlossenen Türen.»

Alex umfasste ihre Hüfte und zog sie zurück ins Bett.

«Heute nicht.»

Genussvoll sog sie den Duft seiner nackten Haut ein.

«Nein?»

«Nein.»

«Und wie kannst du da so sicher sein?», fragte sie.

«Ich habe ein Schild geschrieben, als ich heute Morgen kurz wach war, und es an die Tür gehängt», er drückte ihren Körper an sich. «Glaub mir, heute wartet keiner darauf, dass wir das Café öffnen.»

«Und was hast du auf das Schild geschrieben?», fragte Lena weiter, die sich nicht sicher war, ob er scherzte.

Alex grinste schelmisch. «Geschlossen wegen Verführung.»

«Nicht im Ernst!», kreischte Lena und wollte sofort aufstehen, um das Schild abzunehmen.

Alex schüttelte sich vor Lachen. Dann griff er sie erneut bei der Hüfte, warf sie aufs Bett und beugte sich über sie.

«Keine Sorge», sagte er und küsste sie zart. «Da hängt kein Schild. Aber ich sollte vielleicht eines aufhängen, denn heute werde ich dieses Bett nicht verlassen. Und du auch nicht.»

Lena lächelte. «Und woher willst du dann wissen, dass die Leute nicht darauf warten, dass wir das Café öffnen?»

«Dank Veronese weiß die ganze Stadt, dass Hilda gestorben ist», antwortete er, und ein trauriger Schatten huschte über sein Gesicht. «Niemand wird erwarten, dass wir am Tag nach ihrer Beerdigung das Café öffnen.»

Lena streichelte ihm sanft über die Wange und fühlte sich plötzlich überwältigt von den Geschehnissen der letzten Stunden.

«Hilda hätte so ein Schild sehr gefallen», sagte sie.

Alex sah sie an, und die Freude kehrte in sein Gesicht zurück.

«Da hast du recht. Das hätte sie vermutlich als eine Art» – er dachte einen Moment lang nach –, «als eine Art Ehre empfunden.»

Lena nickte. Sie war sicher, dass Hilda begeistert gewesen wäre, sie und Alex zusammen zu sehen. Sie erinnerte sich an ihre letzte Unterhaltung vor der Theaterpremiere. Hildas Worte, die ihr damals konfus vorgekommen waren, wirkten jetzt ziemlich hellsichtig. Dann spürte sie Alex' Lippen auf ihren, und alle Gedanken verschwanden aus ihrem Kopf. Es war einfach unglaublich, was dieser Mann in ihrem Körper mit nur einem Kuss auslösen konnte.

Doch eines wollte sie noch klären, bevor sie sich hingab.

«Morgen werden wir das Café aber wieder öffnen, oder?», fragte sie.

Alex sah sie verwundert an. «Warum fragst du das? Wegen dem, was ich dir gestern Abend gesagt habe?»

Lena nickte, und er dachte so lange über eine Antwort nach, dass sie schon unruhig wurde.

«Was möchtest du denn?», fragte er schließlich.

«Dass alles so bleibt wie immer», sagte sie ohne Zögern, denn das war ihr größter Wunsch.

Alex nickte.

«Gut. Dann ist das beschlossen. Morgen öffnen wir wieder, aber heute ...» Er legte sich auf sie und senkte sein Gesicht über ihres. «Heute schließt das *Ende der Welt*, damit wir Liebe machen können.»

26

Den Rest des Tages verbrachten sie im Bett. Sie liebten sich und schliefen, immer abwechselnd. Am späten Nachmittag stand Alex auf, um etwas zu essen aus der Küche zu holen. Er brachte einen Standventilator mit, doch es war unmöglich, das Zimmer zu erfrischen, da am Abend erneut der Strom abgestellt wurde. Aber Alex und Lena kümmerte das kaum – sie verlegten ihr Liebesnest einfach unter die Dusche, wo sie ihre Körper mit lauwarmem Wasser erfrischten.

Je öfter sie miteinander schliefen, desto größer wurde das Verlangen. Die Kondome, die zwei weise Alte ihnen geschenkt hatten, waren bald aufgebraucht, und eng aneinandergekuschelt schliefen sie ein – die Grenze zwischen ihren Körpern schien aufgelöst, es war ihnen nicht mehr möglich zu unterscheiden, wo einer anfing und der andere aufhörte.

Als sie am nächsten Tag aufstanden, schmerzten ihre Muskeln so sehr, als hätten sie an einem Triathlon teilgenommen. Sie frühstückten, und Alex zog die Rollläden des Cafés hoch. Nach einer halben Stunde war das *Ende der Welt* voller Leute. Lena und Alex versuchten, konzentriert zu arbeiten, aber von Zeit zu Zeit bemerkte Lena Alex' intensiven Blick und erwiderte ihn mit einem zärtlichen Lächeln. Es war ebenso seltsam wie schön, zur gewohnten Routine im Café zurückzukehren, nachdem sie seine Gefühle kennengelernt und sich selbst körperlich wie seelisch vor ihm entblößt hatte. Manchmal betrachtete sie ihn fasziniert und freute sich darüber, dass sie ihn jetzt einfach berühren konnte, wie sie es so lange ersehnt hatte.

«Ich liebe dich», formte Alex lautlos mit den Lippen, als er einen ihrer Blicke einfing.

Er stand hinter der Bar mit diesem wehrlosen Gesichtsausdruck, den Lena so liebte.

Ein seliges Lächeln eroberte Lenas Gesicht, und sie antwortete genauso lautlos: «Ich dich auch.»

«Hallo!» Die hohe Stimme in ihrem Rücken ließ Lena aufschrecken. Aurora saß auf ihrem Stamm-Barhocker und sah sie amüsiert an.

«Hallo», antwortete Lena erfreut. Sie hatte gar nicht bemerkt, dass ihre Freundin gekommen war.

«Geht es dir gut?»

«Sehr gut, und dir? Das gleiche wie immer?», fragte Lena.

«Nee, heute brauche ich etwas Stärkeres. Gib mir einen Bourbon.»

«Einen Bourbon?», fragte Lena ungläubig. «Um zehn Uhr morgens?»

Aurora nickte geschlagen. «Wenn du wüsstest, was mir passiert ist, würde es dir auch nicht zu früh vorkommen für einen Drink.»

Jetzt hatte sie Lenas volle Aufmerksamkeit. Und nun sah Lena auch die Augenringe, die zeigten, dass ihre

Freundin eine schlaflose Nacht hinter sich hatte. Trotzdem strahlte sie über das ganze Gesicht.

Aurora beugte sich vor und flüsterte: «Ich habe mit Matías geschlafen.»

«Was?», fragte Lena und versuchte sich zu erinnern, was Aurora ihr zuletzt von dem Mann aus dem Tangoorchester erzählt hatte, in den sie verknallt war. «Mit Matías? Deinem Matías?»

Ihre Freundin nickte übertrieben stark.

«Alles klar. Bourbon kommt sofort», murmelte Lena. Die Gelegenheit verlangte wirklich nach einer Ausnahme. Sie stellte Aurora ein Whiskyglas auf den Tresen und füllte es großzügig.

«Das war ... Das war das Beste, was mir je passiert ist», murmelte Aurora und nahm einen ordentlichen Schluck von der bernsteinfarbenen Flüssigkeit. «Wir waren gestern Abend mit ein paar Leuten vom Markt zum Essen verabredet. Alles gute Freunde, also habe ich ihnen von der OP erzählt. Da habe ich bemerkt, wie Matías ganz still wurde, und den Rest des Abends war er sehr distanziert. Deshalb war ich total überrascht, als er mir anbot, mich nach Hause zu begleiten, als ich mich verabschiedete. Wir sind den ganzen Weg stumm nebeneinanderher gelaufen. Und dann, vor meiner Haustür – hat er mich geküsst!» Sie nahm noch einen Schluck Bourbon und sah Lena mit leuchtenden Augen an. «Lena, was für ein Kuss! Hast du schon mal einen Kuss bekommen, der dich bis in die Seele berührt hat?»

Lena schielte zu Alex hinüber, der gerade einem Pärchen sein Frühstück servierte.

«Ich glaube, ich weiß, was du meinst», sagte sie lächelnd und widmete sich wieder ganz ihrer Freundin.

«Dieser Kuss hat uns beide völlig verwirrt», fuhr Aurora fort. «Ich hab ihn mit reingenommen, und dann kam es, wie es kommen musste ...»

Lena sah Auroras verzücktes Gesicht und spürte, wie eine riesige Freude sie ergriff. Aber da war noch ein kleiner Schatten auf Auroras Gesicht.

«Was ist denn?», fragte Lena. «Das ist doch großartig, oder nicht?»

Aurora kippte den Bourbon hinunter und sah Lena mit ernster Miene an.

«Nachdem er mich buchstäblich geliebt hat wie noch niemand zuvor, sah er mich an und sagte: *Du gefällst mir so, wie du bist.* Verstehst du?», fragte sie, aber Lena wusste nicht, worauf sie hinauswollte. «Er mag mich *so, wie ich bin.*»

«Ja, aber das ist doch wunderbar. Oder nicht?»

«Ja. Nein. Schon. Also, ich weiß nicht.» Aurora machte eine verzweifelte Geste und hob ihr Glas, damit Lena es erneut füllte.

Lena seufzte und holte die Flasche.

«Ich verstehe nicht, was das Problem ist, Aurora.»

«Du weißt doch, wie sehr ich mir diese OP gewünscht habe. Ich wollte immer eine ganze Frau sein. Und jetzt, wo ich endlich die Möglichkeit habe, es zu tun, habe ich tierischen Schiss. Das ist ein echt komplizierter Eingriff, und die Schmerzen danach sind furchtbar.» Sie nahm noch einen Schluck Whisky. «Der Typ hat mich zwei Jahre lang nicht mal mit dem Hintern angeguckt, und jetzt, wo ich diese Gelegenheit habe, kommt er an und sagt mir, er mag mich so, wie ich bin.»

Lena nickte. Langsam fiel der Groschen. Die Worte ihres Schwarms hatten Aurora noch in der Unsicherheit bestärkt, die sie ohnehin schon bezüglich der Operation empfand. Es war ein Lebenstraum gewesen, der plötzlich wackelte und sie genau in dem Moment zu ängstigen begann, als sie ihn wahr machen konnte.

«Ich glaube, jetzt verstehe ich, was los ist», sagte sie nachdenklich. «Aber ... darf ich dir einen Rat geben?»

«Na sicher. Dafür bin ich doch gekommen.»

Lena lächelte. «Ich dachte, du wolltest nur Whisky.»

«Jetzt sag schon», flehte Aurora. «Was soll ich machen?»

Lena sah sie an. «Ich glaube, du musst dir überlegen, was du wirklich willst. Diese OP ist seit Ewigkeiten dein Traum gewesen, lange bevor Matías in dein Leben getreten ist. Wenn du es machst, mach es für dich. Wenn du es doch nicht machen willst, dann lass es bleiben. Aber triff die Entscheidung für dich, nicht für ihn. Und überhaupt – wenn er dir gesagt hat, dass er dich so mag, wie du bist» – Aurora nickte ungeduldig –, «dann wird er dich operiert auch genauso mögen.»

Aurora dachte konzentriert über Lenas Worte nach. Dann sagte sie: «Du kannst dir gar nicht vorstellen, wie ich mich gefühlt habe, als er mir das gesagt hat, nachdem – also, nachdem wir miteinander geschlafen hatten, nachdem er mich so gesehen hatte, wie ich bin. Dieser Mann, den ich vergöttere, vor dem ich alle Hüllen habe fallen lassen, der all meine Geheimnisse kennt – der sagt mir, er mag mich, wie ich bin. Und wenn ich vielleicht weiter nichts brauche, um perfekt zu sein, so, wie ich bin, Lena?»

Dieser Mann, der all meine Geheimnisse kennt, sagt mir, er mag mich, wie ich bin. Lena war plötzlich wie gelähmt von der Bedeutung dieser Worte. Sie sah wieder zu Alex hinüber, und in ihrem Kopf überschlugen sich die Gedanken. Er hatte ihr gesagt, dass er sie liebte, aber die Frau, die er liebte, war die Lena, die er kannte, die, die sie vorgab zu sein. Und es gab einen wichtigen Teil in ihrem Leben, den er gar nicht kannte, und vor allem gab es ein Geheimnis, das schwer genug wog, um sie wieder auseinanderzubringen, wenn es herauskam. Was würde er denken, wenn er erführe, dass sie niemals auf einen Job als Kellnerin angewiesen gewesen war? Zumindest nicht so, wie er es glaubte? Wie würde er reagieren, wenn er erführe, dass sie die neue Besitzerin des Cafés und des Conventillo war? Würde er sie dann immer noch mögen? *Wird er mich lieben ...*

«... so, wie ich bin?», schloss sie laut denkend.

Und eine der möglichen Antworten auf diese Frage ließ ihr den Atem stillstehen. Lena nahm ein zweites Whiskyglas vom Regal und füllte es. Dann leerte sie es in einem einzigen großen Schluck. Davon musste sie husten und beugte sich vornüber, während die scharfe Flüssigkeit ihr die Kehle verbrannte und ihr aufgewühltes Gewissen beruhigte.

27

Bist du sicher, dass du das heute machen willst?»

Alex drehte sich zu ihr um, nachdem er den Schlüssel ins Schloss von Hildas Wohnung gesteckt hatte, und gab ihr einen zarten Kuss auf den Mund.

«Nur wenn du mitkommst», flüsterte er und lehnte seine Stirn an ihre.

Lena seufzte und erwiderte den Kuss. Dabei streichelte sie Alex zart über die Schulter, womit sie ihm zu verstehen geben wollte, dass sie an seiner Seite war und dort auch immer bleiben würde, wenn er das nur wollte. Es war so leicht, ihn zu lieben, so leicht, dass es ihr immer schwerer vorkam, ihm die Wahrheit zu sagen.

Seit Tagen schliefen sie in einem Bett, eigentlich seit jener ersten Nacht. Alex hatte ihr vorgeschlagen, zu ihm zu ziehen, aber Lena wollte ihr Zimmer noch nicht aufgeben. Also war Alex vorerst zu ihr gekommen, und sie war ganz fasziniert von seiner Fähigkeit, ihr Zusammensein so perfekt zu gestalten. Mit ihm zu schlafen war intensiv, nicht nur wegen all der körperlichen Lust, die sie erfuhr und die sie jede Nacht erschöpft einschlafen ließ, sondern auch weil sie sich so zutiefst zufrieden und vollkommen fühlte an seiner Seite.

Alex hatte einen sehr feinen Sinn für Humor, wie sie

schon früher manchmal festgestellt hatte. Er beherrschte auch das ironische Register und ging gnadenlos ins Gericht mit jeder Art von Grausamkeit, Angeberei, Mittelmäßigkeit oder Niedertracht, was Lena ein wenig nervös machte, schließlich verhielt sie selbst sich irgendwie niederträchtig. Sie spürte, dass die Wahrheit zu verbergen in diesem Fall auch eine Lüge war, und er hatte diese Lüge nicht verdient, nicht nur weil er ihr geholfen hatte, sondern auch weil er ihr vertraute.

«Okay, auf geht's», sagte Alex und drehte sich wieder zur Tür seiner verstorbenen Freundin.

Gemeinsam betraten sie das abendliche Halbdunkel des Zimmers, und Alex schaltete das Licht ein. Hildas Sachen lagen noch genau so da, wie Lena sie zuletzt gesehen hatte. Es sah aus wie in der Garderobe eines weitgereisten Stars. Alex blieb inmitten des Zimmers stehen und sah sich um, offenbar ohne zu wissen, wo er anfangen sollte.

«Gut. Wir behalten nur das, was ihr wichtig war, und den Rest spenden wir, einverstanden?», schlug er schließlich vor und sah Lena entschlossen an.

Lena nickte und lächelte sanft. Sie wusste, dass er nur versuchte, pragmatisch zu sein, obwohl das alles ihn sehr mitnahm. Es war der endgültige Abschied von seiner Freundin. Alex atmete tief aus und machte sich ans Werk. Er öffnete den Schrank und begann, die Kleider von den Bügeln zu nehmen und vorsichtig auf das Bett zu legen. Lena sah sich um und versuchte herauszufinden, wie sie ihm am besten helfen konnte. Dann entdeckte sie etwas auf dem Tischchen im Eingang. Unter einer Porzellanvase klemmte ein Stück Papier aus einem Notizbuch. Als sie näher kam, erkannte Lena darauf Hildas Schrift.

Und dann sah sie, an wen der Zettel adressiert war, und spürte, wie sich ihr Herz zusammenzog.

«Alex», murmelte sie, und zog den Zettel vorsichtig unter der Vase hervor.

Er drehte sich um und hob die Augenbrauen. «Hm?»

Dann sah er, was sie in der Hand hielt, und kam näher.

Er nahm ihr den Zettel aus der Hand, und Lena sah zu, wie seine Augen über die Zeilen flogen und seine Züge sich entspannten, während er las.

«Alex, mein Lieber, tu mir den Gefallen und wirf den ganzen Kram weg», las er vor. *«Ich fürchte, ich habe nichts von Wert, was ich dir hinterlassen könnte – aber leid tut es mir nicht, denn alles Wertvolle, was ich je besaß, habe ich verwendet, als es nötig war.»* Er machte eine Pause und zog die Stirn zusammen, und Lena verstand, dass sich das wohl auf die Zeit bezog, als seine Mutter krank war und Hilda der Familie geholfen hatte. *«Alles, was ich besitze, sollst du haben, bis auf das rote Kleid und das chinesische Tuch, die sind für Lena. Bitte behalte nur, was dir etwas bedeutet, und spende den Rest. PS: Ich hab dich sehr lieb, und ich hoffe, dass du sehr bald dein Herz öffnest für dieses Mädchen, das im Zimmer deiner Mutter lebt und ihr so sehr ähnelt. Ich, Hilda Francesca Sánchez Massardi, unterzeichne diesen meinen letzten Willen im vollen Besitz meiner geistigen Kräfte. Buenos Aires, 17.12. …»* Alex brach ab und sah Lena an. «Das ist ja ihr Todesdatum», murmelte er verwirrt. «Wie kann das sein?»

«Sie wird es geschrieben haben, bevor sie zur Premiere fuhr», sagte Lena, ebenso überrascht.

Er schüttelte langsam den Kopf. «Aber das würde ja bedeuten ...»

«... dass Hilda irgendwie gewusst hat, dass sie sterben würde.»

Alex drehte sich um und ging langsam zum Bett. Er setzte sich auf die Kante und verharrte regungslos, mit gebeugtem Kopf, das improvisierte Testament seiner Freundin in den Händen.

Ihn so gebeutelt zu sehen setzte Lena arg zu. Sie ging zu ihm, kniete sich vor ihn auf den Fußboden und nahm seine Hand.

«Es ist doch tröstlich zu wissen, dass der Tod sie nicht überrascht hat», sagte sie in dem Versuch, Alex zu trösten.

Er sah sie an und verschränkte seine Finger mit ihren.

«Was soll denn das alles eigentlich?», fragte er plötzlich verärgert. «Was ist das für ein Scheißplan? Ich meine, wer hat das verfluchte Drehbuch geschrieben, in dem ich mich in einem fort verabschieden muss?» Seine Augen füllten sich mit Tränen, und sie krabbelte vor bis zwischen seine Beine, um ihn zu umarmen.

Er umschloss sie fest mit den Armen und vergrub seine Nase an ihrem Hals. Er hatte Hildas Tod so tapfer weggesteckt, aber dieser Brief schien der Tropfen zu sein, der das Fass zum Überlaufen brachte.

«Versprich mir, dass du immer an meiner Seite sein wirst», flüsterte er mit kratziger Stimme. «Versprich mir, dass du dich niemals von mir verabschieden wirst.»

Lena rückte ein Stückchen ab, um ihn ansehen zu können.

«Das verspreche ich dir.» Die Worte kamen direkt aus ihrer Seele.

Alex' Gesicht entspannte sich, als würden ihre Worte ihn existenziell erleichtern. Er lächelte.

«Ich liebe dich», flüsterte er.

Lena küsste ihn leidenschaftlich. Der salzige Geschmack seiner Tränen befeuerte ihre Begierde noch. Alex erwiderte ihren Kuss ebenso leidenschaftlich. Er kniete sich neben sie, bettete sie auf den Fußboden und legte sich auf sie.

«Denkst du, Hilda würde es stören, wenn wir uns in ihrem Zimmer lieben?», fragte Lena, als er an den Knöpfen ihrer Bluse nestelte.

Alex sah sich um, als würde er den Raum untersuchen, und schüttelte den Kopf.

«Im Gegenteil», sagte er und sah sie mit einem Funkeln in den Augen an. «Ich schätze, sie hat es sogar erwartet.»

Und auch wenn Lena sich das nicht erklären konnte, sie glaubte ebenfalls, dass Hilda nicht nur gewusst hatte, was am Abend der Premiere passieren würde, sondern auch, was passieren würde, wenn Alex ihren letzten Willen fand. Also liebten sie sich zwischen all den exotischen Souvenirs aus fernen Ländern, zwischen den Erinnerungen an wahre und erfundene Geschichten.

Mehrere Stunden später saßen sie im Morgengrauen nebeneinander auf dem Teppich. Alex hatte den Brief noch einmal gelesen.

«Wie hat sie das wissen können?», fragte er immer noch verständnislos.

«Ich weiß es nicht», sagte Lena. «Sie war ja sehr schwach zum Schluss. Vielleicht hat sie kommen sehen, dass sie bald sterben würde, und fand einfach, dass das Theater der beste Ort dafür wäre.»

Alex sah sie mit leuchtenden Augen an und lächelte eines dieser warmen Lächeln, die Lena den Atem raubten.

«Das ist eine sehr schöne Erklärung», sagte er und sah sich im Raum um. Sein Blick blieb an der Truhe hängen, die am Bettende stand, und er ging hinüber. Dann öffnete er die Truhe und zog Fotos, Theaterankündigungen und Briefe heraus. Lena rutschte zu ihm herüber, um die Dinge zu betrachten, die er herausholte. Das meiste waren Fanbriefe, außerdem ein paar Arbeitsverträge und Drehbücher von Stücken, die Hilda gespielt hatte.

Lena ordnete alles zu Stapeln auf dem Fußboden, bis sie an einem Textbuch hängenblieb. Das Papier war schon vergilbt und sah zerlesen aus. Aber was Lenas Aufmerksamkeit erregte, war der Titel des Stücks: *Winter in Paris*.

«Ist das nicht das Stück, von dem Hilda uns erzählt hat?», fragte sie und zeigte Alex das Deckblatt.

Er nahm das Textbuch in die Hand.

«Ja, das, wo sie die Liebhaberin von Picasso spielt», sagte er lächelnd und blätterte das Buch durch.

Lena sah mit ihm in den Text. «Warte mal kurz», murmelte sie plötzlich, nahm es ihm aus der Hand und blätterte ein paar Seiten zurück.

Auf der Rückseite eines Blattes fand sich die Zeichnung einer schönen Frau auf einer Chaiselongue, die mit einem leichten Morgenmantel bekleidet war. Die Ähnlichkeit war unverkennbar: Es war Hilda Massardi in ihrem chinesischen Seidenmantel. Lena betrachtete die perfekten blauen Tintenstriche, es war zweifelsohne das Werk eines begnadeten Zeichners. Aber als sie das Datum und die Signatur des Künstlers sah, blieb ihr vor Überraschung die Luft weg.

«Meine Güte», murmelte sie und setzte sich aufrechter hin, um die Zeichnung unter das Licht der Nachttischlampe zu halten.

Alex rückte auf und sah ihr über die Schulter. «Was ist los?»

«Guck dir das an», sagte Lena und zeigte auf die Signatur.

«12. Februar 1949», las er vor. «Picasso.» Er hob den Kopf und sah Lena an. «Das ist doch ein Scherz, oder?»

Lena schüttelte den Kopf. Natürlich, es war schwer zu glauben. Und ganz sicher konnte auch sie nicht sein.

«Es sieht aus wie die Signatur von Picasso, und sie ist unterstrichen, so wie er es zu der Zeit tat ...» Sie strich vorsichtig mit den Fingerspitzen über die Zeichnung. «Diese Linien aus einem Schwung waren typisch für Picasso. Der Stift wurde nur in eine Richtung bewegt, und das ziemlich gekonnt. Es könnte schon sein ...», überlegte sie laut, ohne den Blick von der Zeichnung zu nehmen.

«Ach, komm! Das ist doch ein Scherz, oder?», wiederholte Alex skeptisch.

«Wir sollten die Zeichnung prüfen lassen, aber ich glaube, das ist ein echter Picasso.»

Alex' Mundwinkel verzogen sich zu einem ungläubigen Grinsen.

«Das Einzige, was nicht ins Bild passt, ist das Theaterstück», fuhr Lena in Gedanken an das, was Hilda ihnen davon erzählt hatte, fort. «Picasso war damals natürlich schon ein anerkannter Künstler, aber nun auch nicht so berühmt, als dass man ein Theaterstück über ihn schreiben müsste.»

Sie ging zerstreut durch das Zimmer und setzte sich auf einen Stuhl, wo sie begann, das Stück zu lesen. Alex sah sie perplex an.

«Was machst du?», fragte er.

«Pst.»

Er hob die Augenbrauen, und als er merkte, dass er keine Antwort bekommen würde, fuhr er fort, die Papiere aus der Truhe zu ordnen.

«In dem Stück geht es nicht um die Geliebte eines Malers», sagte Lena zwei Stunden später.

«Was?»

Sie sah Alex an. «Es ist die Geschichte einer Frau, die unglücklich in ihrer Ehe ist und sich in die Arme ihres französischen Gutsverwalters flüchtet», erklärte sie und schloss das Textbuch von *Winter in Paris*. «Es ist eine lustige romantische Komödie, aber Picasso kommt nicht vor. Hilda hat etwas durcheinandergebracht. Es sei denn ...»

«Es sei denn, was?», fragte Alex ungeduldig.

«Vielleicht hat Hilda den Plot des Stücks mit dem vermischt, was in ihrem Privatleben zu der Zeit geschah, als sie das Stück spielte. Vielleicht war sie mit Picasso zusammen, während sie für *Winter in Paris* probte.»

«Was soll das heißen?»

Lena lächelte ihn sanft an. «Na, dass der Künstler sie bei einem Stelldichein gezeichnet haben könnte. Was bedeuten würde – dass das hier mit großer Wahrscheinlichkeit ein echter Picasso ist.» Ihr Lächeln wurde breiter, als sie Alex die Zeichnung hinhielt.

Alex setzte sich auf den Fußboden und nahm das Textbuch in die Hand.

«Ich fasse es nicht», sagte er und betrachtete die Zeichnung eingehend. «Warum hat sie uns das nie gezeigt?»

«Gut möglich, dass sie vergessen hatte, sie zu besitzen. Oder vielleicht wusste sie nicht einmal, dass er diese Zeichnung in ihr Textbuch skizziert hatte.»

Alex nickte. «Wie viel mag die wohl wert sein? Ob ich damit das Café zurückkaufen kann?»

Sie lächelte. «Wahrscheinlich nicht ganz. Aber bei einer Auktion könnte die Zeichnung bestimmt zwei- bis dreihunderttausend Euro erzielen.»

«Zwei- bis dreihunderttausend Euro?», murmelte er erstaunt. «Im Ernst?»

Lena lachte. Dann rutschte sie vom Stuhl zu Alex auf den Boden.

«Du könntest davon nicht das Café zurückkaufen, aber vielleicht dein Villas-Projekt in die Wege leiten.»

Alex sah sie an und runzelte die Stirn. «Hast du ein Problem damit, dass ich nur Kellner sein will?»

Lena erwiderte seinen Blick überrascht. «Wieso *nur* Kellner? Wovon redest du?»

«Ich möchte nur gerne wissen, ob es dir lieber wäre, ich übte meinen Beruf aus, anstatt Sandwichs und Milchkaffee zu servieren.»

Lena war sprachlos. Für so versnobt hielt er sie? Sie runzelte die Stirn und kniete sich vor ihm hin, um ihm direkt in die Augen sehen zu können.

«Ich bin so nah dran, echt sauer zu werden», sagte sie und zeigte ihm einen sehr schmalen Spalt zwischen Daumen und Zeigefinger. «Wie kannst du nur so was von mir denken?» Sie nahm sein Gesicht zwischen die Hände und sagte sanft: «Ich finde dich unglaublich toll, und es ist mir völlig egal, was du tust oder sein lässt, verstanden, Señor Lagar?»

Ein strahlendes Lächeln breitete sich auf Alex' Gesicht aus, bevor er ihr den Mund mit einem Kuss verschloss.

«Denk nicht wieder so von mir», flüsterte Lena und streichelte seine Wange. «Ich dachte einfach nur, dass dieses Projekt ein Herzenswunsch von dir ist.»

«Das ist es auch, aber ich hänge auch sehr an meinem Café. Allerdings hast du recht, mit so viel Geld könnte ich das Projekt wirklich anschubsen. Mein Professor könnte das koordinieren ... Dreihunderttausend, sagtest du?» Er sah erneut auf die Zeichnung.

«Zwei- bis dreihundert schätze ich, ja. Vielleicht sogar mehr.»

«Aber das sieht doch aus wie eine schnelle Skizze», sagte er und schüttelte verwundert den Kopf.

Lena nahm das Textbuch in die Hand. «Weißt du, was diese Zeichnung beweist?»

Alex sah sie fragend an.

«Dass unsere liebe Hilda ein wirklich überraschendes, außergewöhnliches Leben geführt hat.»

28

Ich kann gar nicht glauben, dasss du wirklich Tofu-Burger für mich machst.»
Lena umarmte Alex von hinten und legte die Wange an seinen Rücken.

«Ich auch nicht», sagte Alex, wendete mit einer Hand die Burger und streichelte mit der anderen Lenas Arm. «Du isst kein Fleisch und suchst dir von allen Ländern auf der Erde ausgerechnet Argentinien aus.» Er schüttelte lachend den Kopf.

Lena lachte. Sie erinnerte sich noch genau an das Gefühl der Verzweiflung, mit dem sie Madrid verlassen hatte, und das Zufallsprinzip, nach dem sie den Flug nach Buenos Aires ausgewählt hatte. Aber wenn sie geahnt hätte, was sie dort erwartete, wäre sie viel früher aufgebrochen. Sie fühlte sich glücklich, vollkommen, und hatte entdeckt, dass das Glück sich oft an den unverhofftesten Stellen versteckte.

«Was riecht denn hier so gut?», fragte Bukowski.

Die Idee eines Asados war am Tag zuvor aufgekommen, als sie nach einer Plauderei mit den beiden alten Herren festgestellt hatten, dass keiner von ihnen irgendetwas vorhatte am Heiligen Abend. Also hatte Lena vorgeschlagen zu grillen. Und alle hatten Lust darauf:

Bukowski konnte nur schwer seine Enttäuschung darüber verbergen, dass sein Sohn ihn nicht eingeladen hatte. Goldstein wollte seine Frau mitbringen, damit Lena sie endlich einmal kennenlernte, und Aurora und Matías hatten sich auch angekündigt.

Sie stellten einen Tisch in den Patio des Conventillo und Alex baute einen Grill auf. Lena deckte den Tisch gemeinsam mit Aurora und Señora Goldstein, die eine etwas schüchterne, aber sehr nette Frau zu sein schien. Aurora hatte Girlanden und Lampions mitgebracht, die sie an das Geländer der Galerie hängten. Die Feier erwies sich für alle als tröstlicher Moment in der geteilten Trauer um Hilda, die für Lena an diesem Abend in jedem Winkel des Conventillo präsent schien.

«Das sind Tofu-Burger», antwortete Alex auf die Frage.

Bukowski guckte misstrauisch. «Ach komm, Alex, ernsthaft!»

«Sag du es ihm», sagte Alex zu Lena.

Sie nahm Bukowski beim Arm. «Es stimmt, das sind Tofu-Burger», flüsterte sie ihm ins Ohr. «Und wenn Sie ihnen einen Chance geben, können Sie vielleicht etwas Köstliches für sich entdecken.»

«Hast du diesen Unfug mit dem Vegetarismus etwa immer noch nicht aufgegeben, Mädchen?» Bukowski schüttelte den Kopf. «Na, dann wollen wir mal hoffen, dass die Liebe dieses Argentiniers dich zur Vernunft bringt.»

Bukowski nickte Alex zu. Alle hatten ihre Beziehung mit der größten Selbstverständlichkeit hingenommen, und nicht etwa weil sie jetzt weniger stritten – aber Alex beendete jetzt jede Meinungsverschiedenheit mit einem Kuss auf Lenas Mund. Lena wunderte es trotzdem, dass all ihre Freunde, Aurora eingeschlossen, ihr Zusammensein offenbar als vollkommen folgerichtig und natürlich empfanden. Ihre Liebe schien für jedermann sichtbar gewesen zu sein, ungefähr so, wie die Sonne oder die Sterne am Himmel.

«Ich glaube, das einzige argentinische Fleisch, das mich interessiert, ist seines», sagte Lena und zwinkerte ihm zu.

Der alte Herr brach in schallendes Gelächter aus und reichte Alex seinen Teller, damit er ihm einen Tofu-Burger servierte.

«Ich probiere auch einen, wenn ich darf», sagte Matías, der zu ihnen getreten war.

Alex sah verärgert auf.

«Was ist denn mit euch los? Ich bin extra zur besten Metzgerei des Viertels gefahren, und jetzt wollt ihr alle lieber Soja? Ich meine, Soja, was ist das überhaupt?», sagte er. «Wo sind die echten Männer hin, die ein paar Kilo Fleisch zum Abendessen verdrücken?»

«Ich nehme einen für echte Männer», sagte Aurora vergnügt, und alle lachten mit ihr – bis auf Señora Goldstein, die etwas irritiert zwischen ihnen hin und her sah, bis ihr Ehemann sie aufklärte.

Um Mitternacht tauschten sie Geschenke aus, wofür sie sich aufs Wichteln geeinigt hatten. Lena hatte Aurora gezogen, was ihr das Aussuchen leicht gemacht hatte, denn sie hatte schon vor einer Weile ein Porträt von ihr gezeichnet. Alex war etwas origineller, er hatte Bukowski einen «Gutschein für zehn Bier» gebastelt, worüber der Beschenkte sich mächtig freute. Lena bekam ein entzückendes Paar Ohrringe von Matías und Alex ein Mategefäß mit der Aufschrift «Sogar Eselsdiesteln blühen» – was keinen Zweifel darüber ließ, von wem das Geschenk kam.

Aurora hatte sich entschieden, sich operieren zu lassen. Sie war zu dem Schluss gekommen, dass der Wunsch, eine vollständige Frau zu sein, stärker war als jedes Gefühl für einen anderen Menschen, selbst wenn dieser die Liebe ihres Lebens war. Sie hatte sehr viel mit Lena darüber gesprochen, und Lena unterstützte ihre Freundin bedingungslos. Sie wollte ihr die Wahrheit über die Herkunft des Geldes für die OP sagen, aber es brannte ihr nicht so sehr unter den Nägeln wie die Sache mit Alex und dem Käufer des Cafés.

Am Abend zuvor hatte er von ihnen zum ersten Mal als Paar gesprochen. Lena war ganz hingerissen davon, wie sicher er sich ihrer Beziehung war. Und doch wurde dadurch die Dringlichkeit nur noch stärker, endlich reinen Tisch mit Alex zu machen, und genauso verhielt es sich mit der Angst, die Lena vor seiner Reaktion hatte. Sie hatte Angst, das größte Glück, das sie je erfahren hatte, wieder verlieren zu können.

«Freunde sind unsere Wahlverwandtschaft», dachte Lena an diesem zauberhaften Abend unter ihren Freunden. Alex war glücklich und entspannt, und sie entschied, ihm heute Nacht, wenn sie zusammengekuschelt im Bett lägen, die Wahrheit über das Geld zu sagen, das das Conventillo gerettet hatte.

«Alex, hol doch mal deine Gitarre», sagte Bukowski nach dem Essen.

«Ach, hör auf», winkte Alex mit einer trägen Geste ab. «Ich hab seit Ewigkeiten nicht gespielt.»

Alle ermunterten ihn, das Instrument zu holen, aber er schüttelte den Kopf.

«Ich wusste ja gar nicht, dass du Gitarre spielst!», sagte Lena mit einem seltsam brennenden Gefühl in der Brust.

«Tu ich auch gar nicht», sagte er mit Blick auf seine Füße. «Als ich sie zuletzt in die Hand genommen habe, war ich noch an der Uni.»

«Er spielte ziemlich gut», erzählte Bukowski. «Seine Mutter hat immer gesagt, wen er nicht mit seinem Aussehen verzauberte, den kriegte er mit der Musik.»

Lena beobachtete Alex, und er musste wohl die Intensität ihres Blickes gespürt haben, denn er hob den Kopf, sah sie an und sagte: «Jetzt muss ich wohl die Gitarre holen, oder?»

Lena verschränkte die Hände wie zum Gebet und sah ihn lächelnd an.

«Verdammt noch mal», schimpfte er mit glänzenden Augen. «Es ist schrecklich, dir nichts abschlagen zu können.»

Er stand auf und kam gleich darauf mit einem abgewetzten schwarzen Gitarrenkoffer zurück in den Hof. Er holte das Instrument heraus und setzte sich, um es zu stimmen.

«Na gut, dann wollen wir mal. Als Erstes bitte ich die Musik um Verzeihung», murmelte er sarkastisch, als alle verstummten, um ihm zuzuhören.

Und dann entlockten seine wendigen Finger den Gitarrensaiten eine sanfte Melodie. Seine Stimme war wunderschön, kräftig und ein wenig heiser, und sie harmonierte perfekt mit dem vollen Klang der Gitarre. Alex hatte die Augen geschlossen und bewegte den Kopf im Takt. Lena war so überwältigt, dass ihr die Luft wegblieb. Ein intensives Gefühl ließ sie mehrmals blinzeln, als sie das Kitzeln der Tränen unter ihren Lidern spürte.

Die Melodie ging sanft unter die Haut. Dann öffnete Alex die Augen und sah direkt in Lenas Seele. Er sang für sie, und er tat es so wunderschön, dass Lena komplett verzaubert war. Die Akkordfolge, seine melodiöse Stimme und das Lied, das von Träumen und gemeinsamen Sonnenaufgängen erzählte, war eine unwiderstehliche Kombination für Lena.

Amar es impregnar el alma
con la esencia del Paraíso divino,
amar es llevar prendido
con una flecha celestial el corazón.
Amar es cruzar los umbrales de la Gloria,
es ver en tus sueños, oír tu acento,
en un amanecer contigo llevar el firmamento,
y sucumbir a tus pies de adoración.

Als die Ballade zu Ende war, brach das überraschte Publikum in Applaus aus. Alex und Lena verloren keine Sekunde lang den Blickkontakt, während Alex sich mit dezentem Nicken für den Applaus bedankte. Lena lächelte eines dieser breiten Lächeln, die unweigerlich ansteckend wirken. Seine Mundwinkel hoben sich leicht, bevor er die Augenlider in einer bescheidenen, beinahe schüchternen Geste senkte, die Lena komplett dahinschmelzen ließ. Ihre Füße trugen sie in Eigenregie zu Alex hinüber.

Als sie bei ihm ankam, öffnete er die Arme, um sie in eine warme Umarmung zu schließen.

«Wieso bist du bloß so bescheiden?»

Er rückte ein Stück ab, um sie ansehen zu können. «Was meinst du?»

«Warum hast du mir nie gesagt, dass du singen kannst?», fragte sie und sah ihn entzückt an.

Alex hob die Augenbrauen. «Hätte das irgendetwas geändert an deiner Meinung über mich?»

«Aber natürlich», sagte sie und küsste ihn auf den Mund. «Ich hätte schon viel früher gewusst, was für ein sensibler Kerl du bist, und hätte dich niemals einen Oger genannt.»

Er lachte und umfasste ihre Taille ein wenig fester. «Und wie kommt es, dass auf deiner Klassifizierungsskala ein Sänger und ein Oger nicht zusammenpassen?»

«Oger sind sehr schlechte Sänger, das weiß nun wirklich jeder», sagte Lena im Brustton der Überzeugung, und beide mussten lachen.

Einhellig wurde Alex um eine Zugabe gebeten, und er willigte ein. Jetzt aber begleitete Matías ihn auf einem improvisierten Schlagzeug aus Tellern und Gläsern.

Um Mitternacht erhellte sich der Himmel über Buenos Aires mit den Funken eines gigantischen Feuerwerks. Und danach hörte man Jubel und Applaus aus allen Himmelsrichtungen. Und auch die kleine Gesellschaft im Patio des Conventillo jubelte und feierte bis in die Morgenstunden.

Da Bukowski um diese Uhrzeit in seiner Residenz vor verschlossenen Türen stehen würde – das Altersheim pflegte eine strenge Nachtruhe, die auch an Feiertagen nicht gelockert wurde –, lud Alex ihn ein, bei ihm in der Wohnung zu übernachten. Und dann kam jemand auf die Idee, dass sie doch alle im Conventillo übernachten könnten, damit sie auch den Weihnachtsmorgen gemeinsam verbringen könnten. Nur die Goldsteins gingen nach Hause, wollten aber zum Frühstück wiederkommen. Die Zimmeraufteilung war kein Problem: Alex und Lena schliefen gemeinsam in Carmens Atelier und Aurora und Matías bekamen Hildas Zimmer.

Viele Stunden später, als es beinahe hell wurde, umarmten Lena und Alex einander nackt und glücklich erschöpft unter der Patchworkdecke. Sie hatten die Party sehr spät verlassen und sich dann ohne Hast geliebt.

«Weißt du was?», murmelte Alex mit dem Blick zur Zimmerdecke, einen Arm unter dem Kopf und den anderen um Lena gelegt.

Lena legte ihren Kopf auf seine Brust.

«Nein, was denn?», fragte sie und versuchte, ihren Herzschlag an seinen anzupassen.

Alex küsste ihr Haar.

«Heute Abend hat sich wie früher angefühlt, als meine Eltern noch lebten und das Haus ständig voller Leben und Lachen war.»

Lena hob den Kopf, um ihn anzusehen. Sie legte die Hand auf seine Brust und stützte ihr Kinn darauf ab.

«Vermisst du sie sehr?», fragte sie und betrachtete ihn aufmerksam.

Er atmete tief durch, sah Lena flüchtig an und dann wieder zur Zimmerdecke.

«Jeden Tag», gab er zu. «Aber manchmal glaube ich, dass ich vor allem die Person vermisse, die ich selbst früher war. Ich wusste ja, dass sie vor mir gehen würden, dass das der Lauf der Dinge ist und so weiter – aber es hätte doch nicht so kompliziert und schmerzhaft sein müssen. Die Krankheit meiner Mutter und dann noch mein Vater ...»

Lena umarmte ihn fester und küsste seine Schulter. Sie wusste genau, wie er sich fühlte. Sie hatte ganz ähnlich gefühlt beim Tod ihres Vaters, wenn auch ihr Verlust nicht vergleichbar war mit den Schicksalsschlägen, die Alex' Familie getroffen hatten.

«Ich vermisse die Person, die ich war, bevor ich meine Eltern so leiden sah», fuhr er fort, «die Freude und den Optimismus, mit dem ich die Welt betrachtete.»

«Vielleicht auch den Mann, der sang wie ein Engel?», neckte Lena ihn, um seine Melancholie zu vertreiben.

Er lächelte. «Ich hätte nie wieder gesungen, wenn ich nicht einen wirklich guten Grund gehabt hätte.»

«Ach so? Und was ist dieser Grund?»

Alex sah ihr in die Augen. «Das bist du.»

Die Intensität seines Blickes raubte Lena den Atem.

«Ich liebe dich, Alex. So wie ich noch nie jemanden geliebt habe.»

Er schob sie sanft an den Schultern von sich, setzte sich auf und nahm ihre Hände in seine.

«Wir wollten uns ja nichts schenken», sagte er und küsste ihre Fingerspitzen. «Aber ich habe eine Kleinigkeit für dich.»

Lena sah ihn schuldbewusst an.

«Was ist?», fragte Alex angesichts ihres Blickes.

«Ich hab auch was für dich», antwortete sie.

Alex neigte den Kopf und lächelte. «Ach, wirklich?»

Lena stand auf und holte ein kleines Päckchen aus dem Schrank. Als sie sich umdrehte, sah sie Alex' faszinierten Blick.

«Was ist los?», fragte Lena.

«Weißt du, dass du gerade nackt durch den Raum gegangen bist, vor meinen Augen?» Sein Blick funkelte vor Vergnügen.

Er umfasste ihre Hüfte und zog sie zu sich heran, aber bevor er sie küssen konnte, hielt Lena ihm das Geschenk vor die Nase.

«Mach auf», sagte sie. «Ich hab es vor Ewigkeiten auf dem Markt gekauft, schon bevor wir beide ... bevor wir zusammen waren.»

Alex begann, das Geschenk auszupacken. «Und warum wolltest du mir da etwas schenken?»

«Ich musste einfach sofort an dich denken, als ich es gesehen habe.»

Er runzelte die Stirn, als er das Papier aufgewickelt hatte, und nahm die Schlaufe hoch, an der das Geschenk hing.

«Ein Traumfänger», sagte er gerührt.

«Ich dachte, den könntest du gebrauchen. Das war nach unserem Gespräch, als Hilda in der Dusche gestürzt war, erinnerst du dich? Als du mir gesagt hast, Träume seien Opium fürs Volk.»

Alex machte ein zerknirschtes Gesicht und sah sie an. «Ich erinnere mich an jeden Moment mit dir, Lena. Und ich hoffe, du kannst viel von dem Schwachsinn vergessen, den ich gesagt habe.»

Lena winkte ab und zeigte auf den Traumfänger. «Gefällt er dir?»

«Sehr», sagte er und küsste sie.

Dann legte er den Traumfänger vorsichtig zur Seite und zog seine Jeans vom Fußboden heran.

«Jetzt bin ich dran», sagte er. «Aber erschrick nicht», ergänzte er, als er in der Hosentasche gefunden hatte, was er suchte.

Lena runzelte die Stirn. Was könnte sie schon erschrecken, das Platz in einer Hosentasche fand? Ein gelblicher Schimmer blendete sie für einen Moment. Sie blinzelte und versuchte, das glänzende Objekt zu fokussieren.

Alex hielt ihr seine geöffnete Hand hin. Darin lag ein schlichter Ring aus Weißgold, in den ein gelber Stein in Sternchenform eingefasst war.

«Ein Ring?», flüsterte Lena benommen.

«Das ist ein Feueropal», sagte er und beobachtete aufmerksam ihre Reaktion. «Er gehörte meiner Mutter.»

Lena sah ihm ins Gesicht. Sie fürchtete, sich zu täuschen, nicht, dass sie diesem Geschenk mehr Bedeutung beimaß, als er übermitteln wollte.

«Er ist wunderschön», sagte sie vorsichtig.

Alex sah sie stumm an. Dann sagte er: «Es ist das einzige ihrer Schmuckstücke, das wir nicht verkauft haben, als sie krank wurde. Mein Vater meinte, der Ring sei nicht wertvoll, aber er hätte ihn an einen Sonnenstrahl denken lassen, sobald er ihn sah, was ihn an meine Mutter erinnerte.»

Lenas Herz begann wild zu schlagen.

«Dein Vater hat den Ring deiner Mutter geschenkt?», fragte sie bewegt.

«Hör mir gut zu», sagte Alex ruhig, und seine Miene wurde ernst.

Lena presste die Lippen aufeinander und nickte bedächtig. Allerdings war sie weit davon entfernt, unerschrocken zu sein, sie fühlte sich bereits völlig erschüttert.

«Ich dachte, ich würde niemals jemanden treffen, dem ich diesen Ring geben könnte, bis ich dich kennenlernte. Ich weiß schon lange, dass ich ihn dir geben will, aber ich knüpfe daran kein Ja oder Nein von dir, ich will nur, dass du ihn hast, bis du weißt, ob du den Rest deines Lebens mit mir verbringen willst. Wenn du das entschieden hast, gib ihn mir zurück, wenn du gehen willst, oder steck ihn dir an diesen Finger», er hob ihre linke Hand und strich sanft über den Ringfinger, «wenn du bei mir bleiben willst. Und für alle Fälle möchte ich betonen, dass mir diese Option lieber wäre, nur zur Sicherheit», schloss er scherzhaft, obwohl sein Gesichtsausdruck zeigte, wie angespannt er war.

Nie im Leben hätte Lena sich diese Szene träumen lassen. Sie wusste, dass er sie liebte, aber nicht, dass er so entschlossen war. Es machte sie glücklich, dass er sich seiner Gefühle für sie so sicher war. Dennoch fürchtete sie, dass dieser Antrag sehr übereilt war. Sie hatte ihm noch immer nicht gesagt, dass sie die Käuferin des Cafés und des Conventillo war. Sie musste ihm sagen, wer sie wirklich war und was sie hierhergeführt hatte, damit es keine Geheimnisse mehr zwischen ihnen gäbe. Erst dann, wenn er all das wüsste, könnte er wirklich und frei entscheiden, ob er um ihre Hand anhalten wollte. Wobei er das natürlich gar nicht getan hatte.

Der Schimmer des Edelsteins zog sie in seinen Bann.

«Alex», sagte sie. «Fragst du mich gerade, ob ich dich heiraten will?»

«Nein, es ist eigentlich keine Frage. Eher eine Information.»

«Eine Information», wiederholte Lena verwirrt und sah zu, wie er ihr den Ring in die Hand legte.

Alex nickte und schloss ihre Finger um den Ring.

«Ich will, dass du weißt, dass du die Frau bist, mit der ich mein Leben verbringen möchte. Ich wusste es von dem Moment an, als ich dich zum ersten Mal sah, und die letzten Wochen mit dir haben mir das nur bestätigt.»

«Okay, aber ...», stammelte Lena. «Das ... das geht alles sehr schnell. Alex, du kennst mich doch gar nicht. Es – es gibt da etwas sehr Wichtiges, was ich dir sagen muss, was du unbedingt wissen musst ...»

Er legte ihr einen Finger auf die Lippen.

«Bitte», flüsterte er. «Sag mir einfach, dass du darüber nachdenken wirst.»

Mit dem Symbol der großen Liebe seiner Eltern in

ihrer Hand fühlte Lena sich unfähig, ihm seine Bitte abzuschlagen. Sie liebte ihn von ganzem Herzen, aber da waren noch so viele Dinge, die sie klären musste, bevor sie darüber nachdenken konnte, sich an ihn zu binden ... Sie musste sich mit ihrer Vergangenheit versöhnen, bevor sie an eine Zukunft mit Alex denken konnte. Aber konnte sie sich denn überhaupt eine Zukunft ohne ihn vorstellen? Der Gedanke kam ihr so absurd vor, dass ihre Antwort ganz instinktiv war.

«Ich werde darüber nachdenken, natürlich.»

29

Die Goldsteins kamen am nächsten Vormittag zurück, um mit dem Frühstück zu helfen. Obwohl Manuels Frau schüchtern und schweigsam war, hatte Lena den Eindruck, dass sie die Gesellschaft doch genoss.

Sie hatten die Bistrotische zu einer langen Tafel im Café zusammengeschoben. Es war beinahe Mittag, aber am Weihnachtstag rechneten sie ohnehin nicht mit vielen Gästen, sodass sie beschlossen hatten, erst am Nachmittag zu öffnen. Bukowski, Aurora, Señora Goldstein und Lena deckten den Tisch, während Alex, Matías und Goldstein in der Küche das Essen vorbereiteten. Lena faltete die Servietten zu Sternen, während ihre Gedanken durch den Patio in ihr Zimmer direkt zu dem Kästchen im Nachttisch flogen, in das sie den Verlobungsring gelegt hatte. Er war wunderschön, und er strahlte all die Liebe aus, für die er stand: die Liebe von Alex' Eltern und die, die Alex und sie selbst füreinander empfanden.

Sie war noch nie so glücklich gewesen, und sie brauchte sich nur diesen Ring an den Finger zu stecken, um ihr Glück vollkommen zu machen. Und doch gab es zwei Dinge, die sie tun musste, um zur Ruhe zu kommen. Sie nahm sich vor, noch am Nachmittag mit Alex zu sprechen und ihm die ganze Wahrheit zu sagen. Sie würde sich nicht von seinen Küssen ablenken lassen und ihn wenn nötig an den Stuhl binden, damit er ihr zuhörte. Und dann musste sie sich mit ihrer Vergangenheit aussöhnen. Sie würde ihre Mutter anrufen, um sich mit ihr zu vertragen. Alles, was ihr in den letzten Monaten widerfahren war, die Liebe, die sie in den Menschen hier gefunden hatte, war so gut, dass es ihre Wut zerstreut hatte; wie ein Stein, der vom Meer geschliffen wurde, war ihr Ärger zu Sand zerbröselt.

«Lena! Was ist denn los?»

Auroras Stimme riss sie aus ihren Gedanken, und sie richtete ihre Aufmerksamkeit wieder auf das Geschehen am Tisch. Sie saßen nun schon seit einer Weile zusammen, aber Lena war im Geiste sehr weit fortgereist.

«Entschuldige, ich war ganz in Gedanken», antwortete sie und schenkte ihrer Freundin ein breites Lächeln. «Was hast du gesagt?»

«Reichst du mir mal die Alfajores?»

Lena griff nach dem Tablett mit den süßen Teilchen und reichte es Aurora. Dann sah sie ans andere Tischende, wo Alex saß, und ihr Herz machte einen Hüpfer, als sie seinen Blick sah. *Alles in Ordung?*, schien er sie zu fragen. Und sie antwortete mit einem Augenzwinkern, worauf er ihr ein Lächeln schenkte. Gott, dieses Lächeln …

Dass Alex nicht auf eine Antwort gedrängt hatte, machte ihn für Lena noch unwiderstehlicher. Sie wollte ja sagen, sie wollte ihn an sich binden mit allen Ritualen, die die Menschheit zu diesem Zweck erdacht hatte. Sie wollte einen Ring auf seinen Finger streifen, damit alle Welt wüsste, dass sein Herz vergeben war: an sie.

«Am Tag, an dem du entscheidest, ihn anzustecken, werde ich wissen, dass die Antwort Ja ist und werde der glücklichste Mann auf Erden sein.» Diese Worte von Alex hatte Lena im Ohr, als sie sich nach dem Frühstück vom Tisch erhob und in ihr Zimmer ging. Sie wollte Alex überraschen und nicht eine Sekunde länger damit warten.

Sie ging zum Nachttisch und holte die Schachtel heraus. Hunderte Funken explodierten um sie herum, als das Licht auf den Feueropal fiel. Mit dem glitzernden Edelstein in der Hand ging sie zurück ins Café. Vor der Tür ließ sie den Ring vorsichtig in ihrer Tasche verschwinden. Sie wollte ihn bei sich haben, um ihn sich anstecken zu können, sobald sie Alex ihr Herz geöffnet und ihm die Wahrheit gesagt hatte.

Tief durchatmend wappnete Lena sich, um das Café zu betreten. Doch dann ließ aufgeregtes Stimmengewirr von drinnen sie innehalten.

«María Magdalena Vázquez de Lucena. Wo ist sie?», fragte jemand. «Wir wissen, dass sie hier ist. Wo haben Sie sie versteckt?»

Ein kalter Schauer lief ihr den Rücken hinab. Diese Stimme kam ihr so bekannt vor … Sie öffnete die Tür und erstarrte angesichts der Szene, die sich ihr im Café bot. Dort standen ihre Mutter und Alberto, eskortiert von zwei Polizisten, und gifteten ihre Freunde an, die völlig überrascht schienen angesichts dieses seltsamen Aufzugs, der ihr gemütliches Beisammensein unterbrach.

«Mamá», stotterte Lena. «Was machst du denn hier?»

Ihre Mutter drehte sich zu ihr um.

«Lena, Kind, Gott sei Dank!», rief sie mit schriller Stimme und legte sich in einer überaus theatralischen Geste den Handrücken auf die Stirn.

Gleich darauf schob Doña Elvira die beiden Polizisten unsanft aus dem Weg und kam durch das Lokal auf Lena zugestürmt, um sie in den Arm zu nehmen. Lena blieb die Luft weg, so fest drückte ihre Mutter zu.

«Mamá, was machst du hier?», wiederholte sie und suchte mit dem Blick Alex, der die Szene vom anderen Ende des Cafés aus überrascht beobachtete.

«Alle festnehmen!», schrie jetzt Alberto als Befehl an die Polizisten.

«Aber Señor ...», stammelte einer der Beamten, «was werfen Sie diesen Leuten denn vor?»

Lenas Mutter ließ abrupt von ihr ab und stolzierte zurück zum Eingang.

«Menschenraub natürlich!», sagte sie spitz.

Lena schloss die Augen und hoffte, aus einem absurden Traum zu erwachen, als sie sie wieder öffnete.

«Aber das ist doch Quatsch», murmelte sie. Und da niemand ihr Beachtung schenkte, rief sie den Polizisten zu: «Hallo! Ich bin María Magdalena Vázquez de Lucena.»

Die Beamten drehten sich zu ihr um, und sie ging auf sie zu und fuhr mit fester Stimme fort: «Ich bin aus freien Stücken hier. Verzeihen Sie die Unannehmlichkeiten, aber Ihre Anwesenheit ist nicht nötig.»

«Sind Sie sicher, Señorita?», fragte der Ältere der beiden.

«Absolut sicher.»

Die Beamten tauschten einen Blick aus und wandten sich zur Tür.

«Aber was machen Sie denn?», rief Lenas Mutter. «Kommen Sie zurück!»

«Señora, Sie mögen eine einflussreiche Dame sein, aber hier haben wir nichts verloren», antwortete ihr der ältere Beamte. «Sprechen Sie mit Ihrer Tochter.»

Doña Elvira reckte das Kinn vor. «Wissen Sie eigentlich, wen Sie vor sich haben?»

Lena atmete tief durch. Plötzlich wusste sie wieder ganz genau, warum sie Abstand von dieser Frau gebraucht hatte.

«Mamá, das reicht jetzt», sagte sie streng.

Die Polizisten verließen das Café, und Lena seufzte erleichtert auf. Sie fühlte sich außerstande, ihre Freunde anzusehen, so peinlich war ihr die ganze Situation.

«Willst du etwa behaupten, dass du freiwillig ohne ein Wort verschwunden bist? Um ausgerechnet hierher zu kommen?»

Lena sah zu ihrer Mutter, als sie deren empörte Stimme vernahm. Sie sah aus wie immer: wunderschön, elegant und unerträglich überheblich.

«Genau deshalb bin ich weggegangen, Mamá: weil du mir nicht zuhörst», sagte Lena wütend.

Doña Elvira sah sich angewidert um. «Und in diesem Loch hast du Zuflucht gesucht?»

Lena seufzte und sah zur Decke. Es war unfassbar, wie arrogant und despotisch ihre Mutter sich gebärdete.

«Was zum Himmel machst du hier? Wir dachten, du wärest Opfer des organisierten Verbrechen geworden!»

Lena stemmte die Hände in die Hüften. «Und wie zur Hölle bist du daraufgekommen?»

«Denkst du etwa, du könntest eine Million Euro ausgeben, ohne dass ich davon erfahre?»

Lenas Blick huschte in die andere Ecke des Cafés, wo Alex stand. Sie sah, wie seine Miene sich verfinsterte, und wünschte, sie könnte mit den Fingern schnipsen und alle um sie herum verschwinden lassen, damit sie ihm in Ruhe unter vier Augen alles erklären könnte.

«Woher weißt du das?», fragte sie leise.

«Lena, das ist eine zu große Summe, als dass sie keinen Verdacht erregen würde», mischte sich Alberto ein, der bis zu diesem Moment stumm neben der Tür gestanden hatte.

«Also seid ihr wegen des Geldes hier?»

Ihr Ex kam auf sie zu. Lena bemerkte, dass er noch genau so aussah, wie sie ihn in Erinnerung hatte. Derselbe akkurate Haarschnitt, gebügelte Chinos und ein schlichtes Hemd, dem man dennoch seinen Preis ansah. Alberto hatte schon immer seinen Reichtum vor sich hergetragen. Wie hatte sie nur so lange übersehen können, was für ein oberflächlicher Materialist er war?

«Verstehst du denn überhaupt nichts, Lena?», fragte Alberto mit einem seltsamen Schimmer in den Augen. «Verstehst du nicht, dass wir dachten, du seist entführt und erpresst worden?»

«Niemand hat gegen meinen Willen irgendetwas getan», sagte Lena und sah zwischen Alberto und ihrer Mutter hin und her, damit sie es endlich akzeptierten.

«Soll das heißen, dass du freiwillig eine Million Euro

in eine Bar in Buenos Aires und eine Geschlechtsumwandlung investiert hast?», fragte Alberto widerwillig.

Lena erstarrte und schielte erneut in die Ecke des Cafés, wo Alex stand, um herauszufinden, ob er Albertos Bemerkung gehört hatte. Aus der Miene ihres Liebsten war die Überraschung gewichen – sie wirkte jetzt unergründlich und starr.

«Woher weißt du das?», presste Lena zwischen zusammengebissenen Zähnen hervor.

Ihre Mutter trat einen Schritt vor und stand jetzt ganz dicht vor Lena. «Dachtest du etwa, wir finden das nicht heraus?»

«Hat Vicente es dir erzählt?», fragte Lena herausfordernd.

«Ach was, da kannst du beruhigt sein», lachte Doña Elvira spöttisch. «Der Schoßhund deines Vaters ist auch dir loyal ergeben.»

Lena konnte nicht umhin, Erleichterung zu verspüren. Wenigstens hatte Vicente ihr Vertrauen nicht missbraucht.

«Der Bankchef kam auf mich zu, um mir seine Besorgnis über ungewöhnliche Transfers auf den Familienkonten mitzuteilen. Ich habe Vicente dazu befragt, natürlich, aber er sagte bloß, dass alles korrekt sei und dass er der Schweigepflicht unterliege.»

Lena spürte eine Welle der Zuneigung für Vicente.

«Also habe ich Alberto davon berichtet und konnte dank seiner Hilfe herausfinden, was das für Überweisungen waren. Ich musste leider Vicente etwas unter Druck setzen. Eine mögliche Anzeige wegen Vertuschung einer

Entführung hat ihn dann doch beeindruckt. Also hat er die Daten herausgerückt, um einen Skandal zu vermeiden.»

Lena fluchte leise. Sie wusste, dass ihre Mutter die Wahrheit sagte, aber sie wünschte, Vicente hätte ihrem Druck standgehalten. Wie sollte sie das alles bloß Alex erklären?

«Denk dir nur, wie erstaunt ich war, als ich hörte, dass du eine heruntergekommene Bar in Buenos Aires erworben hast», fuhr ihre Mutter fort. «Buenos Aires? Das andere Ende der Welt? So groß war dein Wunsch, von mir wegzukommen?» Sie ließ Lena keine Zeit für eine Antwort. «Wir erfuhren, dass du gegen dich selbst geboten hast, um den Preis für diese Barracke in die Höhe zu treiben. Das hat uns sehr überrascht, denn du hast dich zwar nie sonderlich für Geld interessiert, aber verschleudert hast du es bisher auch nicht. Ich kam zu dem Schluss, dass du entweder den Verstand verloren hast oder aber tatsächlich entführt wurdest», schnaubte sie mit einer weiteren theatralischen Geste. «Also wandten wir uns an den Außenminister, und der setzte uns mit dem Botschafter in Verbindung, der so freundlich war, uns in seinem Haus unterzubringen und uns eine Streife zur Verfügung zu stellen, um hierherzukommen und dich zu suchen.»

Lena rollte mit den Augen. Ihre Mutter hatte es in Windeseile geschafft, ihr Familiendrama zu einem internationalen Konflikt aufzubauschen.

«Wir wollten nur vorsichtig durch die Fenster schauen, aber dann sahen wir diese Leute hier», sie zeigte auf Lenas Freunde, «und sie wirkten so harmlos, also kamen wir herein.»

«Natürlich sind sie harmlos», sagte Lena und sah zu Alex, dessen Blick alles andere als friedvoll wirkte. «Das sind meine Freunde, Mamá.»

Der Satz klang wie eine Vorstellung, was die Gruppe dazu ermunterte, näher zu treten. Alle kamen mit zurückhaltendem Lächeln auf den Lippen zu ihnen heran – alle, bis auf Alex, der mit angespanntem Kiefer, Händen in den Hüften und den Blick starr auf Lena fixiert in seiner Ecke stehen blieb.

«Mamá, darf ich vorstellen: Señor und Señora Goldstein, Señor Bukowski, Matías und Aurora.»

Alle begrüßten Doña Elvira mit schüchterner Zurückhaltung, bis auf Bukowski, der vortrat und ihre Hand nahm.

«Enchanté, Madame», sagte er in akzentfreiem Französisch und beugte sich hinab, um Doña Elviras Handrücken zu küssen. «Es ist offensichtlich, von wem Lena ihre Schönheit geerbt hat.»

Doña Elvira sah ihn an wie eine lästige Fliege und zog ihre Hand zurück.

«Sehr reizend», sagte sie knapp und wischte sich den Handrücken an ihrem Kostüm ab.

«Ist das hier etwa die Bar, die du gekauft hast?», fragte Alberto, der begann, wie zur Inspektion durch den Raum zu schreiten.

«Nein», knurrte Alex und stellte sich Alberto in den Weg, bevor der die Küche betreten konnte. «Das ist sie nicht.»

Alberto musste zu ihm aufsehen, da Alex ein Stück größer war als er.

«Verzeihung», sagte er ungerührt. «Ihren Namen habe ich nicht verstanden, Señor …?»

«Den haben Sie nicht verstanden, weil ich ihn Ihnen nicht genannt habe», sagte Alex, verschränkte die Arme vor der Brust und erwiderte Albertos feindseligen Blick.

Lena ließ ihre Mutter stehen und ging zu den beiden Männern. Sie stellte sich zwischen sie und sah Alex an.

«Ich muss mit dir reden.»

Er atmete schwer ein und blickte ihr in die Augen.

«Wer bist du?», fragte er kühl, als sähe er sie zum ersten Mal.

Lena streckte die Hand nach seinem Unterarm aus, aber er schüttelte sie ab. Da standen sie, direkt voreinander, aber Lena spürte, dass sich ein riesiger Abgrund zwischen ihnen aufgetan hatte.

«Ich bin dieselbe wie immer, Alex.»

«Dann sag mir, dass nichts von dem wahr ist, was die Señora gesagt hat», murmelte er mit einem Kopfnicken in Richtung Doña Elvira.

Lena hätte ihm das nur allzu gern bestätigt, damit er sie wieder so ansah wie früher. Aber das konnte sie nicht tun. Sie wünschte, sie könnte ihm alles erklären, die richtigen Worte wählen, damit die Wahrheit nicht so sehr klang wie eine riesige Lüge.

«Warst du das?», fragte Alex. «Bist du der Investor, der das Conventillo und das Café gekauft hat?»

Lena nickte.

«Ich fasse es nicht», murmelte er. «Was bist du, reich oder so?»

«Reich?» Alberto lachte auf. «Sie ist Erbin eines der bedeutendsten spanischen Vermögen.»

«Sei still!», sagte Lena und warf ihm über die Schulter einen wütenden Blick zu.

Alex' Augen wanderten von Alberto zurück zu Lena, und sein Kiefer verhärtete sich.

«Warum hast du mich angelogen?»

«Ich habe dich nicht belogen», sagte Lena und versuchte erneut, seinen Arm zu berühren, was er abermals abwehrte. «Aber ich konnte nicht zulassen, dass du alles verlierst, was dir wichtig ist.»

Alex' Blick verdunkelte sich. «Und wieso hast du hier einen auf armes Mädchen gemacht?»

«Das war nicht gelogen», beeilte Lena sich zu sagen. «Ich bin nur mit ein bisschen Bargeld von zu Hause weg, ich wollte mir aus eigener Kraft etwas Neues aufbauen und habe den erstbesten Flug genommen. Als ich hier ankam, wurde ich ausgeraubt und ... den Rest kennst du.» Sie nahm seine Hand, stellte sich auf die Zehenspitzen und flüsterte ihm ins Ohr: «Ich liebe dich.»

Alex trat einen Schritt zurück. «Ich weiß nicht, wer du bist.»

«Ich glaube, wir wurden einander noch nicht vorgestellt», unterbrach Alberto die Szene. «Ich bin Alberto Valenzuela, Lenas Verlobter.»

«Du bist nicht mein Verlobter!», sagte Lena fassungslos.

«Du hast die Hochzeit abgesagt und bist verschwunden, ohne einen neuen Termin anzukündigen oder dein Verständnis unserer Beziehung zu offenbaren. Ich war in diesen schweren Monaten der Sorge an der Seite deiner Mutter, schließlich sind wir eine Familie.»

Lena sah ihn an, als hätte er den Verstand verloren.

«Ich habe dich verlassen, Alberto», sagte sie deutlich. «Ich habe dich verlassen, weil ich dich nicht geliebt habe, und dabei bleibt es.»

«Lena, bitte beherrsche dich», sagte ihre Mutter, die näher kam, um sie am Arm zu fassen. «Dies ist nicht der Ort, um solch private Dinge zu besprechen.» Sie warf einen bedeutungsschwangeren Blick auf die Gruppe von Lenas Freunden. «Lass uns in die Botschaft fahren und dort in Ruhe über alles reden.»

Lena schüttelte den Kopf und befreite sich aus dem Griff ihrer Mutter.

«Nein, Mamá. Dies hier ist der einzige Ort auf der Welt, an dem ich sein möchte. Und dies sind die Menschen, mit denen ich mich austauschen möchte», sagte Lena und zeigte auf ihre Freunde.

«Alberto war sehr gut zu mir, seit du weg warst», erwiderte ihre Mutter scharf. «Ihm habe ich es zu verdanken, dass ich nicht durchgedreht bin bei der Suche nach dir. Ihr kennt euch ein Leben lang, und es ist ganz normal, dass ihr mal streitet. Aber niemand wird dich mehr oder besser lieben als er», sagte sie mit Blick auf Alex, als wäre er ein Insekt, das es zu verscheuchen galt.

Lena wurde immer unruhiger und suchte erneut Alex' Blick. Seine Miene war vollkommen verschlossen.

«Das ist nicht wahr», sagte sie.

Sie spürte, wie Panik in ihr aufstieg, und fühlte sich wie in einer griechischen Tragödie, in der die Figuren ihrem dunklen Schicksal nicht entrinnen können.

Alex hob die Hände und ging in Richtung Hintertür, als wollte er sich aus der Situation herausziehen. Das Herz klopfte Lena bis zum Hals, als sie ihm folgte, um ihn aufzuhalten.

«Alex. Ich liebe dich, wie ich noch nie jemanden geliebt habe und nie wieder lieben werde.»

Ihre Worte ließen ihn stoppen. Sein Rücken hob und senkte sich in einem tiefen Atemzug.

«Wie soll ich noch wissen, was ich dir glauben kann, Lena?», sagte er leise und verließ gesenkten Hauptes das Café.

Das Bild der Tür, durch die Alex gerade verschwunden war, begann vor Lenas Augen zu verschwimmen. Die Tränen liefen ihr ungehindert über die Wangen. Sie fühlte sich wie die unglücklichste Frau der Welt. Aber sie würde ihn nicht so einfach mit ihr Schluss machen lassen. Sie würde ihm erklären, wie das alles gekommen war. Sie würde ihn dazu bringen, ihr zu verzeihen, und dieser Albtraum wäre für immer vorbei. Sie wollte ihm hinterherlaufen, und genau das würde sie auch tun, sobald sie ihre Mutter und Alberto rausgeschmissen hätte, denen sie vielleicht irgendwann verzeihen würde, aber jetzt bestimmt nicht.

«Raus hier, alle beide», sagte sie und funkelte sie böse an.

Sie bemühte sich, die Tränen zurückzuhalten, um vor

ihnen keine Schwäche zu zeigen, und ging zur Tür. Aber Alberto stellte sich ihr in den Weg.

«Ich kann nicht glauben, was du hier machst», sagte er mit einem spöttischen Lächeln im Gesicht. «Du hast mit einem Latino angebandelt? Mit einem Drittweltler willst du jetzt durchs Leben gehen?» Sein Blick war vernichtend. «Wie tief bist du gesunken.»

Keines dieser Worte erzielte die gewünschte Wirkung. Alberto hatte jede Macht verloren, Lena zu verletzen.

«Eigentlich war ich noch nie so auf der Höhe wie jetzt», gab sie zurück und reckte das Kinn. «Du hast mich in einer Hölle gefangen gehalten, und er hat mir den Himmel eröffnet.»

Albertos Augen verdunkelten sich gefährlich. Lena kannte ihn gut genug, um zu wissen, dass er ihre Antwort als sexuelle Anspielung verstanden hatte. So war er nun einmal, und er würde sich auch nicht mehr ändern – aber Lena kam die ganze Unterhaltung plötzlich so unsinnig vor.

Doch dann hob er die Hände und packte ihre Arme. «Du bist eine Hure!»

«Alberto ...», mahnte Doña Elvira erschrocken.

An Lena perlten seine Worte ab, aber seine Finger, die sich in ihre Haut bohrten, taten ihr weh.

«Nein, die Hure bist du», stieß sie hervor und rammte ihm mit voller Wucht ihr Knie in den Schritt.

Alberto ließ sie los und krümmte sich vor Schmerz.

Ihre Mutter stürzte auf sie zu. «Geht es dir gut?», fragte sie und berührte sie vorsichtig am Arm.

Lena nahm ihre Hand und nickte. Es stimmte sie

milde, dass sie sich um sie kümmerte und nicht um Alberto. Vielleicht gab es doch noch Hoffnung auf Versöhnung zwischen Mutter und Tochter.

«Alberto, wie kommst du dazu ...», stöhnte Doña Elvira und versuchte doch, ihm aufzuhelfen.

Alberto, dem ein paar Schmerzenstränen in die Augen getreten waren, machte ein reumütiges Gesicht und legte den Arm um Doña Elviras Schulter, um sich stützen zu lassen.

«Wir sind bis Freitag in der Botschaft», sagte Doña Elvira an Lena gewandt. «Bitte komm vorbei, mein Mädchen.»

«Nein, Mamá. Ich werde nicht kommen. Aber ich hab dich lieb, und ich rufe dich bald an, damit wir in Ruhe reden können.» Lena ging zu ihr und gab ihr einen Kuss auf die Wange. «Ich werde dich in Madrid besuchen, und du bist hier immer als Besuch willkommen. Freu dich für mich, dass ich den Ort gefunden habe, an den ich gehöre und wo ich von vielen Menschen geliebt werde.»

Ihre Mutter warf einen Blick auf die Anwesenden, die Zeugen dieser beschämenden Familienszene geworden waren, und nickte zerknirscht.

«Am Ende der Welt?», fragte sie mit Blick auf das Schaufenster.

Lena sah ihre Mutter an, sie verstand sowohl deren Enttäuschung als auch den Doppelsinn ihrer Frage. Ihre Lippen formten sich zu einem breiten, ehrlichen Lächeln.

«Das hat sich als sehr guter Ort erwiesen», antwortete sie und zuckte mit den Schultern.

Ihre Mutter schüttelte den Kopf und drehte sich um. Gemeinsam mit Alberto verließ sie das Café und bestieg den Wagen, der bereits mit geöffneten Türen auf sie wartete.

30

Das tut mir alles schrecklich leid», sagte Lena schüchtern zu ihren Freunden, nachdem die Tür sich hinter ihrer Mutter und Alberto geschlossen hatte.

Aurora war die Erste, die auf sie zukam. «*Du* hast das mit der OP eingefädelt?»

Lena nickte und senkte den Kopf. Sie hoffte inständig, dass Aurora nicht böse wäre. Sie hatte überhaupt keine Kraft, sich jetzt auch noch mit ihr zu streiten. Alles, was sie wollte, war, zu Alex zu gehen und ihn zu umarmen. Sie betrachtete Auroras Schuhe, sah dann aber vorsichtig wieder auf. Überrascht entdeckte sie Tränen in den Augen ihrer Freundin.

«Eine internationale Ausschreibung zur Geschlechtsumwandlung?» Ihre Stimme war ganz kratzig vor Rührung.

Lena zuckte mit den Schultern, und Aurora zog sie fest in ihre Arme. Lena erwiderte ihre Umarmung erleichtert.

Es dauerte eine Weile, bis Aurora sie wieder losließ und sie aus verheulten Augen liebevoll ansah.

«Ich mag dich, du Verrückte.»

Lena lächelte.

«Und ich dich, du Verrückte.»

Aurora lachte. Und dann rief sie: «Okay, Leute, raus jetzt, wir müssen Platz machen für eine wichtige Versöhnung.»

Lena dankte ihrer Freundin still, dass sie verstand, dass eine Aussprache mit Alex jetzt das Wichtigste für sie war.

Aurora öffnete die Cafétür. Matías verabschiedete sich mit einem Küsschen und einem aufmunternden Lächeln von Lena, dann kamen die Goldsteins behutsam zu ihr.

«Ich hab schon immer gesehen, dass du etwas Besonderes bist, Mädchen», sagte Manuel und tätschelte ihre Schulter.

«Du musst jetzt Klartext mit ihm reden», sagte seine Frau und zeigte nach oben, wo Alex' Wohnung war. «Die Männer müssen wissen, dass sie nicht das Sagen haben.»

Lena nickte, dankte ihnen und bemühte sich um ein Lächeln.

Der Letzte, der zu Lena kam, war Bukowski. Erstaunlicherweise verspürte Lena einen unbändigen Drang, sich in seine Arme zu werfen und sich trösten zu lassen. Dieser freundliche und liebenswürdige Mann brachte ihr eine Art väterliche Zuneigung entgegen, die sie jetzt unbedingt brauchte. Und als hätte er ihre Gedanken gelesen, nahm Bukowski sie in seine Arme.

Lena seufzte vor Erleichterung und grub ihre Nase in seine Schulter.

«Der Junge ist verrückt nach dir», flüsterte er ihr ins Ohr. «Ich hab ihn noch nie so glücklich gesehen wie in diesen Tagen.»

«Ich hoffe, er hört mir zu.»

«Nun geh schon hoch», sagte er und strich ihr über den Kopf. «Morgen früh kommen wir vorbei, um nach euch zu sehen.»

Lena nickte, lächelte angestrengt und stellte sich auf die Zehenspitzen, um ihm einen Kuss auf die Wange zu geben.

«Danke.»

Bukowski ging, und Aurora, die noch immer die Tür geöffnet hielt, zwinkerte Lena zu.

«Ab ins Bett mit euch», murmelte sie, bevor sie ging.

Sobald sie allein war, durchquerte Lena das Café und ging die Treppe zu Alex' Wohnung hoch. Sie hatte noch nie so dringend irgendwohin gewollt.

Laut klopfte sie an die Tür. «Alex, ich bin's, bitte lass mich rein.»

Keine Antwort.

Sie legte das Ohr an die massive Holztür, hörte gedämpfte Geräusche und rief noch einmal, etwas lauter diesmal.

«Alex, bitte mach auf. Du musst mir zuhören.»

Sie wartete mehrere Minuten, bis sie einsah, dass er nicht öffnen würde. Er wollte nicht mit ihr sprechen. Immer musste er so radikal sein!

«Gut», rief sie. «Dann mach halt nicht auf. Aber ich werde hierbleiben, genau vor der Tür, bis du dich durchringen kannst, mich anzuhören. Ich hab keine Eile.» Sie lehnte sich neben die Tür. «Also nimm dir alle Zeit, die du brauchst.»

In dem Moment öffnete sich die Tür, und sie sah Alex

im Türrahmen stehen. Er hielt die Tür in der Hand, als müsse er sich daran abstützen oder festhalten, und sein Gesichtsausdruck war todernst.

«Komm rein, ist schließlich deine Wohnung», sagte er sarkastisch und machte eine übertrieben einladende Geste mit der freien Hand.

Lena atmete tief durch, um sich für den verbalen Schlagabtausch zu wappnen, der sie erwartete. Sie wusste, dass Alex sich verraten fühlte, und sie musste ihm erklären, dass sie sich nicht nur für ihn zu dem Kauf entschlossen hatte, sondern auch für sich selbst und dass ihre Liebe zu ihm dadurch kein bisschen geschmälert wurde.

Aber als sie das Wohnzimmer betrat, sah sie lauter geöffnete Schubladen und wildes Chaos. Durch die geöffnete Schlafzimmertür erspähte sie einen Koffer auf dem Bett.

«Was machst du?», fragte sie und sah Alex an.

Er wich ihrem Blick aus und ging ins Schlafzimmer.

«Ich suche zusammen, was hier noch mir gehört.»

«Alex, bitte, jetzt hör mir mal zu.» Sie folgte ihm. «Ich wollte doch nur verhindern, dass du das Café und das Conventillo verlierst.»

Er holte Klamotten aus dem Schrank und warf sie in den Koffer. «Ich muss weg hier, über alles nachdenken», sagte er, ohne sie anzusehen.

Eine furchtbare Unruhe durchfuhr Lena und wischte all ihre guten Vorsätze, ruhig zu bleiben, fort. Sie konnte verstehen, dass er sauer war, aber sie fand, dass er es übertrieb.

«Alex, komm, jetzt lass uns erst mal reden.» Sie packte ihn am Arm, damit er innehielte in seinem Hin und Her zwischen Schrank und Koffer.

«Das Problem mit den Lügen, Señorita Vázquez de Lucena, ist, dass sie verhindern, ihre Besitzer kennenzulernen», sagte er bitter und schüttelte ihre Hand ab.

«Ich habe nicht gelogen.»

Er drehte sich zu ihr um und sah sie wütend an.

«Ach nein? Du hast mich glauben lassen, du seist ein armes, hilfsbedürftiges Mädchen.»

Die Formulierung schnitt Lena mitten ins Herz.

«Ich *war* ein armes, hilfsbedürftiges Mädchen, als ich hier ankam.»

Sie sah, dass ihre Worte angekommen waren, als er tief durchatmete und seinen Kiefer anspannte.

«Du bist ein reiches Fräulein auf der Suche nach Abenteuern.»

Wie konnte er nur so vernichtend über sie urteilen?

«Nein. Ich war eine ganz normale Frau auf der Suche nach Liebe – ich wollte geliebt werden für das, was ich bin, und nicht für das, was ich besitze.»

Sein Blick verdunkelte sich. Sie konnte ihm standhalten. Aber sie wollte gar nicht diesen Streit gewinnen, sie wollte nur, dass er ihr verzieh, damit sie ihn umarmen könnte, um ihn nie wieder loszulassen.

«Ich liebe dich», flüsterte sie und ging langsam auf ihn zu. «Bitte verzeih mir.»

Alex trat einen Schritt zurück. «Ich weiß nicht, ob ich dich noch lieben kann. Ich kenne dich nicht.»

Die Worte flogen wie Projektile aus seinem Mund

und trafen Lena direkt ins offene Herz. Benommen taumelte sie zurück. Alex wollte sie stützen, aber sie wich ihm aus. Abwehrend hob sie die Arme und spürte, wie die Tränen sich ihren Weg bahnten.

«Bitte, geh nicht», sagte sie matt. «Du darfst nicht verlassen, was dir gehört.»

Alex wandte sich wieder seinem Koffer zu. «Hier ist nichts mehr, was mir gehört.»

Aber ich bin doch hier, du Idiot, wollte sie ihm entgegenschreien. Doch sie hatte keine Kraft mehr.

«Wie schade. Ich hatte gehofft, wir könnten all dies hier zu *unserem* machen, gemeinsam und für den Rest unseres Lebens.»

31

Als Alex sah, wie Lena die Tränen über die Wangen liefen, wollte er sich selbst ohrfeigen. Er streckte die Hände aus, um sie zu halten, aber sie wich zurück. Er hielt inne und versuchte sich zu erinnern, warum er so wütend war. War er denn überhaupt wütend? Nein, er fühlte sich gedemütigt, hintergangen, überrumpelt und ... eifersüchtig. Er war rasend eifersüchtig. Er konnte sich nicht einmal vorstellen, dass Lena mit diesem albernen Gockel zusammen gewesen war. Was konnte sie an so einem bloß finden?

«Wie schade. Ich hatte gehofft, wir könnten all dies hier zu *unserem* machen, gemeinsam und für den Rest unseres Lebens.»

Ihre Worte ließen ihn sich wieder zu ihr umdrehen. Aber sie stand nicht mehr in der Tür. Was sollte das heißen, ‹all dies hier zu *unserem* machen, gemeinsam und für den Rest unseres Lebens›? *Das interessiert dich nicht*, ermahnte er sich selbst. Er konnte nicht anders, Lenas Unehrlichkeit traf ihn schwer. Wie kam sie dazu, all das hinter seinem Rücken auszuhecken, anstatt mit ihm zu sprechen? Das war so typisch für reiche Leute, als stünden sie über den gesellschaftlichen Geboten.

Frustriert warf er das Hemd aufs Bett, das er eben

in den Koffer hatte legen wollen. Er begann, unruhig durchs Zimmer zu tigern. Wälzte die Worte, die er Lena an den Kopf geworfen hatte. Er hatte sie verletzen wollen, ja. Nichts von all dem Gesagten meinte er ernst, aber er war so verletzt davon, dass sie ihm ihre Herkunft verschwiegen hatte. Lüge oder Auslassung, was machte das schon für einen Unterschied.

Der Gedanke an Lenas Tränen trieb ihn zur Tür, aber seine Wut ließ ihn auf halbem Wege umkehren. Er wollte, dass sie darüber nachdachte und verstand, dass Lügen oder Auslassungen ihre Liebe gefährdeten ... Egal. Verdammte Wortklauberei! Es fiel ihm nicht leicht, seine Wut aufrechtzuerhalten, so verrückt war er nach Lena. Und wenn sie die «Erbin eines der bedeutendsten spanischen Vermögen» war. Die Erinnerung an die Worte von Lenas Ex ließen Alex' Eifersucht wieder auflodern.

Er ging zurück ins Schlafzimmer, knallte die Tür zu und packte weiter. Bis zum Morgengrauen durchpflügte er seine gesamte Wohnung nach Dingen, die er mitnehmen wollte. Immer wieder ging er zwischendurch zum Fenster, um durch den Hof zu sehen, ob Licht in Lenas Zimmer brannte. Es brannte die ganze Zeit. Offenbar konnte sie auch nicht schlafen. Er wollte zu ihr gehen, immer wieder, und wurde genauso oft von seinem Stolz zurückgehalten, bis er irgendwann erschöpft auf das Sofa sank und einschlief.

Als er aufwachte, war sein Nacken verspannt, und er fühlte sich wie ein Idiot. Die tollste Frau der Welt hatte sich in ihn verliebt, warum auch immer, und er wies sie zurück. Er war ein verdammter Idiot, schließlich reichte eigentlich eine einzige Frage, um ihr zu verzeihen: Was hätte er selbst an ihrer Stelle getan? Wenn sie in der Klemme gesteckt hätte und er über die Mittel verfügte, sie herauszuholen? Über die Antwort musste er nicht einmal nachdenken. Er hätte genauso gehandelt wie sie. Und vielleicht sogar auf die gleiche Weise, versteckt, um ihren Stolz nicht zu verletzen. Sie hatten beide eine furchtbare Nacht hinter sich, nur weil er so ein Dickschädel war. Dabei hatte Lena nur die Tiefe ihrer Liebe zu ihm bewiesen. Und er hatte sich wie der dümmste Vollidiot der Welt benommen.

Ja, er war ein Idiot. Ein verdammter Vollidiot. Alex wiederholte den Selbstvorwurf wie ein Mantra, während er unter die Dusche stieg, um seine verspannten Muskeln nach der Nacht auf dem zu kurzen Sofa zu entspannen. Etwas erfrischter zog er danach eine Jeans und ein T-Shirt über und ging ins Café, um Lena Frühstück zu machen und sie mit einem Kaffee mit Milchschaumherzchen zu wecken. Er würde sie um Verzeihung für seine Dummheit bitten und zu ihr ins Bett krabbeln, um sie zu verwöhnen.

Mit dieser Aussicht im Kopf ging er die Treppe hinab. Er ließ die Rollläden hoch, damit die Sonne hereinscheinen konnte, und wandte sich seiner Victoria Arduino zu, um den besten Versöhnungskaffee vom *Ende der Welt* zu machen. Aber dann sah er aus dem Augenwinkel etwas auf dem Tresen blinken. Was war dieser goldene Schimmer? Er näherte sich langsam, während eine dunkle Vorahnung ihn befiel und sein Herz sich zusammenzog. Auf einem Kellnerblock lag der Ring seiner Mutter.

Alex nahm ihn zwischen die Finger und runzelte die Stirn. Lena hatte ihn doch im Nachttisch verwahrt. Aber dann sah er auf den Block, der eng beschrieben war.

Lieber Alex,

du kannst dir nicht vorstellen, wie leid es mir tut, dass du all das auf diese Weise erfahren musstest. Nicht wer ich bin, denn ich bin immer dieselbe gewesen, sondern dass ich es war, die das Conventillo und das Café gekauft hat. Bitte glaub mir, wenn ich dir sage, dass ich es dir x-mal erzählen wollte. Ich habe nie geglaubt, dass der Reichtum mich zu einer anderen Person macht, und ich werde dich auch nicht um Verzeihung dafür bitten, dass ich wollte, dass du erhalten kannst, was du gemeinsam mit deinen Eltern aufgebaut hast. Aber es tut mir sehr leid, dass ich es dir nicht früher gesagt habe und dass dieser Umstand deine Liebe zu mir so angegriffen hat.

Ich liebe dich, Alex, wie ich noch nie jemanden geliebt habe und niemand anderes lieben werde.

Deshalb kann ich nicht zusehen, wie du verlässt, was dein ist. Glaub mir, das würde ich mir nie verzeihen, und nichts hält mich hier, wenn du nicht da bist. Ich kann nicht zusehen, wie du diesen Ort verlässt.

Ich hoffe, dass du mir irgendwann verzeihen kannst. Bis dahin werde ich auf dich warten. Ich fahre nach Florenz und werde täglich nach deinem Gesicht zwischen den Passanten suchen, wenn ich auf der kleinen Piazza Santa Felicita zeichne.

Ich gebe dir den Sonnenstrahl zurück, mit dem du mich erhellt hast. Ich danke dir dafür, dass du mich in jenem Moment des Ringes deiner Mutter für würdig gehalten hast.

Ich werde dich immer lieben.

Lena

Alex' Herz begann wie wild zu schlagen. Sein Puls pochte hinter den Schläfen, als er die Zeilen erneut überflog. Er steckte den Ring und den Brief in seine Hosentasche und hastete auf die Hintertür zu.

Er rannte über den Hof, riss Lenas Zimmertür auf und spürte die Realität wie eine Ohrfeige auf ihn einschlagen. Lenas Sachen waren verschwunden und Lena auch. Er ließ den Blick durch das Zimmer wandern, in der Hoffnung, die Frau, die jeden Mist, den er beleidigt von sich gab, wortwörtlich nahm und auf die Goldwaage legte, wäre hier irgendwo versteckt und würde gleich hinter dem Sessel hervorspringen und alles als Scherz entlarven.

Aber Lena war hier nicht versteckt. Sie war weg und hatte ihm nur diese Notiz hinterlassen, und er fühlte sich wie das schlimmste, dümmste Großmaul der Welt. Er las die letzten Zeilen des Briefes erneut, die ihm verrieten, wo er sie würde suchen müssen: *Florenz, Piazza Santa Felicita.*

Er rannte zurück in den Hof und schwor sich, dass er nicht mehr anhalten würde, bis er Lena zurückgeholt hatte an den Ort, der genauso ihrer war wie seiner. Verdammter Dickschädel! Er lief ins Café, um seine Schlüssel zu holen. Aber zwei Schatten an der Tür ließen ihn innehalten. Goldstein und Bukowski standen dicht vor der verschlossenen Tür und schirmten ihre Gesichter mit den Händen ab, um ins Lokal spähen zu können. Als er sie sah, eilte er zur Tür, um ihnen aufzuschließen.

«Alex, mein Lieber», begrüßte ihn Bukowski. «Alles gut bei euch? Ich habe Lena gesagt, dass wir vorbeikommen, um zu sehen, wie es gelaufen ist.»

Alex runzelte die Stirn. «Beschissen gelaufen», knurrte er.

Die beiden Alten sahen ihn erstaunt an.

«Und Lena?», fragte Goldstein, der noch in der Tür stand.

Alex schnaubte ungeduldig und hielt ihm den Brief hin. Bukowski nahm den Zettel entgegen und las ihn.

«Mein Gott. Was hast du ihr denn gesagt?»

«Lauter Unsinn», gab Alex zu. Er mochte gar nicht mehr daran denken.

Ich weiß nicht, ob ich dich noch lieben kann. Ich kenne dich nicht. Er wollte sich die Haare raufen, wenn er an diese Sätze nur dachte. Warum hatte er sie nicht um Verzeihung gebeten? Warum hatte er ihr nicht gesagt, dass diese bösen Worte nur seiner Eifersucht und Enttäuschung entsprungen waren? Warum hatte er all das überhaupt gesagt? Nichts von dem, was er gesagt hatte, seitdem Lenas Mutter und ihr ‹Verlobter› aufgetaucht waren, dachte er wirklich. Nicht er sprach da, nur seine Wut. Warum hatte er ihr nicht die Wahrheit gesagt: dass auch er sie liebte, wie er nie zuvor geliebt hatte, und dass er nicht ohne sie leben wollte?

Wortlos ging er zur Tür.

«Wo willst du hin?», fragte Bukowski.

«Sie kann noch nicht lange weg sein. Wenn sie nach Florenz will, dann muss sie noch am Flughafen sein. Ich muss sie finden, bevor sie in dieses Flugzeug steigt.»

Bukowski nickte und folgte ihm.

«Mein Auto steht um die Ecke», sagte Goldstein und öffnete ihnen die Tür.

Alex sah ihn an. «Dein Auto?», fragte er misstrauisch. Goldsteins Fahrkunst kannte er nun wirklich zur Genüge.

«Finde ich auch keine schöne Vorstellung, ist aber die beste Lösung», sagte Bukowski. «Wer weiß, wann hier das nächste Taxi vorbeikommt. Das Risiko musst du jetzt eingehen, wenn du sie noch aufhalten willst. Also los.»

Alex nickte und ging schnellen Schrittes die Straße hinunter. Die beiden Herren folgten ihm.

«Kannst du nicht fahren?», fragte Alex Bukowski.

Sein Freund sah ihn überrascht an. «Willst du mich verarschen? Ich hab doch gar keinen Führerschein.»

Richtig. Bukowski fuhr kein Auto, und er selbst war viel zu nervös, um sich hinters Steuer zu setzen.

Goldstein ging auf die Fahrertür zu, als hätte er die Bedenken seiner Freunde gar nicht mitbekommen. Alex setzte sich neben ihn und Bukowski auf die Rückbank.

«Dann zeig mal, was du drauf hast, Fittipaldi», sagte Bukowski und klopfte Goldstein auf die Schulter. «Bring uns in einer halben Stunde zum Flughafen, am besten ohne Hals- und Beinbruch.»

Goldstein rollte mit den Augen und trat aufs Gas. Die Hinterreifen quietschten. Alex bekreuzigte sich, bevor er sich an den Haltegriff über der Tür klammerte. Er betete zu allen Göttern des Universums, dass er lebend den Flughafen erreichte, Lenas Flugzeug noch nicht gestartet war und er sie rechtzeitig fand.

Zwanzig Minuten später trat Goldstein vor dem Abflugterminal von Ezeiza auf die Bremse. Mit zitternden Fingern löste Alex den Sicherheitsgurt. In ein paar Kurven hatte er dem Tod so direkt ins Gesicht gesehen, dass er kaum glauben konnte, noch zu atmen.

«Du bist echt irre», sagte er zu Goldstein, der ihn glücklich anlachte.

«Die Geschwindigkeit macht mich so lebendig!», schwärmte der Alte und rüttelte euphorisch am Lenkrad.

Bukowski, der sich ebenfalls abgeschnallt hatte, steckte seinen Kopf zwischen die Vordersitze.

«Gute Arbeit, mein Freund.»

Alle drei stiegen aus und eilten auf die Abflughalle zu.

Alex suchte die Anzeigetafeln nach einem Flug nach Italien ab.

«Was machst du denn?», fragte Bukowski und zog ihn am Ärmel.

Alex sah ihn überrascht an. «Na, gucken, von welchem Gate ein Flug nach Italien geht.»

«Und glaubst du etwa, dann lassen sie dich zum Gate vor?», fragte Bukowski.

Er hatte recht, ohne Flugticket käme er gar nicht durch die Sicherheitsschranken. Alex griff nach seinem Portemonnaie und sah sich nach dem Verkaufsschalter einer beliebigen Airline um. Völlig egal, dass er komplett abgebrannt war, dann musste er eben seinen Dispo ausreizen. Hauptsache, er bekam eine Bordkarte, um die Liebe seines Lebens an der Abreise zu hindern. Er fühlte sich gelähmt von dem Gedanken, Lena könnte bereits hoch über dem Atlantik in irgendeinem Flugzeug sitzen. Er schüttelte sich und wollte losrennen – er musste es zumindest versuchen. Aber schon wieder hielt Bukowski ihn zurück.

«Und jetzt, wo willst du hin?», stöhnte der Alte verzweifelt.

«Ein Ticket kaufen natürlich!»

«Und die Gates eines nach dem anderen absuchen?» Bukowski schüttelte den Kopf und zeigte auf einen Schalter, den ein großes Schild als «Information» auswies. «Da müssen wir hin. Die haben Lautsprecher, die man überall im Flughafen hört. Wenn Lena noch hier ist, hört sie dich.»

Alex sah ihn erleichtert an. «Du bist ein Genie, Bukowski. Ihr seid beide verdammte Genies. Ihr zwei seid ein perfektes Team!», rief er, bevor er zur Information rannte.

32

Lena beobachtete das Gesicht der Frau, die ihr Baby auf der Sitzbank vor ihr stillte. Die ernste Miene, mit der sie ihr Kind hielt, hatte Lenas Aufmerksamkeit erregt, und sie hatte begonnen, sie zu porträtieren. Wenn sie in Florenz Touristen und Gebäude zeichnen wollte, musste sie schließlich anfangen zu üben. Außerdem war sie dankbar für jede Ablenkung. Alles, was sie davon ablenkte, das zu hinterfragen, was sie gerade tat, und zurück ins *Ende der Welt* zu laufen.

Sie würde den ganzen Tag und die Nacht am Flughafen verbringen müssen, denn der Flug nach Rom ging erst am nächsten Mittag. Also wappnete sie sich für diese letzten Stunden, die sie in dem Land verbrachte, wo sie so viele Freunde und die Liebe ihres Lebens zurückließ.

«Wie schön!»

Die Stimme riss sie aus ihren Gedanken. Die Mutter hatte sich mit ihrem Baby zu ihr gestellt und betrachtete das Porträt.

«Gefällt es Ihnen?»

Die Frau nickte, zog den Kinderwagen heran und setzte sich zu Lena.

«Sehr», sagte sie bewegt.

Lena freute sich über die offensichtliche Rührung der Frau und riss die Seite aus ihrem Block.

«Hier, bitte, ich schenke es Ihnen.»

«Wirklich?» Die Mutter bekam feuchte Augen.

Lena nickte lächelnd.

«Ach, bitte entschuldigen Sie», sagte die Frau und wischte sich die Wangen mit einem Taschentuch ab. «Diese verfluchten Hormone machen echt eine Heulsuse aus mir.»

Lena lächelte matt. Ob sie je wieder so lachen würde wie mit Alex? In dem Moment knackte der Lautsprecher über ihren Köpfen.

«Dies ist eine Nachricht für Frau María Magdalena Vázquez de Lucena.

Lena, ich bin so bescheuert. Ich war wütend gestern Abend und hab nur Stuss geredet. Ich bin hier an der Information. Bitte flieg nicht nach Florenz, Liebste. Bleib hier, bei mir.»

Gott, sie vermisste ihn so sehr, dass sie schon seine Stimme hörte, dachte Lena und versuchte, ihre Aufregung vor ihrer Gesprächspartnerin zu verbergen. Aber dann hörte sie genau die gleichen Worte noch einmal.

«Verzeihung», sagte sie zu der Frau, «hören Sie diese Männerstimme?»

Die Mutter sah Lena forschend an, als wollte sie herausfinden, ob sie scherzte. Dann zog sie die Nase hoch und nickte.

«Ein armer Irrer. Wer weiß, was der angestellt hat, um sich hier so zum Affen zu machen.»

Lena stand abrupt auf. Sie nahm ihren Rucksack und ihren Zeichenblock und sah sich fahrig um.

«Das ist Alex!», rief sie. Dann lachte sie und erklärte: «Das ist mein armer Irrer!»

Die Frau nickte und brach erneut in Tränen aus. «Wie schön!»

Lena verabschiedete sich und lief auf den Ausgang zu. Sie wurde immer schneller und raste schließlich mit einem breiten Lächeln im Gesicht und einer Glücksexplosion im Herzen durch die gesamte Abflughalle.

«Señorita, darf ich es bitte noch einmal wiederholen?»

Die Frau am Schalter lächelte mitleidig und reichte ihm erneut das Mikrophon.

Alex umklammerte es, als wäre es sein einziger Halt am Rande eines tiefen Abgrunds, und wiederholte seine Nachricht. Dann hob den er Kopf und suchte die Menge nach Lenas Gesicht ab.

«Verdammt, sie kommt nicht. Und wenn sie mich nicht hört? Wenn sie schon weg ist?», fragte Alex verzweifelt und sah zwischen Goldstein und Bukowski hin und her.

«Ganz ruhig. Der Flughafen ist groß. Warten wir noch ein bisschen», antwortete Bukowski und klopfte ihm auf die Schulter.

Alex biss sich auf die Lippe und drehte sich wieder zu der Frau am Schalter um.

«Können Sie mir denn wirklich nicht sagen, welchen Flug sie gebucht hat? Señorita, ich bitte Sie ...»

Sie schüttelte den Kopf. «Es tut mir leid, aber das darf ich Ihnen nicht sagen.»

Frustriert schlug Alex mit der Faust auf den Tresen.

Goldstein fasste ihn von hinten an beiden Schultern. «Ganz ruhig, mein Junge.»

«Alex!», tönte es von irgendwoher.

Die drei Männer sahen sich um. Alex' Herz begann wie wild zu klopfen. Bukowski fasste ihn am Arm und wies ihm mit einem breiten Grinsen die Richtung, aus der Lenas Stimme gekommen war. Alex folgte seinem Fingerzeig und sah sie. Ihre blonden Locken, ihre wunderschönen blonden Locken, wehten, weil sie so schnell lief, ach was, eigentlich schwebte. Sie flog auf ihn zu, und er sah nur noch sie zwischen all den unbekannten Gesichtern.

«Lena!», schrie er. «Lena!» Und dann rannte auch er los.

Sie bahnte sich ihren Weg durch die Menge und sah Alex schon von weitem. Sie rief nach ihm, damit er wüsste, dass sie ihn gehört hatte. Dann sah sie ihn auf sich zukommen und sofort wieder in der Masse verschwinden. Bis sie zwei grüne Augen erblickte. Diese Augen würde Lena unter einer Million Augenpaare erkennen.

«Alex!», rief sie.

Und dann stand er vor ihr. Sie hob die Arme und klammerte sich an seinen Hals, und Alex umfasste ihre Taille mit beiden Armen und hob sie hoch.

«Oh, Lena, ich war so ein Idiot», murmelte er mit gebrochener Stimme in ihr Haar. «Ich war so gedankenlos, bitte verzeih mir.»

Sie rückte mit dem Kopf genau so weit von ihm ab, dass sie ihm den Mund mit einem leidenschaftlichen Kuss verschließen konnte.

«Ich liebe dich, Lena. Mehr als alles auf der Welt», flüsterte er, sobald er wieder zu Atem gekommen war. Er küsste ihre Wangen, ihre Wimpern und die Nasenspitze. «Verzeihst du mir?»

Sie nickte, und Tränen der Erleichterung rannen ihre Wangen hinab.

«Dann bist du sicher, dass du mich liebst?», fragte sie in Gedanken an die Worte, die sie so sehr verletzt hatten.

Alex' Blick wanderte zärtlich über ihr Gesicht.

«Ich liebe dich, Lena, und ich verehre dich. Ich bin so verrückt nach dir, dass ich nicht mehr leben könnte ohne dich», sagte er mit belegter Stimme.

Lena lächelte. «Und du, kannst du mir verzeihen, dass ich das Café und das Conventillo heimlich gekauft habe?»

Alex legte ihr den Zeigefinger auf die Lippen.

«Darüber sprechen wir noch», sagte er und küsste sie. «Ich werde wohl bis zum Ende meines Lebens im *Ende der Welt* kellnern müssen, um dir die Schulden abzubezahlen.»

Lena lachte. «Mindestens. So viel kann ich dir leider nicht zahlen.»

«Dann hoffe ich, es wird ein langes Leben», sagte Alex und gab ihr einen Kuss, den sie leidenschaftlich erwiderte. Sie hatte sich immer für eine sehr diskrete Person gehalten, aber hier stand sie und knutschte an einem öffentlichen Ort, umgeben von Fremden, und es war ihr ganz egal, was die Leute denken mochten. Sie hätte Alex hier und jetzt am liebsten ausgezogen. Aber dann holte ein sanftes Schulterklopfen sie zurück in die Realität, und als sie sich von Alex löste, sah sie in die strahlenden Gesichter von Goldstein und Bukowski.

«Wir sind sehr zufrieden mit dem glücklichen Ende dieser Geschichte», sagte Goldstein.

«Aber jetzt solltet ihr euch ein Zimmer nehmen!», ergänzte Bukowski. «Hört auf, uns Hungerleidern was vorzufuttern.»

Alex und Lena sahen sich an und brachen in Gelächter aus. Diese beiden waren einfach unverbesserlich.

«Wie schön, euch zu sehen!», sagte Lena, ließ Alex los und umarmte und küsste beide.

«Hm, guck mal, wir kriegen auch ein Küsschen», neckte Bukowski Alex augenzwinkernd.

«Die standen heute Morgen im Café auf der Matte und ließen sich nicht mehr abschütteln», erklärte Alex Lena.

Goldstein grunzte empört. «Ohne uns hättest du sie nie gefunden, Freundchen.»

«Das stimmt. Er hat uns hergefahren», gab Alex zu.

«Was?», fragte Lena ungläubig. «Du bist in sein Auto gestiegen?» Alex nickte. «Und er ist gefahren?» Er nickte erneut. «Gott, dann ist es also wahr», schloss Lena.

«Was denn?», fragte Alex.

«Dass du mich sehr liebst.»

Alex lachte. «Ja. Sehr.»

Die beiden sahen sich glückselig in die Augen, bis Bukowskis Räuspern sie zurück in die Gegenwart holte.

«An dieser Stelle möchte ich betonen, dass es meine Idee war, dich ausrufen zu lassen.»

Lena sah Alex an, der mit den Augen rollte angesichts der ewigen Rivalität zwischen den beiden Alten.

«Das stimmt», bestätigte er dennoch und zeigte mit einer ausladenden Geste auf Goldstein und Bukowski: «Lena, darf ich präsentieren – das Hirn und die ausführenden Kräfte der Mission.»

Sie sah beide mit zärtlichem Blick an. Diese beiden alten Männer liebten Alex wie einen Sohn und würden Berge für ihn versetzen. Und Alex liebte sie beide wie Väter. Sie hatten ihm die Eltern ersetzt, und Alex füllte den Platz von Bukowskis abwesendem Sohn aus. Man wurde in eine Familie hineingeboren, man konnte sich aber jederzeit eine andere suchen.

«Und was war das für eine Mission?», fragte Lena.

«Na, dich zu finden», sagte Bukowski.

«Und zurückzuholen ans *Ende der Welt*», ergänzte Alex und kramte in seinen Hosentaschen. «Und dir das hier zurückzugeben.»

Er hielt ihr die ausgestreckte Hand hin, und Lena sah den Feueropal seiner Mutter darin liegen.

«Bitte steck ihn wieder ein», sagte Alex.

Ein Glücksfeuerwerk explodierte mitten in Lenas Herz.

«Ich glaube, den möchte ich jetzt nicht mehr einstecken», sagte sie.

Alex sah sie entsetzt an.

«Ich möchte ihn tragen.»

Er seufzte tief. «Soll das heißen, dass du ... dass du willst?», stammelte er.

Lena nickte und wollte ihm den Ring aus der Hand nehmen.

Aber Alex hinderte sie daran. «Warte. Das machen wir jetzt, wie die romantischen Vorschriften es verlangen.»

Lena fiel die Kinnlade beinahe bis auf den Boden, als Alex vor ihr niederkniete und ihr den Ring entgegenhielt. Um sie herum bildete sich in Windeseile ein Kreis aus neugierigen Zuschauern.

«María Magdalena Vázquez de Lucena, willst du meine Frau werden?», fragte Alex, und wieder brach ihm die Stimme vor lauter Aufregung.

Lena sah in diese grünen Augen, die sie anblickten, als gäbe es nur sie auf der Welt, und nickte langsam.

«Ja», flüsterte sie. «Ja, das will ich.»

Mit zitternden Fingern steckte Alex ihr den Ring auf den Finger und lächelte glücklich, als er sah, wie gut er passte. Dann stand er auf und besiegelte die Verlobung mit einem langen Kuss. Lena schmiegte sich an ihn und schmolz innerlich dahin. Der Feueropal glitzerte an ihrem Finger, und die Sonne, die durch die Oberlichter schien, reflektierte sein strahlendes Licht auf die umstehende Menge.

Lauter Applaus erklang. Alex hob verwundert den Kopf und sah sich glücklich lächelnd um. Und Lena bemerkte plötzlich etwas ganz und gar Wunderbares.

«Alex, ist dir klar, dass wir am Flughafen sind?», sagte

sie. «Ich habe immer geglaubt, dass die glücklichsten Film-Enden die sind, die am Flughafen spielen.»

Alex lächelte und schüttelte sanft den Kopf.

«Nein, meine Liebste, das ist nicht das Ende. Keinem Regisseur der Welt würde es einfallen, hier den Vorhang fallen zu lassen. Nicht mal bei einem kitschigen Liebesfilm, wie du sie magst.»

«Ach nein?», fragte Lena und küsste ihn.

«Nein», sagte er. «In dieser Geschichte wird überhaupt kein Vorhang mehr fallen.»

«Wie das?»

«Ganz einfach, mein Schatz. Diese Geschichte hier fängt gerade erst an.»

Epilog

«Lena, kannst du das bitte mal abrechnen? Die blöde Kartenzahlung macht mich ganz kirre.»

Lena lachte und nahm Aurora den Kartenleser aus der Hand. Nachdem ihre Freundin sich von ihrer Geschlechtsumwandlungs-OP erholt hatte, hatten die beiden einen gemeinsamen Stand auf dem Sonntagsmarkt in der Calle Defensa eröffnet. Aurora verkaufte ihre Mategefäße und Lena – ziemlich erfolgreich – ihre Bilder.

Lena riss den Beleg von der Kassenrolle und reichte ihn dem Mann zur Unterschrift.

«Vielen Dank für Ihren Besuch», sagte sie lächelnd und übergab ihm seine Papiertüte. Dann wandte sie sich an ihre Freundin: «Irgendwann musst du wohl die Bedienungsanleitung mal lesen.»

«Warum denn, wenn ich doch dich habe», gab Aurora zurück und drückte ihr einen Schmatzer auf die Wange. Sie war immer locker und ungehemmt gewesen, aber seit ihrer Operation war sie viel selbstsicherer geworden und zeigte das durch überbordende Fröhlichkeit. Sicher, dass sie seit zwei Jahren glücklich mit Matías liiert war, trug vermutlich auch zu ihrer Zufriedenheit bei.

«Ich glaube, du wirst abgeholt.»

Lena sah in die Richtung, in die Aurora zeigte, und entdeckte ihren Ehemann zwischen den Passanten. Auf seinem Arm schaute ihr Sohn von einer Seite zur anderen und beobachtete neugierig das Treiben. Als seine großen grünen Augen Lena erblickten, juchzte er und streckte die Arme nach ihr aus. Er hieß Martín und war genau ein Jahr alt, und Lena wusste, dass dieser kleine Engel mit seinen Pausbäckchen ihr Glück auf Erden perfekt gemacht hatte.

Nur ein paar Monate nach der Hochzeit hatte Lena entdeckt, dass sie schwanger war. Sie hatten in der Kirche von San Telmo geheiratet und danach zu einem Festessen im Café geladen, an dem alle ihre Freunde teilgenommen hatten. Lenas Mutter lehnte die Einladung ab. Aber als sie von Lenas Schwangerschaft erfuhr, begann sie, sich zaghaft wieder an ihre Tochter anzunähern. Sie rief jede Woche an und kam an Weihnachten zu Besuch, und wenn sie auch nicht bei ihnen im Conventillo übernachten wollte, so besuchte sie Lena, Alex und das Baby doch jeden Tag. Martín hatte außerdem noch zwei Opas, die ihn ständig sahen und mit ihrer Zuneigung verwöhnten. Goldstein und Bukowski erfüllten die Großväter-Rolle ganz vorzüglich. Sie waren ganz vernarrt in den Kleinen und betreuten ihn mit Freuden, wann immer Lena und Alex sie darum baten.

«Hallo, ihr Lieben!», sagte Lena, als ihre Familie am Stand angekommen war.

Alex beugte sich herüber, um ihr einen Kuss auf den Mund zu geben, und ihr Sohn hangelte sich von einem Arm zum anderen.

«Hallo», sagte Alex. «Unser Sohn hat heute entdeckt, wie ein Kugelschreiber funktioniert.»

Lena sah den Kleinen an und verstand, was Alex meinte: Seine Zunge und seine Wangen waren blau gefärbt.

«Martín Lagar, du kleines Ferkel.»

Der Junge sah sie an und runzelte die Stirn. Dieser Gesichtsausdruck ließ Lenas Ärger verpuffen – er sah haargenau so aus wie sein Vater.

«Hallo, mein Engel», sagte jetzt Aurora und streckte die Arme nach Martín aus. «Komm mal her zu mir.»

Aber Martín lehnte die Einladung ohne Umschweife ab, drehte sich um und klammerte sich an den Hals seiner Mutter.

«Wart ihr erfolgreich?», fragte Alex.

«Ja, ziemlich», sagte Lena. «Und dein Tag im Café?»

Alex strich ihr eine Haarsträhne hinters Ohr. «Es war proppenvoll.»

Lena lächelte, aber sie sah, dass etwas ihren Mann beschäftigte.

«Wie läuft die Vorbereitung für morgen?»

«Ich muss heute Abend noch ein bisschen was tun, aber ich glaube, diesmal haben wir die Stadtverwaltung am Wickel.»

Lena lächelte und küsste ihn. Sie war unglaublich stolz auf ihren Mann und sah keinen Grund, es zu verbergen. Die Picasso-Zeichnung, die sie in Hildas Textbuch gefunden hatten, hatte sich als echt erwiesen und war in London für 200 000 Euro versteigert worden. Alex hatte das Geld in das Villas-Projekt gesteckt. Er arbeitete mit der Hochschule für Architektur zusammen, und der erste Wohnblock Ökohäuser war bereits gebaut. Angesichts der guten Umsetzung waren gleich weitere Blöcke geplant worden, für die nur noch die Baugenehmigungen unterschrieben werden mussten.

Aber trotz seines großen Einsatzes für das Ökohausprojekt hatte Alex nicht aufgehört, in seinem Café zu arbeiten. Dafür stand er viel zu gerne hinter der Bar. Und wenn Lena abends in Carmens Zimmer zeichnete, stand auch Alex an seinem Zeichentisch, den sie hinuntergetragen und unter das Orpheus-Mosaik gestellt hatten, damit sie zusammen sein konnten.

Sie zeichneten abends, denn tagsüber standen beide im Café. Martín war immer dabei und war zu einer kleinen Attraktion des Cafés geworden, er krabbelte zwischen den Tischen umher und strahlte die Gäste an.

Nach ihrer Hochzeit hatten sie die leeren Zimmer des Conventillo in Ausstellungsräume verwandelt, um das Werk junger lokaler Künstler zu präsentieren, was ihnen eine neue Klientel für das Café und noch mehr Arbeit beschert hatte. Aber sie waren glücklich über die begeisterten Gesichter all dieser jungen Talente, die sie mit der *Galerie am Ende der Welt* fördern konnten.

Zugleich erhielt Lena weiterhin die Einnahmen aus der Firma ihres Vaters. Die Geschäftsführung lag in den Händen ihres treuen Freundes Vicente Fernández del Real, den sie zweimal im Jahr sah, wenn sie zu den Aktionärsversammlungen nach Madrid flog.

Lena und Alex liebten ihre Arbeit im Café. Lena hatte zwar noch keine Zeit gefunden, dass Fileteado auf dem Schaufenster oder das Orpheus-Mosaik zu restaurieren, aber sie gab den Traum nicht auf, dass sie es eines Tages tun würde.

MIX
Papier aus verantwortungsvollen Quellen
FSC® C083411

Das für dieses Buch verwendete Papier ist FSC®-zertifiziert.